ACIMA DE TUDO

Steven Galloway

Tradução Carlos Ramires

Rocco

Título original
ASCENSION

Edição brasileira publicada mediante acordo
com Alfred A. Knopf Canada, uma divisão
da Random House of Canada Limited.

EDITORA ROCCO LTDA.
Av. Presidente Wilson, 231 – 8º andar
20030-021 – Rio de Janeiro – RJ
Tel.: (21) 3525-2000 – Fax: (21) 3525-2001
rocco@rocco.com.br
www.rocco.com.br

Printed in Brazil/Impresso no Brasil

preparação de originais
MÔNICA MARTINS FIGUEIREDO

CIP-Brasil. Catalogação na fonte.
Sindicato Nacional dos Editores de Livros, RJ.

G162a Galloway, Steven, 1975-
Acima de tudo / Steven Galloway; tradução
de Carlos Ramires. – Rio de Janeiro: Rocco, 2011.

Tradução de: Ascension

ISBN 978-85-325-2618-2

1. Romance americano. I. Ramires, Carlos. II. Título.

10-5932 CDD-813
CDU-821.111(73)-3

PARA LARA

UM

O vento é constante e sopra frio no rosto e nas mãos de Salvo Ursari, mas não o detém. Ele enfia a mão na pochete que leva à cintura e de lá pega um punhado de talco de bebê, que esfrega nas duas mãos. Além de cumprir a finalidade prática de evitar que escorregue a vara de trinta quilos que leva para equilibrar-se, o pó tem um cheiro característico e lembra coisas do passado – caminhadas empreendidas décadas atrás, as filhas gêmeas ainda crianças pequenas a gritar, sua mulher saindo da banheira.

Salvo sorri quando um desses momentos lhe inunda a consciência. Foi há quase quarenta anos, as filhas mal completaram dois anos e sua mulher acaba de levá-las a dormir. Salvo está deitado de costas, tentando alongar um tendão da perna, que forçara sem necessidade. Em meio a uma contração de dor, vê as pernas de sua mulher deslizando por ele – pálidas, fantasmagóricas aparições – e seus olhos a seguem enquanto ela se move pelo quarto e se senta no parapeito da janela. As luzes da rua a iluminam por trás, lhe acendem um brilho débil, e Salvo lembra até que ponto ela pode ser linda.

Uma lufada de vento o traz de volta à realidade. Não é hora para isso, diz consigo mesmo. A juventude passou, e é melhor pensar no trabalho que tem pela frente.

Salvo está com 66 anos, e já lhe disseram que é uma insanidade ele tentar cruzar em cima de um arame o espaço entre as duas torres gêmeas do World Trade Center de Nova York. Em parte, o próprio Salvo aceita o diagnóstico, mas para ele não é isso que faz diferença. Claro que tem medo, sabe que a tentativa será perigosa – poucos sofreram mais que ele com travessias que não deram certo –, mas isso nada significa. É graças a esse medo que ele sabe que está são; no dia em que não tiver medo, não porá mais o pé no arame. Agora, sabe que é capaz de fazer a travessia.

Salvo está a uns quatrocentos metros acima do solo. É a maior altura a que já caminhou no arame, mas isto não faz diferença; você morre do mesmo jeito se cair de quarenta ou de quatrocentos metros. Quanto à distância, ele já caminhou no arame duas vezes mais, até três, criando situações periclitantes, porque quanto mais longo o arame, maior o risco de bambear. Quando o arame é muito comprido, ele inclina no meio, e não há nada tão difícil quanto andar por um arame na descida. Salvo, pelo menos, tem o consolo de que esta é uma travessia solo. É ele próprio o único responsável pelo desfecho da tentativa de hoje.

Por seu trabalho, ele vai receber vinte mil dólares, mas a seguradora que promove o evento recusou-se terminantemente a estender a cobertura ao próprio Salvo; a apólice só cobre os danos eventualmente causados se ele cair em cima de alguém ou de alguma coisa.

A área lá embaixo foi evacuada. De onde Salvo está, com os artelhos enroscados na beira da torre, mal se vê a polícia montada controlando a multidão, e a própria multidão não passa de uma mancha poeirenta. Não lhe agrada o fato de o público reduzir-se a uma entidade remota. Sem o contato com o público, sem o alimento de sua energia, o arame pode ser um lugar solitário. O único consolo de Salvo é que, de tanto se apresentar, ele já sabe como a multidão vai reagir, pode imaginar as pessoas lá embaixo tão claramente como se estivessem a cinco metros.

Salvo recebe o sinal de partida. Respira fundo, controla-se e eleva uma oração silenciosa. Ao longo dos anos, já esteve no arame o bastante pra saber que não bastam habilidade e sorte para completar uma travessia. A fim de sobreviver, precisa de Deus a seu lado. Requer no mínimo que Ele seja uma presença benigna; a última coisa que deseja é ter Deus contra si.

Na esperança de só deparar-se com desafios terrenos, Salvo soergue sua vara de equilíbrio. O vento que cruza o arame produz um som que não difere muito do que parte da corda mais aguda de um violino. Quando Salvo pisa no arame, o peso de seu corpo abafa momentaneamente aquela nota, que depois volta a soar. Cada passo interrompe a monocórdia melodia, que, no entanto, recomeça entre um passo e outro. É como se o arame tentasse executar a minha marcha fúnebre, pensa ele, e cada passo meu o forçasse a recomeçar. Enquanto eu prosseguir a caminhada, ele não poderá concluir a sua marcha, e tudo ficará bem.

O arame penetra-lhe nos pés através das sapatilhas, e ele sente o vento atravessando o tecido do macacão. Salvo não usa a roupa justa convencional. Não se incomoda de vesti-la quando se exibe em recinto fechado, mas em travessias ao ar livre prefere uma roupa um pouco mais solta, para sentir melhor a força e a direção do vento.

Para um homem de sua idade, ou mesmo com a metade de sua idade, Salvo está numa forma excepcional. É esguio, flexível e indiscutivelmente forte, e seu corpo delgado oculta uma musculatura rara para o seu tipo físico. Foi com a maior dignidade que seu cabelo passou do castanho mais escuro a um grisalho prateado, embora a testa esteja algo mais larga. Os lábios grossos, rijos, cobrem uma dentadura que, a despeito de hábitos sumários de higiene bucal, tem um brilho esplêndido. O rosto, ainda belo depois de curtido por 66 anos de uma vida dura, é tranquilo, atraente, e inspira confiança. Quem o vê na rua tende a gostar dele. Mas o traço mais surpreendente de Salvo são os olhos. Profundamente engastados nas órbitas e velados por sobrancelhas grossas e escuras, têm a cor de uma floresta de esmeraldas e podem ser frios e penetrantes num instante, calmos e reconfortantes no instante seguinte. Podem exprimir bondade ou raiva melhor que as palavras. Quando as pessoas pensam em Salvo, pensam primeiro nos seus olhos.

O céu está cinzento, sombrio, em nada parecido com o que se quer para festejar o Dia da Independência, muito menos para caminhar no arame, mas, para Salvo, antes isso que o sol forte e o sufocante calor previstos no boletim meteorológico. O ar quente que sobe das ruas pode causar correntes de ar malignas, muito mais perigosas que uma simples brisa. No entanto, ele também não gostaria de estar lá em cima com uma trovoada.

Velho idiota, ele se acusa, cá está você a 110 andares de altura e com medo de ser fulminado por um raio. Repele esse pensamento, ignora o fato de que aqui, a quatrocentos metros de altura, carregando uma longa vara que é boa condutora de eletricidade e caminhando sobre um arame de aço, ele vale por um pararraios. Dá outro passo e torna a emudecer o arame.

Salvo entra num estado de concentração intensa. Mal cobriu um quarto do caminho, e a parte mais difícil está por vir. A vara pesa mais a cada instante, mas ele não se cansa, faz dela uma extensão do próprio corpo, e seu peso lhe dá estabilidade. O tecido da perna esquerda do macacão se retesa quando Salvo é fustigado por uma rajada de vento, surpreendentemente forte. Manobra a vara para corrigir o equilíbrio e registra mentalmente um lembrete para prestar mais atenção às rajadas. No modo com que o vento açoita os prédios existe algo de ameaçador que o assusta e revigora.

Certa vez um jornalista perguntou-lhe o que sentia ao caminhar tão acima da multidão, com a morte à espreita lá embaixo e o sucesso tão distante lá na frente. Sem saber o que responder, ele disse que se sentia como um pássaro, uma águia. Sabia que a resposta nada tinha de verdade. A águia tem asas. Quando voa, sabe que não vai cair. Já ele, era apenas um homem, porém um homem que ousava coisas que outros homens limitavam-se a olhar, admirar e invejar. Caminhava para esses homens, tanto quanto para si mesmo. Hoje, porém, caminha apenas para sua própria realização. É esta a diferença nessas travessias solo. Todos os êxitos, fracassos e problemas passados do mundo lá embaixo se apagam da memória. Quando ele está em meio aos outros homens é apenas um deles, com suas esperanças, temores e coisas que acabaram mal. Aqui em cima ele é atemporal, é um homem caminhando num arame bem acima de tudo, em um mundo à parte. Não está livre de todo, mas está tão livre quanto jamais poderá estar.

Agora Salvo está quase a meio caminho, mantém sem pressa um ritmo que é bom, e as coisas andam bem. O arame continua tenso, e o vento é brando. No ponto equidistante das duas torres haverá um pedaço de fita vermelha marcando o local onde Salvo concordou em plantar uma bananeira, um brinde especial à multidão lá embaixo. Os promotores do evento pediram também que ele desfraldasse da perna uma bandeira americana. Mas isto ele recusou. Não só tal proeza seria desnecessariamente arriscada, mas Salvo é um equilibrista, não um político. Além do mais, não é sequer americano.

Para Salvo, plantar bananeira num arame não é tão difícil, e a altura até seria uma vantagem. Como o público está muito distante, ele resolveu não fazer encenações. Normalmente, trabalhando a uma altura menor, ele acenaria ou oscilaria ligeiramente, não a ponto de comprometer o equilíbrio, mas o bastante para dar a impressão de que ia cair. Na altura em que está, porém, isso não teria sentido, o que é uma pena. A encenação é da própria essência do espetáculo, embora, a bem da segurança, seja melhor dispensar quando se anda a quatrocentos metros de altura.

Salvo baixa o corpo para o arame, dobrando os joelhos e mantendo a vara perpendicular a sua trajetória. Inclina a cabeça e projeta as pernas para o céu. Com as mãos, segura a vara dos dois lados da cabeça, o que lhe permite corrigir o equilíbrio lateral e usar as pernas levantadas para controlar os movimentos para a frente e para trás. Só é possível executar correções mínimas: um pouco mais ou um pouco menos, e ele cai. Sabe que é esta a perdição da maioria dos equilibristas: quando você exagera na correção tem de compensar o erro do outro lado, e a maioria das vezes acaba oscilando até perder o equilíbrio e despencar.

Quando as pernas de Salvo atingem o ápice, ele arqueia as costas e completa a bananeira. Então, por um breve instante, o vento apanha seu corpo num ângulo infeliz, e no instante seguinte ele já não sabe se conseguirá endireitar-se. Seus braços se retesam, o ventre e as coxas forcejam para deter seu ímpeto. Uma pontada de dor percorre sua anca, mas ele a ignora e luta para reparar o mal. Seu tronco se torce ligeiramente, mas ele o realinha, quase passando da conta, mal conseguindo preservar o alinhamento. O braço esquerdo, acionado a toda força, começa a tremer, mas ele segue lutando, empurrando o corpo até ele gritar, empurrando ainda mais, até que ele está de novo equilibrado e o perigo passa. Continua a plantar bananeira por mais alguns segundos, em parte para certificar-se de que recuperou plenamente o equilíbrio antes de tentar desfazer a acrobacia, em parte para garantir o controle sobre o vento, mostrar-lhe que não é capaz de derrubá-lo facilmente.

Convencido de ter dominado a acrobacia, Salvo, com extrema cautela, repõe os pés no arame. Ele faz uma pausa, espera que circule sangue pelos vasos que a manobra esvaziou, sentindo formigar a carne com as sensações que voltam, o rosto quente e rubro. Completamente recuperado, ele se põe de pé, ergue a vara e prossegue a jornada. Sabe que o que acaba de ocorrer teria derrubado a maioria dos equilibristas. Já viu outros se entregarem diante de problemas menores que o seu, e quando não caíam se agarravam no arame ou se jogavam numa rede improvisada, ou eram forçados a completar a travessia segurando-se no arame com as mãos. Fosse como fosse, a travessia acabava em derrota e vergonha. A diferença entre Salvo e os outros é que Salvo aprendeu há muito tempo a mandar o corpo continuar mesmo quando parecia ter chegado ao limite de sua resistência.

Ele fica imaginando como deve ser lá embaixo, como a rua deve ficar silenciosa a ponto de uma pessoa ouvir o respirar da outra, exceto enquanto ele plantava a bananeira, pois algumas pessoas não devem ter contido um arquejo. Quando ele oscilou, deve ter sido como se algo explodisse; a multidão deve ter irrompido em gritos e lamentos. Depois, quando se endireitou e recolocou os pés no arame, deve ter aplaudido com entusiasmo, muitos sorrindo para o vizinho desconhecido como para dizer que sabiam que a coisa acabaria assim.

Com renovada confiança e resistência, Salvo prossegue, satisfeito por sentir no rosto o vento, satisfeito com a frescura do ar, satisfeito com a sensação de agito da cidade e com o bater firme e regular do próprio coração. Ele sabe que se cair não terá chance alguma de sobreviver. Em apenas um segundo estaria a uns cinquenta metros do arame, caindo a uma velocidade de trinta quilômetros por hora. Cinco segundos após, estaria cento e vinte metros abaixo, agora caindo a uns 170 quilômetros por hora. A essa altura, atingiria a velocidade terminal, a velocidade máxima que atinge um corpo que cai. Que se chocaria com o solo apenas sete segundos mais tarde, doze após deixar o arame, ele sabe porque leu no jornal hoje mesmo de manhã, numa matéria não muito animadora sobre sua travessia.

Há muito tempo ele sustenta que a maioria das pessoas não quer vê-lo cair. Talvez cinco por cento de seu público abrigue esse desejo, talvez quarenta e cinco esteja lá para ver a sua queda, se ocorrer. A outra metade está lá para vê-lo superar a morte. É para estas pessoas que Salvo passa a vida se exibindo. Ele sente medo, mas não se intimida. Gosta de pensar que, se as pessoas o virem enfrentar o medo, serão também capazes de, à sua modesta maneira, fazer coisa semelhante. É o que ele pensa quando está mais otimista. Artigos de jornal como o de hoje, porém, contribuem muito para desanimá-lo.

Mas agora não importa, pois ele avança firmemente e tem certeza de que não vai cair. Já cobriu três quartos da travessia e prossegue num bom ritmo. O vento amainou e o arame parou de cantar. Seu rosto está coberto de suor e ele passa a língua nos lábios, saboreando o salgado gosto de sua árdua tarefa. O quadril lateja um pouco, mas Salvo não se incomoda com a dor, coisa com que há muito está familiarizado. Imagina a multidão lá embaixo, sorrindo em ansiosa expectativa; ele plantou bananeira e, acredita, até fez uma encenação, embora sem querer. Tem uma visão de Anna, sua mulher, lá embaixo, servindo uísque de centeio com gelo – um para ela, dois para ele. Sempre toma dois uísques depois de uma travessia; para ele, o aroma do uísque veio a ser o aroma do sucesso.

No passo que se segue, Salvo sente o arame bambear. Não muito, só um pouco, mas é assim que os problemas começam. Ele não se preocupa demais; a turma de plantão pode apertar os cabos e esticar o arame, e tudo ficará em ordem. No próximo passo, contudo, o arame ainda está mais frouxo, e a folga piora enquanto ele dá os três passos seguintes. Agora já está seriamente preocupado e pensando em parar enquanto esticam o arame. Exatamente quando começa a ponderar as opções, o arame recomeça a retesar-se. Com um suspiro de alívio, ele retoma a caminhada.

Salvo ainda sente uma pequena folga no arame quando é colhido de lado por uma rajada de vento, a mais forte até então. Forceja contra o golpe, pendendo perigosamente a vara para um lado, enquanto pernas, braços e ventre lutam por equilíbrio. Uma fração de segundo mais tarde, o arame cede pelo menos sete centímetros sob seus pés. Salvo baixa com ele, consciente de que o pior está acontecendo.

Devido a sua enorme altura, as torres gêmeas do World Trade Center podem oscilar no topo mais de um metro em qualquer direção, em caso de vento forte. Salvo não tinha a menor intenção de caminhar com um vento capaz de inclinar tanto assim um prédio inteiro, mas bastava um ligeiro movimento para colocá-lo em risco. A fim de compensar um eventual deslocamento, o arame fora montado nos dois extremos em cima de grandes molas rígidas. As molas eram muito robustas, e somente cederiam a uma força considerável, pouco menos que a necessária para quebrar o arame de estalo.

Ele sabe: o mesmo vento que acabou de golpeá-lo fez uma das torres inclinar-se para a outra, e foi por isso que o arame bambeou. Imediatamente, ele se prepara para o iminente retesamento do arame. Dobra os joelhos e baixa os braços para abaixar o centro de gravidade: é alto o risco de perder contato com o arame, e então seria extremamente difícil recuperar-se. Naturalmente, há também o risco de o arame se partir, mas, neste caso, não há o que fazer. Tudo estará terminado.

O arame se retesa com um estalo que açoita os ares. Por mais que tente manter contato, Salvo não consegue. Mas não entra em pânico ao sentir o vazio sob os pés. Com agudos reflexos, endireita o corpo e sente deter-se o movimento ascendente. Por um brevíssimo instante fica imóvel no ar, quinze centímetros acima do arame, uns quatrocentos metros acima do solo. Agora está descendo, e seus pés tocam de novo o arame. Dobra os joelhos, e todas as peças de seu corpo – dos artelhos à cabeça, passando pelos tornozelos, canelas, coxas, pelo estômago e o peito, braços e pescoço – tudo funciona para suster seu equilíbrio e mantê-lo ereto. Até sua respiração entra na luta.

A única coisa que Salvo percebe são os seus músculos que se contraem e relaxam, e o único som que ouve é o do sangue a circular. Não há passado, não há futuro, só esta fração de segundo, depois esta, e mais esta. Em quatro segundos, ele vive mais do que muita gente a vida inteira, com um único fim que poucos podem entender. Não pensa; nem começa a pensar. Sua sobrevivência depende de reflexos, treinamento e sorte.

Reflexos e treinamento não lhe faltam. A sorte, no entanto, não parece estar hoje do seu lado. Exatamente quando sente que está recuperando o equilíbrio, exatamente quando a situação parece estar mais uma vez sob controle, seu pé esquerdo escorrega do arame. Ele reage velozmente e consegue recompor-se, mas só em parte, não de todo. A perna direita está dobrada no joelho de uma forma impossível; a esquerda pende órfã no ar.

Salvo está paralisado, pesando opções. Não se mexa, diz consigo mesmo. Ainda existem saídas. Você pode tentar abaixar-se ainda mais, pousar a vara no arame e levantar a perna esquerda. Ou tentar se pôr de pé, usando toda a sua força para endireitar a direita.

Não há opção garantida. Se tentar erguer-se e não tiver força bastante, tropeçará. Se tentar abaixar-se para o arame e vier uma rajada de vento antes que se firme, será lançado no ar. Melhor se aproximar do arame, decide. Assim, se não conseguir, pode ao menos agarrar o arame.

Lentamente, com grande cautela, Salvo abaixa o corpo. Sente a perna direita como se fosse o alvo de um maçarico. Mal consegue manter firme a vara. Os maxilares estão cerrados com tanta força que ele ouve os dentes rangendo, e sua visão começa a turvar-se. Mas a pressão sobre os braços é aliviada quando a vara pousa no arame, e, quando o joelho esquerdo sobe para o arame, abranda-se a dor na perna direita. Por alguns segundos ele descansa. Não demore aqui demais, pensa ele; sabe que vai ter câimbra na perna direita se não se erguer em breve.

Expira, sente os pulmões queimando quando o ar escapa e respira fundo, convocando toda a resistência que lhe resta. Não resta muita, ele sabe. Melhor se virar com o que tem. Se eu conseguir me levantar, tudo bem, pensa. Levante-se, é isso.

Então, Salvo se levanta. Não é tão difícil quanto ele temia; o arame recuperou a firmeza sob os pés, e o vento passou. Lá no alto, as nuvens se afastaram um pouco, e um débil raio de sol brilha no arame em frente a ele. Confiante, ele caminha para o brilho, perscrutando o horizonte. Caminha tão acima dos prédios de Nova York que eles parecem pequenos e insignificantes. Aço, tijolo e concreto são como torrões na caixa de areia de uma criança.

Salvo dá um passo, depois outro. O arame transmite uma sensação de conforto, como um velho casaco de inverno, e ele está contente de estar onde está. O medo o abandonou de todo. Enfrentou o pior e não caiu. Isso é muito bom, mas não cante vitória antes da hora, diz uma voz interior. Você ainda não chegou ao outro lado.

Relega a euforia ao fundo da mente. Mais tarde haverá tempo de sobra para comemorar. Não tornará a pensar nisso enquanto não estiver no trailer com Anna, bebendo uísque de centeio.

Faz uma pausa, confere o equilíbrio, ajusta a pegada na vara. Apanha um punhado de talco de bebê, mas o ignora para evitar que alguma lembrança interfira com seu foco. Dá um passo lento para a frente, firma-se e levanta o pé para outro passo. Neste exato momento, o arame torna a ceder. Enquanto ele segue a descida do arame, o vento o atinge como uma onda, e isso é mais do que ele pode administrar. Quando o arame sobe, Salvo não consegue acompanhá-lo. Desvia-se para o lado, a perna esquerda toda fora. Sente o arame lhe bater por trás, no joelho direito e na nádega, e a vara se torce demais para um lado. Mal consegue segurá-la, seus dedos acabam por soltá-la, a vara já não está em suas mãos. As mãos procuram cegamente o arame, e de algum modo ele consegue agarrá-lo e ainda prender entre os antebraços a vara fugitiva. Aconteça o que acontecer, ele crê que não deve perder a vara. É uma crença puramente instintiva; a essa altura, a vara é irrelevante. Mas Salvo anda no arame há tanto tempo que os reflexos superam a lógica. O fato é que ele pode agarrar o arame ou a vara, mas não os dois ao mesmo tempo.

Seu corpo se retorce para o lado ainda mais, e agora só a panturrilha direita se mantém no arame, agora só o tornozelo. Salvo deixou o arame. Está caindo. Nos braços, ainda segura a vara.

Instantaneamente, ele percebe que está caindo, que está morto. Não fica chocado, nem tem medo. Concentra-se numa última tarefa. Ele se retorce e se contorce, as mãos ainda seguram com força a vara, manobrando os pés para que fiquem abaixo do tronco, lutando para permanecer na vertical. Em numerosas fotos feitas enquanto Salvo caía, se tem a forte impressão de que ele ainda estava no arame.

Lembra-se do provérbio rom que seu pai murmurava em tempos duros: *Enterrem-me de pé. Eu já passei a vida de joelhos.* Ao próprio Salvo, porém, o que ocorre é outro pensamento, preservado no fundo de sua consciência quase a vida inteira. Será seu último pensamento terreno.

Me enterrem de qualquer jeito. Eu vou morrer de pé.

DOIS

Salvo limpou das pálpebras o pó da estrada e acelerou o passo, tentando acompanhar o pai. O verão havia sido muito quente, e os campos estavam tão secos quanto a estrada por onde seguiam. Era 1919, a Grande Guerra terminara havia menos de um ano e o exército romeno ocupara essa província até então húngara. Como se não bastassem quatro anos de combate, agora havia a seca. O povo desta zona rural da Transilvânia teria de passar mais um inverno de privações.

O pai de Salvo não parecia inquieto com a perspectiva de as coisas passarem de mal a pior. Miksa Ursari era um homem esbelto, ossudo, de mãos calosas, e tinha cicatrizes nas costas, lembrança de uma surra que lhe deram com arame farpado por roubar uma galinha. De fato ele roubara essa galinha, além de centenas de outras, e, ao ser surrado, ele não se debateu nem gritou. Quando afinal o soltaram, Miksa roubou um cavalo e seguiu para a cidade seguinte. Vingança foi coisa que jamais lhe passou pela cabeça. Para quê? Ele era um rom, ou seja, um cigano, e, para um rom, a melhor forma de vingar-se é viver mais um dia.

Os roma estavam espalhados por toda a Europa, alguns estabelecidos em cidades ou aldeias, a maioria ainda nômade. A partir do começo da guerra, um número crescente de pessoas fora sendo deslocado, e mais roma acabaram refugiados, escapando de campos de batalha, da fome e do recrutamento. Agora havia também os que não eram roma, porém fugiam da mesma maneira. Eram os gadjés, que não se acostumavam facilmente com uma vida de arranjos transitórios. De alguns, Miksa tinha dó. Ele próprio mal tinha ideia de que fosse viver a vida inteira num mesmo lugar e de repente ser expulso. Velhas mulheres de rosto vermelho, com toda uma vida a carregar pertences em carros de boi – destas sim, tinha dó. Mas havia outros, porém, maldosos homens de testa estreita, dos quais não sentia dó algum. Aonde quer que fosse dava com gadjés tentando pôr a culpa em gente que não tinha nada a ver com nada, quase sempre os roma. Os roma, claro, mentiam e roubavam, mas nunca a ponto de fazer de fato mal, e com certeza não foram eles que começaram a guerra, nem que a perderam. Miksa Ursari estava a par de que havia muita gente em busca de pretextos para fazer dos roma bodes expiatórios, e tentava arduamente não pensar no que podia acontecer se essa gente se tornasse ainda mais numerosa e gritasse ainda mais.

Portanto, se Miksa parecia indiferente à seca, era porque tinha outras preocupações. Mesmo assim, preocupava-se muito menos com as coisas que lhe iam na cabeça do que outros com o que ia na cabeça dele. A vida sempre fora dura; por que seria fácil agora? Não adiantava deixar-se obcecar pelos problemas. Embora a vida fosse normalmente má, havia ocasiões em que era boa. E se você passar o tempo a inquietar-se com o momento ruim, perderá o seu efêmero momento bom. Se isto era de todo verdadeiro, Miksa não tinha certeza; mas aprendera que o homem necessita de um modo de olhar as coisas e, aos 27 anos, achava que este era um modo bom.

Salvo, que estava então com nove anos, puxou a manga do pai. Miksa tinha consciência de que ia depressa, depressa demais para o garoto, mas havia um assunto urgente a tratar e não podia afrouxar o passo.

– Salvo, ande depressa que eu lhe conto uma história – diz ele. Sabe que o filho vai correr para acompanhá-lo antes que ele retire a promessa.

Tinha razão. Ansioso para ouvir uma história, Salvo acelerou o passo. Seu pai contava as melhores histórias dos roma, que contavam as melhores histórias do mundo. Muitas vezes, em noites claras, Miksa reunia a família em volta do fogo e contava histórias até que Salvo se punha a lutar contra o sono, e, quando afinal adormecia, as histórias prosseguiam em seus sonhos.

Miksa Ursari engoliu em seco para limpar a poeira da boca, umedeceu a língua e coçou os pelos do pescoço que incomodavam: estava dando tratos à bola atrás de uma história para contar. Sabia muitas, mas nem todas eram adequadas para um garoto impressionável, menos ainda para Salvo, que escutava fervorosamente e tomava tudo ao pé da letra. Para um rom, seu filho era crédulo a ponto de parecer ridículo. Miksa se preocupava com o seu futuro.

– Você sabe por que há tantos roma na Hungria? – perguntou.

– Não.

– Muito bem. Vou lhe contar.

Miksa abandonou seu tom normal e adotou o de um homem que está contando uma história e não quer ser interrompido. Se havia uma coisa que ele não tolerava eram interrupções quando contava histórias. Perdia o fio da meada, e o efeito que tentava criar se arruinava. Terminada a história, haveria tempo de sobra para fazer perguntas.

– Muito tempo atrás, acho que antes de nascer o meu tataravô, não havia roma na Hungria. Passavam pelo país, porém nunca ficavam, porque não se sentiam bem recebidos. Aconteceu que um dia um jovem casal com um bebê estava atravessando a Hungria. Ora, o marido era um grande ladrão. Diziam que ele era capaz de roubar a língua de uma pessoa enquanto falava com ela, sem que a pessoa percebesse. Era o que diziam.

"Pois é, ele era mesmo um grande ladrão, porém, ainda assim, podia ser apanhado. E os húngaros que o apanharam o levaram à prisão, deixando a sua jovem mulher e o bebê em terra estranha, sem cavalo, boi, nem mula. A mulher caminhou dias a fio na direção em que os húngaros tinham levado seu marido, o ladrão, na esperança de encontrar a prisão e rogar que o soltassem.

"No terceiro dia, foi dar numa aldeia que estava deserta. Ela estava cansada e o bebê faminto, então entrou num estábulo, sentou-se na palha e deu o peito a ele. Ela era muito bonita, só tivera esse filho, e tinha um cabelo comprido e pesado que lhe caía pelos ombros e costas abaixo. Sabia que, para uma mulher moça e bonita, era um perigo viajar sozinha, mas levava com ela uma faquinha e o marido lhe ensinara a manejá-la, de modo que não se preocupava demais com a própria segurança.

"Estava adormecendo quando ouviu lá fora um barulhinho, e para que o menino não chorasse e chamasse a atenção do que quer que fosse que estivesse ali, tornou a dar-lhe o peito. E então avistou uma serpente, uma serpente enorme, a deslizar pela porta do estábulo e a avançar diretamente para ela.

"A serpente era de fato gigantesca, comprida e larga como a árvore mais velha da floresta, e tinha um couro tão duro e grosso que nenhuma flecha lograria atravessá-lo. Era tão voraz que havia devorado tudo que existia na aldeia: pessoas, gado e forragem. Pouca gente havia tido a sorte de escapar.

"A maioria das mulheres ficaria aos gritos diante de tal monstro, mas a moça era uma rom, além do mais casada com um grande ladrão, portanto ela não fez isso. A serpente arrastou-se até pertinho dela, cheirando o seu leite, sem saber se o gosto seria tão bom quanto o cheiro. A moça percebeu o olhar que faiscava nos olhos negros do monstro e entendeu o que ele pensava, então apanhou devagar sua cabeça e a puxou para o peito, ao lado do filho.

"E a serpente sugou, com tanta força e fúria que a moça pensou que fosse lhe arrancar até o coração; mas não recuou. Ao contrário, passou a mão na cabeça da serpente e afagou-lhe as escamas como se fosse a pele macia de seu próprio filho.

"Daí a pouco a serpente caiu prostrada, e, enquanto ela dormia, a moça puxou a faquinha do bolso da saia. Sabia que o pequeno objeto não atravessaria o couro da serpente, mas não desistiu. Era mulher de um homem astuto, e pensou num plano. Com muito cuidado para a serpente adormecida não lhe soltar o peito, ela cortou todo o seu longo e lindo cabelo. Com ele trançou uma boa corda, bem forte. A seus pés havia uma peia usada para prender os cavalos que a serpente havia devorado. Amarrou uma ponta da corda na peia, passou a outra ao redor do pescoço da serpente e lhe deu um nó de forca.

"De manhã, a serpente acordou faminta e tornou a mamar, com sua habitual voracidade. Tão concentrada estava que não sentiu o laço no pescoço. Sem vacilar, a moça passou-lhe a mão na cabeça. Deixou a serpente mamar tudo que queria; sabia que, com a fome satisfeita, ela se descuidaria. Após um tempo que lhe pareceu interminável, a serpente, saciada, parou de sugar.

"Como um raio, a moça apanhou o bebê, empurrou a serpente do peito e disparou como uma flecha para o fundo do estábulo. A serpente investiu contra ela, presas à mostra, mas, repleta de leite, não conseguiu alcançá-la. Quando acabou de esticar a corda, o laço apertou-lhe o pescoço. O monstro se debateu selvagemente para se livrar, e a moça temeu que se quebrasse a corda de cabelo. Mas a corda aguentou, e quanto mais a serpente lutava mais o laço apertava. Sem ar, a serpente começou lentamente a morrer. E afinal, já com os olhos saltados, parou de agitar a cauda. Estava morta.

"Quando os gadjés que tinham escapado da serpente souberam o que havia acontecido, encheram-se de gratidão e imediatamente localizaram o marido preso e o soltaram. Receberam na aldeia o casal rom e seu filho, e lhes disseram que lá sempre seriam bem-vindos. Mas o marido era ladrão e não queria roubar de gente que tratava tão bem a ele, a sua mulher e seu filho, de modo que a família abandonou a aldeia.

"Quando os outros roma souberam como os húngaros tinham tratado o grande ladrão e sua jovem esposa, quiseram ir também para a aldeia. O ladrão, que não queria ver nada de mau acontecendo com os aldeões, não explicou direito onde ficava a aldeia, porém, mesmo assim, os roma foram para a Hungria. E até hoje muitos continuam a procurar a aldeia onde o ladrão e sua jovem esposa foram bem tratados, pois correu que, se a encontrassem, os roma parariam de errar pelo mundo."

Miksa continuava a caminhar depressa, e Salvo meio andava meio corria atrás dele. Só se ouvia o ruído de pés na terra e um débil vento farfalhando nos ramos finos das árvores.

Quando entendeu que a história havia terminado, Salvo perguntou, com a respiração trabalhosa por causa do passo forçado:

– O cabelo dela cresceu de novo?

– O quê? – O pensamento de Miksa havia derivado para outro assunto.

– A mulher. O cabelo dela cresceu?

– Cresceu, sim. Cresceu mais comprido, mais forte e mais escuro do que nunca, e ela ficou ainda mais bonita.

– E o bebê?

– Cresceu e virou um grande ladrão, como o pai dele.

– E ele foi de novo à aldeia?

– Não. Da mesma forma que o pai, ele era grato ao povo da aldeia e não queria roubar deles. Além disso, era um bebê quando esteve lá, e quando virou homem já nem sabia direito onde ficava a aldeia.

Salvo pôs-se a pensar. Sabia que, quando bebê, estivera em lugares de que já não se lembrava. Já passara por muitos lugares, fora até a casa de seu tio e sua tia em Budapeste, de que se lembrava, e também ao leste da Romênia e da Bulgária, que esquecera. Sendo assim, a resposta do pai tinha sentido.

– Você sabe onde fica a aldeia?

Miksa olhou para o menino. Por que ele tinha de levar tudo ao pé da letra?

– Não, não sei.

– Não é onde nós moramos?

– Não – respondeu Miksa. – Não é.

Seguiram estrada abaixo, passando por uma vala onde jazia uma cabra meio pra fora, as pernas em decomposição grotescamente abertas.

– E a cobra?

– Morreu. Não existe mais.

– Havia mais cobras assim?

– Acho que não. Se havia, provavelmente morreram todas na guerra.

Salvo sentiu-se aliviado. Não gostava de pensar em semelhante monstro.

SALVO ERA O SEGUNDO DOS TRÊS FILHOS sobreviventes de Miksa. O mais velho, András, tinha onze anos e estava muito forte para a idade: era capaz de levantar uma bacia grande cheia d'água. Havia também uma menina pequena, Etel. As crianças seriam seis, mas três delas morreram bem pequenas. Salvo nem as conhecera de verdade, portanto não sofreu com as mortes, mas ouvia os lamentos da mãe à noite e ficava triste por ela. Ouviu também palavras como *gripe* e *difteria*, e ficou imaginando se também ia morrer. Ficava acordado, com medo de dormir e acordar morto, mas sempre acordava muito vivo, e, ultimamente então, se preocupava menos.

Antes de a guerra começar, a família de Salvo possuía um urso domesticado. O sobrenome da família, "Ursari", queria dizer "urso" em romani, e chegaram a viver do animal, que era esperto e fazia vários números. O nome do urso era Bella, que, segundo alguém explicou, queria dizer "bom" em italiano. Bella Ursari, o urso, ou o Bom Urso, sustentou durante anos a família, mas quando a guerra irrompeu faltou comida e, embora comesse melhor do que qualquer outro, Bom Urso adoeceu, e acabou morrendo. Salvo não viu o pai chorar quando morreram suas irmãs e seu irmão menores, mas, quando Bom Urso afinal se foi, seu pai escondeu o rosto na pele do animal e chorou como uma viúva jovem no enterro do marido.

Depois disso, por longo tempo, o pai de Salvo recusou-se a sair. Ficava sentado de pernas cruzadas, bebendo café forte e fumando um cigarro barato, e comia pouco, não dormia quase nada e parou completamente de contar histórias. Até que, na primavera, a barriga da mãe de Salvo começou a inchar e, três dias antes do fim da guerra, ela deu à luz uma menina.

Depois disso, o pai de Salvo pareceu esquecer Bom Urso e tratou de trabalhar para manter a família. Conhecia o ofício de ferreiro e ganhou alguma coisa trocando ferraduras e consertando coisas. A guerra causara uma carência de trabalho qualificado, mas, à medida que os homens regressavam dos campos de batalha, diminuía a demanda pelo trabalho de Miksa. A maioria das pessoas preferia o ferreiro húngaro ou romeno ao ferreiro rom, mesmo que este trabalhasse bem melhor. Ultimamente, o pai de Salvo só era chamado para serviços que ninguém mais queria porque eram difíceis ou perigosos demais.

A ESTRADA FAZIA UMA CURVA PARA A ESQUERDA, e quando pai e filho dobraram surgiu uma igreja. Ainda estava a uns oitocentos metros de distância, mas o campanário, incrivelmente alto, já era visível. A igreja era muito velha, tinha ao menos quatrocentos anos – idade admirável considerando o volume das batalhas de que essa terra fora palco e o fato de que fora construída de madeira. É raro uma estrutura de madeira durar tanto num lugar onde as pessoas tendem a incendiar os prédios em tempos tumultuados.

A igreja não era muito grande, nem precisava ser. Jamais tinham vivido mais de seiscentas ou setecentas pessoas nas redondezas e, desse número, menos da metade eram católicos praticantes. O corpo principal da construção tinha a altura de dois andares e o telhado era pontudo, desenhado para escorrer a chuva, que ali caía em abundância. A pintura, branca, já descascara havia muito tempo. O novo pároco e seus ajudantes cuidavam bem da igreja, mas simplesmente não existia tinta disponível.

Do lado oeste da igreja, bem acima da entrada, erguia-se o campanário que Salvo tinha visto a oitocentos metros. Subia do telhado rumo ao céu quase 25 metros – quadrado ao longo dos primeiros 15 metros, depois se afunilando nos últimos dez até rematar num pequeno globo achatado de uns dez centímetros no diâmetro maior. O que mais chamava a atenção no campanário era a ausência de uma cruz no topo.

A igreja tinha para o campanário uma cruz que talvez fosse ainda mais valiosa e notável que ela própria. Dizia-se que essa cruz tinha mais de novecentos anos, e fora feita com ferro forjado em Roma e enviada por um papa a fim de celebrar a coroação de Santo Estevão, o rei que levara a cristandade à Hungria. A cruz estaria a caminho de Budapeste quando o cavaleiro enviado para escoltá-la adoeceu e morreu naquela aldeia. Desde então, já adornara o campanário de uma sucessão de igrejas construídas no local.

Quando irrompeu a Grande Guerra, o velho pároco, temendo que a igreja fosse incendiada, mandou tirar a cruz do campanário. Exatamente como fez isso, ninguém soube; ele morreu pouco depois. Seguiu-se uma sucessão de párocos interinos. Nenhum se interessava muito pela aldeia e, um por um, a abandonaram. Somente um ano atrás, finalmente, um pároco chegou para ficar. Não se importava tanto com a aldeia, ele mesmo disse, mas não queria o campanário sem a cruz.

Resolveu-se, portanto, que a cruz devia ser recolocada no lugar, mas ninguém sabia como fazer isso. Várias pessoas ligadas à igreja haviam tentado, mas ninguém conseguia escalar o campanário, e muito menos levar até o topo a cruz, que pesava uns quarenta e cinco quilos. O pároco acabou oferecendo uma pequena recompensa a quem achasse um meio de fazer tal instalação. Conhecendo a criatividade dos roma, ele zelou para que a notícia da recompensa os alcançasse. E foi assim que Miksa veio a saber do problema.

Imediatamente ele se ofereceu para a tarefa, dizendo ao pároco que só precisava de uma corda forte que tivesse de extensão o dobro da altura do campanário. O pároco ficou intrigado, tentando imaginar como ele subiria, mas Miksa não abriu a boca. Limitou-se a dizer-lhe que esperasse para ver, e que viria no dia seguinte para executar a tarefa.

Uma pequena multidão – umas quarenta pessoas – reuniu-se para olhar, nem todas felizes com a perspectiva de a cruz ser reinstalada por um rom. Quando se aproximaram, esgueirando-se por entre a multidão, Salvo e seu pai ouviram murmúrios sobre uma antiga lenda bíblica, muitas vezes contada por gente para quem os roma eram descendentes de Caim e também por roma que simplesmente gostavam da história. Salvo se lembrava de como o pai a contava a ele e a seu irmão mais velho, András.

– Quando os romanos decidiram crucificar Jesus, deram dinheiro a dois centuriões para comprar prego para o serviço. Mas, em vez de comprar prego, os centuriões gastaram o dinheiro em bebida, comida e mulheres. Uma vez saciados, lembraram-se de que tinham de levar os pregos, e foram, portanto, atrás de um ferreiro, o qual era judeu.

"'Precisamos de quatro pregos depressa', disseram, e tocaram fogo na barba do judeu para ele andar logo.

"Com a barba em chamas, o homem gritou, e os centuriões lhe enfiaram a barba num cocho d'água. 'Depressa! Precisamos de quatro pregos fortes, vamos crucificar Jesus daqui a pouco.'

"O homem, que sabia quem era Jesus e não queria participar da sua execução, recusou-se a fazer os pregos. Os centuriões o passaram a fio de espada e lhe arrancaram as vísceras. Dali foram a outro ferreiro, que era um sérvio, pediram a mesma coisa, ele também recusou e foi igualmente executado.

"Então foram ver um rom, que estava trabalhando arduamente na fornalha. 'Faça quatro pregos para nós', disseram, 'ou vai morrer agora mesmo.' O rom hesitou, e um dos centuriões pegou um dinheirinho, o pouco que restava da noitada. 'Eu lhe dou esta moeda.'

"Bem, o rom não queria morrer, então pôs a moeda no bolso e começou a trabalhar. Quando acabou o primeiro prego, os soldados o guardaram na bolsa. Quando o segundo prego ficou pronto, fizeram a mesma coisa, e também guardaram o terceiro prego assim que ficou pronto. Quando o rom começou a trabalhar no quarto, os centuriões lhe disseram: 'Obrigado, cigano; daqui a pouco vamos ter quatro pregos para crucificar Jesus.'

"Nesse momento as almas dos homens que os centuriões haviam assassinado apareceram e começaram a suplicar que o rom não fizesse prego pra matar Jesus. Assustados, os centuriões fugiram, deixando o rom com o quarto prego ainda quente na fornalha. Para não desperdiçar o ferro, o rom terminou o prego, mas o metal não esfriou jogando água em cima; continuou em brasa. Ele passou o dia jogando água, porém o prego se manteve em brasa, como um corpo que tivesse fogo em vez de sangue.

"Aterrorizado, o rom carregou sua carroça e foi embora. Só descarregou a carroça e armou de novo a tenda após viajar por vários dias. Assim que parou, surgiu outro homem com uma roda de carroça para consertar. O rom pegou o quarto prego e com ele fixou a roda, e o homem levou a roda com o prego cravado. Temendo que o homem da roda voltasse, o rom tornou a partir.

"Meses depois, outro homem trouxe uma espada para o rom consertar, e quando ele a tocou viu no punho o prego em brasa. Tornou a fugir, mas, aonde quer que fosse, o prego ia atrás dele e ele precisava fugir mais uma vez. E assim aconteceu com o rom e com todos os seus descendentes, e é por isso que os roma são forçados a seguir vagando, e é também por isso que Jesus foi crucificado com apenas três pregos."

A multidão que Miksa atravessava conhecia bem a história, e também versões em que o rom não era apenas uma vítima das circunstâncias. Salvo sentia os olhos da multidão em cima dele e percebia que os olhares nada tinham de amistosos. Não era certamente esta a aldeia que o grande ladrão salvara da serpente.

Pai e filho abriram caminho por entre a multidão até ver o pároco, que os esperava com a cruz aos pés. Ele apertou a mão de Miksa e lhe falou baixinho, de modo que Salvo não pôde ouvir bem. O pároco entregou a Miksa a corda mais comprida que Salvo já vira.

– Espere junto àquela árvore – ordenou Miksa ao filho, apontando para o que um dia fora uma árvore frondosa e agora se erguia morta na orla da clareira em frente à igreja. O menino obedeceu sem vontade e tornou a abrir caminho em meio à multidão. Miksa não queria que o filho esperasse junto aos cristãos húngaros. Havia muito sentimento negativo espalhado, por causa da guerra e da revolução, e tropas da Romênia entrando e saindo da região, e ele não queria que o menino virasse alvo de alguém interessado em descarregar frustrações.

Quando viu Salvo chegar à árvore, Miksa entrou na igreja e subiu a escada em caracol até uma passarela que acompanhava todo o perímetro interior da igreja. Corria até os fundos do prédio, fazia uma curva e seguia no sentido da largura. No meio, ao fundo, havia uma janelinha por onde um homem mal podia esgueirar-se. Pendurando em torno do ombro e do pescoço a corda enrolada para ficar com as mãos livres, Miksa empurrou a janelinha e virou-se de costas. Passou primeiro a cabeça, depois saiu com o resto do corpo. Lá fora, equilibrado no estreito peitoril nas pontas dos pés, mal conseguia alcançar o beiral. Com toda a força de seus dedos ossudos, foi puxando o corpo para cima, como se fizesse um exercício de tração, até tocar o beiral com o peito. Como o telhado era muito inclinado, conseguiu jogar primeiro uma perna depois a outra para o lado e para o telhado. Ao longo da cumeeira caminhou para a frente, onde começava o campanário. De lá viu a multidão reunida lá embaixo, e, além dela, Salvo encarapitado num ramo em L.

Era neste ponto que seus antecessores tinham esbarrado. O campanário era quase vertical, e não havia em que segurar-se, a não ser madeira lisa. Miksa ajeitou a corda no ombro e cuspiu nas mãos. Seu pé projetou-se no ar, avançando para fora, rumo à quina mais distante do campanário. Ao atingir o ponto mais alto da passada, seu pé pousou numa cavilha, que não teria mais de sete centímetros de comprimento e talvez um centímetro de diâmetro na cabeça; estava quase invisível para ele, e totalmente invisível para a multidão lá embaixo. Nem os que já tinham subido até ali a haviam percebido, mas Miksa sabia de sua existência e da de outras cravadas no campanário, e ficou aliviado ao perceber que aguentava o seu peso.

Miksa Ursari sabia das cavilhas porque fora ele que as cravara ali. De fato, fora ele que ajudara o antigo pároco a retirar a cruz do campanário. Ele gostava de Miksa, portanto, quando pediu a sua ajuda, Miksa ajudou sem vacilar. Tiraram a cruz em segredo, de madrugada, e a esconderam na mata pra não ser roubada. Depois que o velho pároco morreu, Miksa pensou em contar a alguém onde estava, mas não tinha confiança em nenhum dos sucessivos párocos interinos. De qualquer modo, eles nunca duravam. Mas não importava; o velho pároco deixara a informação por escrito, temendo que acontecesse alguma coisa a Miksa ou que, com o tempo, ele se esquecesse de onde a tinham escondido. O novo pároco achou o documento e recuperou a cruz, mas não tinha ideia de como fora retirada. Quando Miksa se ofereceu para reinstalar a cruz, achou melhor não mencionar que a retirada tinha sido obra sua. Ele não dava espontaneamente informação alguma que não fosse estritamente necessária.

Na base, o campanário tinha cerca de um metro e meio de largura, nos primeiros quinze metros. Miksa pregara as cavilhas em espiral ascendente, deixando uma em cada canto e uma no meio. No canto, ele estava em relativa segurança – ali era mais fácil apoiar-se na cabeça da cavilha e trocar os pés –, mas sobre a cavilha intermediária tinha de esticar o braço totalmente, e mal conseguia agarrar o canto do campanário com as pontas dos dedos. Vez por outra a madeira se lascava em suas mãos, porém ele não ousava calçar luvas, com medo de perder a aderência. A cada cavilha havia um breve momento em que era preciso trocar o pé, e aqui é que ele ficava mais vulnerável. Rapidamente, usando toda a força de seus dedos de pele grossa para agarrar a quina do campanário, ele puxava o corpo para cima, só um pouco, levantando um pé da cavilha e ali pousando o outro.

Enquanto ascendia desta forma, Miksa descobriu um detalhe para o qual não estava preparado. Da vez anterior ele escalara o campanário de madrugada, antes de o sol nascer. Agora, porém, com o sol da tarde, a madeira de o campanário fora aquecida a uma temperatura que tornava muito mais difícil agarrá-la. Sentia o calor no rosto, que havia pressionado com força contra o revestimento da construção, e seus dedos protestavam com veemência, embora ele soubesse que não chegavam a queimar. De qualquer modo, não competia a eles decidir se prosseguiam ou não, de forma que seu dono continuou a escalada. Foi contornando a flecha, subindo um metro e meio em cada lado e completou duas voltas e meia. Alcançou o alto da seção quadrada, a dezesseis metros do telhado, puxou o corpo para a beirada, que tinha vinte centímetros de largura, e lá descansou.

Aos olhos da pequena multidão lá embaixo, era como se Miksa tivesse o poder de agarrar-se à face externa do campanário como uma mosca, embora alguns suspeitassem que lá havia cavilhas. Salvo não precisava de palpite: sempre soubera de sua existência. Seu pai o fizera jurar segredo, um segredo que Salvo defenderia com a própria vida. Enquanto contemplava o pai a escalar o campanário, que se projetava para o céu como um dedo de Deus, seu coração se inundava com muita alegria e um pouco de inveja.

Miksa descansou na beirada da primeira seção do altaneiro campanário por alguns minutos antes de continuar. A seção final, de dez metros de altura, formava uma pirâmide trilateral, então, em vez de contornar a estrutura, como fizera na primeira, ele se arrastou diretamente para cima. À medida que o campanário se estreitava, ele conseguia avançar mais depressa, e a Salvo não pareceu demorar tanto até seu pai chegar ao topo. De onde ele estava, sentado no galho em L da árvore morta, Salvo achou que o pai estava muito longe, quase em outro mundo. Ficou tentando imaginar a sensação de ficar lá no alto, aonde ninguém fora capaz de chegar, e, vendo as caras de inveja dos gadjés na multidão, sentiu orgulho de ser filho de Miksa Ursari.

Miksa não baixou os olhos para ver o orgulho iluminar o rosto do filho. Embora nunca o tivesse confessado a ninguém, tinha um pouco de medo das alturas. Às vezes isto o incomodava, às vezes não. Continuou, respirando forte e encostando os dedos na madeira quente. Seu rosto estava pegajoso de suor, e o coração batia com tamanha força que chegou a imaginar se lá embaixo as pessoas ouviriam. Relanceou os olhos para baixo a fim de confirmar sua suspeita; o solo oscilou e se torceu, e ele sentiu uma contração no peito e uma pontada no estômago, mas se obrigou a prosseguir olhando. Enfrente isso, e você ou cai ou vence o medo, disse para si. Então, prosseguiu fitando o solo e, quando já pensava que não podia mais se controlar, o medo sumiu, e lá estava ele tão à vontade no topo do campanário como se estivesse em cima da estaca de uma cerca.

Meteu a mão no bolso, tirou um anel de ferro de dez centímetros de diâmetro e o enganchou num pino vertical preso na ponta da flecha. O pino fora colocado para lhe aparafusar o pé da cruz. Então Miksa desenrolou a corda do pescoço e ombros, feliz de se livrar de seu peso opressivo. Amarrou uma ponta da corda no anel e a deixou cair. Depois que uma ponta tocou o chão, deixou cair a outra.

Lá embaixo, uma ponta da corda foi atada à cruz e três homens começaram a puxar a outra. Lentamente a cruz se ergueu e foi subindo, até o topo do campanário. Miksa viu o novo pároco lá embaixo, contemplando a ascensão da cruz e sorrindo satisfeito. O velho pároco jamais teria visto ali um símbolo da ressurreição. Apenas uma cruz puxada para cima com uma corda.

Quando a cruz o alcançou, Miksa se abaixou ligeiramente, apoiando os pés em duas cavilhas cravadas 45 centímetros abaixo do ápice da estrutura. Dobrou os joelhos juntos e tirou as mãos do campanário. Sustentou o peso da cruz com uma das mãos e com a outra retirou o anel do pino. Em seguida, com toda a sua força, levantou a cruz e a pousou na beirada do campanário. O pino que fixava a cruz projetava-se 15 centímetros para cima e na base da cruz havia um orifício para ele, mas era preciso um grande esforço para levantar os 45 quilos e enfiar o pino no orifício.

Miksa firmou os joelhos com mais força do que nunca e respirou fundo. Com uma mão em cada braço da cruz, ele a suspendeu, movendo a base para lá e para cá até sentir que ela tocava o pino. Pousou a cruz em cima do pino e tentou enfiá-lo. Conseguiu que entrasse uns cinco centímetros, mas o pino estava enferrujado e não entrava mais. Devagar, cautelosamente, Miksa tirou uma das mãos da cruz, depois a outra, pronto para agarrá-la depressa caso se movesse; mas não se moveu. Testou a estabilidade com uma sacudidela, primeiro de leve depois com mais força, mas ela continuou firme. Convencido de que não tombaria em cima dele, Miksa voltou a atenção para a parte enferrujada do pino, duas vezes mais grosso que seu polegar. Com uma das mãos ele foi esfregando a ferrugem e sentindo que se esfarelava. Tirou rapidamente a mão quando a cruz se enterrou mais dois centímetros no pino. Então puxou a cruz pela base e a moveu de um lado para outro, sentindo que pouco a pouco ela descia mais.

Quando só faltavam uns cinco centímetros, Miksa sentiu a cruz cair subitamente e colidir com a arruela do pino, fazendo um clangor metálico. Uma chuva de ferrugem esfarelada caiu flecha abaixo, e pelo canto do olho ele achou que tinha visto cair também um pedaço do pino, com pouco mais de um centímetro de diâmetro. Essa visão o inquietou, mas não havia grande coisa a fazer: já não lhe restava força para levantar a cruz e avaliar o estrago. Miksa desatou a corda da cruz, meteu o anel de ferro no bolso e preparou-se para descer. Da vez anterior, sem outros espectadores, o velho pároco amarrara a ponta da corda numa árvore, e ele passara a corda pela cruz e fizera um rapel campanário abaixo. Desta vez, porém, havia muitos espectadores em quem simplesmente não confiava. E não queria absolutamente correr o risco de ver um gadjé cortar a corda enquanto ele descesse.

Miksa jogou a corda e começou a descer. Descer a seção piramidal era tão fácil como descer uma escada de mão, porém na quadrada havia uma dificuldade bem maior. Era preciso dar corretamente cada passo, do contrário pisaria no vazio, com pouca chance de se reequilibrar. A essa altura, ele quase sentia o chão debaixo dos pés, e, embora levasse muito menos tempo para descer o campanário do que para subir, a descida parecia interminável. Em vez de atravessar o telhado e passar pela janelinha, como fizera na subida, Miksa sentou-se e deslizou pelo telhado pontudo. Ao se aproximar da beirada ele freou com os pés, diminuindo a velocidade o bastante para soerguer-se e deter o próprio ímpeto.

Ao lado da igreja erguia-se uma árvore, e Miksa saltou para um galho. Em questão de segundos estava no chão, e imediatamente começou a procurar o pároco; não queria demorar-se ali desnecessariamente.

Para Miksa era patente o desdém nos olhos da assistência. Imaginou que estivessem contrariados porque nenhum deles conseguira reinstalar a cruz. Tinham vindo para ver o seu fracasso, e agora amargavam seu triunfo. Mas a posição deles era decerto ambígua. No íntimo, tinham um lado sabedor de que deviam estar felizes, pois a cruz tinha voltado a seu lugar. Por isso mesmo, porém, estavam infelizes e sentiam raiva, mais contra si mesmos do que contra Miksa. E ele começou a pensar se teria sido sensato executar esse trabalho.

Vendo Miksa aproximar-se, o pároco se adiantou com a mão estendida. Ao contrário dos outros, não abrigava animosidade alguma contra ele. Diante de si via apenas o homem que reinstalara a cruz de sua igreja. Se percebeu a forma como os outros estavam a ver Miksa, não deu sinal disso.

Miksa forçou um sorriso e agarrou as mãos do pároco. Eram lisas e macias, ao contrário das suas, grossas e marcadas por calos e cicatrizes deste e de outros trabalhos. Até as mãos de Salvo, que só tinha nove anos, estavam mais marcadas pelo mundo que as do novo pároco, que viera de um seminário em Budapeste logo antes de os romenos invadirem a Transilvânia e ocuparem o seu território.

O novo pároco temera que os romenos lhe tirassem a igreja, mas eles não lhe haviam sequer dirigido a palavra e, como era bem frequentada, ele deu por visto que sua posição era segura. Só tinha a lamentar uma coisa – por longo tempo o angustiou a incerteza sobre a perspectiva de um dia colocar uma cruz no alto do altaneiro campanário. Chegou a considerar a opção de demolir o campanário e erigir em seu lugar outro menor, mas com uma cruz, porém fora desencorajado pelo povo da aldeia. Acabou por ficar em estado de desespero, até que Miksa se ofereceu para o trabalho.

Agora, enquanto contemplava a cruz – que ele não acreditava fosse um presente enviado a Santo Estêvão da Hungria e retido a meio caminho, pela simples razão de que a aldeia ficava muito longe da rota entre Roma e Budapeste –, o padre sentiu um aperto no coração. Não se daria ao luxo de chorar de alegria em público. Limitou-se a enfiar na mão de Miksa uma bolsa de moedas; gostaria de ter mais para recompensar esse rom.

Tão logo se viu de posse da bolsa, Miksa virou-se e se encaminhou para a árvore onde esperava Salvo, só para ver o filho momentaneamente entretido com uma borboleta que pousara perto dele. Salvo observava como batia bruscamente as asas ao pousar, e depois parecia avaliar os arredores. Aparentemente, estava decidida a ficar algum tempo na árvore, ignorando sua presença. Movido subitamente por um instinto infantil, Salvo, devagar, prendeu uma das asas da borboleta entre o indicador e o polegar. Para sua surpresa, a borboleta não reclamou nem se debateu. Continuou tranquila, enquanto Salvo, devagar, a retirava do galho. Impressionado com a coragem da borboleta, ele a estava soltando quando seu pai chegou.

Miksa tirou o filho do galho da árvore morta. Sem uma palavra, os dois partiram depressa estrada abaixo, para casa. A multidão não demonstrava uma hostilidade maior, porém Miksa não via motivo para testar suas intenções.

Atrás deles, o novo pároco benzia a cruz. Estava de pé em frente à igreja, braços erguidos para o Altíssimo, enquanto os mais ou menos crentes se ajoelhavam diante dele. Era evidente para todos o quanto se sentia feliz, e seu entusiasmo começava a contagiá-los.

Miksa e Salvo estavam a uns quatrocentos metros da igreja quando ouviram alguém gritar. Pararam e se viraram na direção do grito.

Não havia como dizer quem tinha olhado para cima. Os que estavam ajoelhados deviam ter os olhos fechados, ou pelo menos estar de olhos baixos, e o novo pároco dava as costas para a igreja, voltado para a direção de Salvo e de seu pai. Mas todos ouviram o grito, de modo que evidentemente alguém tinha olhado para cima. E naquele momento, quando o grito cortou a bênção, quase todos abriram os olhos para ver o que estava acontecendo.

O padre ficou algo irritado; estava chegando bem ao fim da bênção, e agora teria de recomeçar. Era um dia quente, o calor ficava pior para ele metido na batina preta, e não queria expor-se mais que o necessário ao sol abrasador da tarde. Perscrutou os devotos, buscando a causa da perturbação, e numa fração de segundo percebeu que o foco de sua atenção estava no céu, e que o grito se multiplicava. Virou-se para ver o que seria, esperando deparar com algum milagre no topo de sua velha igreja de madeira. Claro que essa gente veria um milagre com temor; eram um bando de campônios supersticiosos, e os milagres sempre inspiram medo até em almas tarimbadas. Mas ele não tinha medo. Acolheria o milagre de braços abertos, e ajudaria essa gente a vê-lo tal qual era. Hoje era mesmo um dia de júbilo.

O novo pároco ainda não acabara de virar-se e já a cruz que despencava o atingiu na cabeça. Tão certo estava ele que ia ver um milagre que provavelmente jamais soube a origem do golpe. Mas os que estavam de joelhos, bem como Salvo e Miksa, viram tudo. De onde estavam, na estrada, viram o padre cair como um saco vazio; viram a multidão se por de pé de um salto e correr para ele. Os dois estavam longe demais para ouvir o som abafado do impacto da cruz ou o estalo que seguiu-se quando o crânio do padre se partiu em dois. Tampouco viram o sangue e a massa encefálica escorrerem para o chão, onde impregnaram a terra ressecada.

Miksa agarrou o filho pelo braço e o puxou para a frente. Quando passasse o choque inicial, os gadjés iam retaliar. Sabia disso da mesma forma que sabia que o sol ia se pôr no fim da tarde e tornar a levantar-se na manhã seguinte. Teriam de abandonar a aldeia, e depressa.

Salvo livrou o braço com um repelão e continuou correndo ao lado do pai. Tinha vergonha de ser tratado como um moleque.

"Por que a gente sempre foge quando tem encrenca?", perguntara uma vez o seu irmão András. "Nós não fugimos", respondera o pai. "Partimos quando chega a hora, e vamos para um lugar melhor." A Salvo parecia que mais uma vez eles estavam a caminho de um lugar melhor, e muito mais depressa. Sabia que não compensava discutir com o pai. Corria tanto quanto era capaz, a garganta seca de sede, o peito ardendo.

– O padre – Salvo ofegava – morreu?

O pai não olhou para ele.

– Morreu.

A estrada começou a subir, antes de passar por uma moita de arbustos ressecados e virar abruptamente para a direita.

A aldeia onde os Ursari estavam morando era modesta e tinha setecentos habitantes, a maioria húngaros, misturados com alguns romenos e eslovacos. Os roma eram muito poucos. Quase todos os habitantes eram cristãos ou muçulmanos, e havia também alguns judeus. As únicas coisas que quase todos tinham em comum eram a falta de comida e o ódio aos ciganos.

Uma estrada cortava a aldeia, onde funcionavam um mercado, algumas lojas e uma taverna. Do lado sul da rua principal havia também um estábulo, vizinho do ferreiro. Da estrada partiam várias ruas transversais densamente construídas, com algumas casas mais cuidadas do que outras. Bem no fim da pior dessas transversais ficava a casa de dois cômodos onde morava a família Ursari.

Não era grande coisa. Tinha uma porta baixa e estreita na frente e uma janela pequena no oitão. As paredes eram construídas de pedra bruta recoberta com um gesso cru descascado, manchado e rachado. O telhado, feito de vigas desordenadamente cobertas de palha, dava à casa a aparência de uma cabeça com uma cabeleira desgrenhada.

Por dentro, a casa estava quase sempre escura. Possuíam uma pequena lâmpada de querosene, mas fazia quase cinco anos que não havia querosene. Salvo dormia no cômodo da frente com o irmão, András, e as ferramentas do pai, e os pais no dos fundos com o bebê. Tinham se mudado para essa casa pouco antes de a guerra começar; nunca antes tinham ficado tanto tempo num único lugar.

À direita da casa, um anel de pedras enegrecidas delimitava um círculo de cinza fumegante, marcando o local onde se cozinhavam as refeições da família. A casa não tinha fogão, e, antes de chegar a seca, Salvo e o irmão protegiam o fogo da chuva segurando acima dele um lençol untado em banha à guisa de oleado, enquanto a mãe cozinhava.

Ali estava Azira Ursari, preparando uma refeição dolorosamente parca, quando viu o marido e o caçula correndo rua acima. Pela maneira como corriam, ela percebeu instantaneamente que tinha acontecido uma coisa ruim; Miksa jamais correria desse modo se não houvesse perigo.

Azira tinha 26 anos, quase metade vividos como esposa de Miksa. Tivera seis filhos, enterrara três, e se havia uma coisa que reconhecia com clareza absoluta era a iminência do desastre. Calma, tão calma que um observador desprevenido não notaria sua mudança de percepção, ela endireitou a fita que prendia seu cabelo preto e enxugou as mãos na saia puída. Apanhou o bebê, que estava sentado nu a seus pés, e entrou em casa para juntar os pertences da família.

Ao alcançar a casa, Salvo vislumbrou a mãe que sumia pela porta escurecida. Tentando recuperar o fôlego, dobrou-se em dois e inspirou profundamente. Mas a respiração do pai não parecia afetada: exceto pelo suor na testa, pouca coisa traía o quanto ele acabava de correr. Vendo isso, Salvo endireitou-se e passou a ignorar os próprios pulmões aflitos.

Miksa perscrutou as redondezas, com as mãos em pala.

– Onde está András? – perguntou.

Salvo deu de ombros. Sabia tanto quanto o pai.

– Vá procurar seu irmão. Precisamos sair deste lugar. – E encaminhou-se para a casa.

– Onde é que vou procurar?

O pai virou-se, irado.

– Como é que eu vou saber? Vá, e descubra onde ele se meteu. Depressa!

Salvo fez que sim e saiu trotando rua abaixo. Na rua seguinte morava uma garota de quem András gostava. Talvez ele estivesse lá, pensou. Claro, ele podia estar praticamente em qualquer parte. András era um tremendo andarilho, um autêntico rom. Aonde iria era um mistério, inclusive para ele mesmo. Tanto podia estar a vinte quilômetros de distância como bem atrás de você. Não havia jeito de saber.

Contudo, havia locais aonde ele certamente não iria. As coisas eram assim nesta aldeia para quem era rom. A certos lugares você ia, a muitos outros não. Os roma viviam em duas determinadas ruas, segundo uma norma costumeira que todos conheciam, fossem roma ou gadjés. Da mesma forma, havia as lojas e barracas do mercado aonde os roma iam e aquelas aonde não iam. Ninguém parecia saber quem instituíra essas normas, e ninguém fazia questão de saber. A maioria dos roma evitava ligação com gadjés tanto quanto os gadjés evitavam ligação com os roma. O sentimento era recíproco.

Mas havia exceções. O próprio Salvo não se sentia particularmente apreensivo em relação aos gadjés, embora mantivesse uma sensata cautela ao lidar com eles. A irmã de sua mãe tinha até se casado com um gadjé, um húngaro, e eles viviam felizes em Budapeste. Salvo os visitara antes da guerra, e se lembrava da tia e do tio como gente bondosa. Lembrava-se também do velho padre, que era um homem bom, porém este era padre e, portanto, estava sujeito a requisitos distintos do gadjé comum.

Prosseguiu e virou na rua onde morava a garota que András sempre ia ver, mas lá só estava uma velha tentando ordenhar uma cabra que era pele e osso. Salvo continuou, na esperança de dar com ele, até chegar ao fim da rua, já no pé da montanha, onde havia um trecho de mata ressecada no qual pouca gente se atrevia a penetrar. Voltou rua acima e seguiu em direção à rua principal. Agora correndo, cobriu uma curta distância e virou em outra rua, onde não morava nenhum rom, mas onde havia um homem que frequentemente comprava mercadorias de origem duvidosa, um homem com quem a família Ursari negociava, principalmente András. A loja do homem estava fechada, porém, e por ali Salvo não viu sinal do irmão.

Na rua principal havia um lugar onde os roma iam beber café cheio de borra e fumar cigarros de gosto acre, e ocorreu a Salvo que o irmão bem podia estar lá. Começava a achar que já havia demorado muito fora de casa. Já não sabia há quanto tempo iniciara a busca. Meia hora? Mais? Não tinha como saber. Ainda estava imaginando o tempo decorrido quando se quedou paralisado. Pela rua principal, como um exército de formigas, marchava uma turba de gadjés brandindo clavas, paus e outras armas. Alguns, soldados que tinham dado baixa, traziam até rifles. Gritavam, praguejavam – e avançavam depressa.

Salvo se enfiou no estábulo ao lado do ferreiro e passou rapidamente para o fundo de uma baia. Não viu o ferreiro, nem sabia se ele o tinha visto. Esgueirou-se para perto de uma égua e encostou a cabeça no seu flanco, respirando o seu cheiro e falando com ela baixinho. A égua se agitou, sacudiu a cabeça, resfolegou e escavou a terra compacta com uma pata provida de uma ferradura mal acabada. Salvo teve medo de ser esmagado entre a égua e a baia, ou escoiceado com aquela pata guarnecida de aço, e compreendeu que, se fosse descoberto escondido ali, dariam por visto que ele estava tentando roubar a égua. Ele se amaldiçoou por não ter procurado um esconderijo melhor.

Quando a turba passou pelo estábulo, porém, ele entendeu que havia tomado a decisão correta. Ouviu as palavras *cigano* e *vingança* em meio ao vozerio colérico e raciocinou que, se ele havia visto a turba, alguém da turba também podia tê-lo visto. Ele só tinha dois olhos, e na turba havia muitos.

A turba acabou de passar quando ele já pensava que a égua negra fosse acabar de sufocá-lo e tinha certeza que seria descoberto. Ouviu como se afastava rua abaixo, na direção de onde ele tinha vindo.

Antes de emergir da baia, Salvo certificou-se de que a turba já estava longe. E, antes de sair, agradeceu à égua por não esmagá-lo; sua voz acalmou o assustado animal. Agora a rua estava deserta e silenciosa. Era difícil adivinhar se as pessoas que normalmente estariam lá estavam escondidas da turba ou a haviam engrossado.

Fosse como fosse, era ele a única pessoa à vista. Ficou encostado às paredes, pronto para esconder-se de novo caso deparasse com a pessoa errada, mas foi sem ver ninguém que prosseguiu até o último lugar onde achava que András podia estar.

O Café parecia deserto, mas não estava trancado, e em algumas mesas havia canecas de metal. O café ainda estava quente. No canto subia devagar, em espiral, a fumaça de um cigarro largado aceso no chão. Estava claro que quem estava ali acabara de sair, precipitadamente. E de repente, ficou claro para Salvo para onde estavam indo. Ele rangeu os dentes, virou-se e correu o mais depressa que pode para casa.

Miksa Ursari tinha entrado em casa assim que Salvo partira. Azira estava no quarto dos fundos recolhendo roupas e outras coisas, e o marido começava a juntar as ferramentas. Guardou-as num baú de cores vivas, com quinas maltratadas e deformadas por toda uma vida acidentada. Ela veio ao quarto da frente e olhou para ele inquisitivamente. O mais rápido que pôde, ele explicou o caso da igreja, do campanário e da cruz que despencara sobre o padre. Ela não o interrompeu uma só vez, e, quando ele acabou, ela pôs uma das mãos no próprio estômago e apontou para a porta com a outra.

– Vá avisar os outros.

– Não há tempo.

– Tem que haver. Esses gadjés vão perseguir qualquer rom que ficar aqui.

Miksa engoliu em seco. Ela estava com a razão. Não era só a morte do padre que enfurecia os gadjés.

– Vá. Você tem que ir. Aqui, eu faço o que for preciso.

Miksa assentiu.

– Salvo foi atrás de András. Deve voltar logo. – Baixou a cabeça, passou pela porta estreita e saiu para a luz ofuscante do dia.

Miksa correu primeiro para o Café rom. Estavam lá uns dez homens. Ele contou o que acontecera e os aconselhou a deixar a aldeia até que as coisas se acalmassem. Não foi preciso falar duas vezes: esse tipo de coisa já havia acontecido antes.

Evitando a rua principal, Miksa correu para a primeira por onde Salvo tinha passado. Não havia tempo para ir de porta em porta, então ele percorreu a rua gritando o mais alto que pôde: "Os gadjés estão querendo sangue. Todo o mundo tem que sair daqui!" Não havia como saber quantas pessoas ouviram. Mas algumas saíram para a rua, viram que era ele e tornaram a entrar para recolher suas coisas.

Miksa fez a mesma coisa em sua própria rua, onde havia menos gente. Estava na esquina da transversal com a rua principal quando ouviu a turba se aproximando. Avançavam depressa, e Miksa estava cansado do esforço que acabara de fazer no calor. Mas forçou as pernas e disparou para casa.

Salvo alcançou a ponta da rua justamente quando a turba avistou Miksa voando pra dentro de casa. O menino ia tão ansioso que quase tropeçou neles; só se salvou de ser detectado porque a turba estava de olhos pregados em Miksa. Enquanto avançavam contra sua casa, Salvo deslizava por trás de uma carroça abandonada no mato alto fora de outra casa, que pertencia a um rom encarcerado num acampamento do exército romeno rua acima. Ninguém sabia direito por que esse homem fora preso, mas sua casa estava deserta havia quatro meses, desde sua prisão.

Salvo espiou por cima da carroça e observou a turba fervilhando em volta de sua casa. Alguém tentou abrir a porta, mas ela estava trancada por dentro, e a janela era pequena demais para se penetrar por ela. Além disso, como alguém especulou, esse rom era perigoso e não se podia confiar que se submetesse à punição sem usar de violência.

Que Miksa Ursari não tinha a menor intenção de se entregar era verdade, mas ele tampouco pretendia lutar contra a turba. Olhou para Azira e para o bebê enroscado num canto do cômodo da frente, e entendeu que a situação era desesperadora. Começou a pesar suas opções. Se ele saísse, a turba, no mínimo, o jogaria numa prisão, onde ficaria muito tempo; mas ele achava mais provável que o matassem. Lembrou-se de que, em algum lugar da Alemanha, tinha visto uma multidão linchar um homem acusado de violentar uma menina. Em questão de minutos lhe arrancaram os membros, a pele e os olhos. Miksa estremeceu à lembrança daquela cena. Não, pensou. Não convém sair.

Portanto, ficaria dentro de casa. A porta era resistente e, a menos que alguém lá fora fizesse algo imprevisível, lá dentro estariam protegidos. Não tardaria muito para a turba se cansar; a esperança de Miksa era que acabassem indo atrás de um alvo mais fácil.

Miksa não teria chegado a esta conclusão se pudesse ver o que Salvo viu. Compreendendo que não iam conseguir entrar na casa e que quem estava dentro não ia sair, alguém gritou por uma tocha. Salvo ficou paralisado: aquela gente não ia atear fogo à casa com seu pai, sua mãe e sua irmã lá dentro. Mas, à medida que sucessivas pessoas em meio à turba iam agindo, foi se tornando cada vez mais claro que era exatamente isto que eles pretendiam.

Um homem, particularmente, parecia comandar o ataque. Salvo lembrou que ele estava em frente à igreja quando a cruz despencou. Antes disso nunca o tinha visto, e imaginou que fosse um dos ex-soldados que tinham entrado na aldeia logo após a anexação da Transilvânia pela Romênia. Era um homem grande, com mais de um metro e oitenta de altura, e tinha uma barba recém-aparada que terminava num cavanhaque pontudo. O cabelo era castanho e a testa sulcada de rugas. Salvo ouviu quando ele gritou pela tocha em sua voz rouca e profunda, com um sotaque que o menino não conseguiu identificar com exatidão.

Alguém entregou uma tocha a esse homem, que acendeu os trapos embebidos em óleo com um isqueiro de prata. Salvo jamais vira isqueiro semelhante. Uma longa e fina chama se elevou, espalhando-se para a tocha e subindo em direção ao céu. Embora ainda fosse dia claro, Salvo avistou perfeitamente a luz da tocha, e também ondas de calor se irradiando. Atrás do calor subiu uma grossa coluna de fumo, negra como carvão. O homem guardou no bolso o belo isqueiro e caminhou em direção à casa.

Os outros relutavam em avançar, talvez temendo que os ocupantes estivessem armados, mas o homem grande era destemido, ou fingia ser. Aparentemente despreocupado como se desfrutasse um passeio dominical, ele contornou a construção, parando vez por outra para encostar a tocha nas vigas ressecadas do telhado. Ateou fogo em cinco pontos, sem demonstrar emoção alguma quando línguas alaranjadas começaram a subir do telhado. Então recuou para apreciar a sua obra. Aparentemente satisfeito, jogou a tocha dentro da casa pela janelinha e voltou a reunir-se com a turba.

O fogo exerceu sobre a turba um hipnótico efeito. Onde antes se ouviam gritos e se via empurra-empurra, agora reinava a quietude; era como se a visão do incêndio os paralisasse.

De seu esconderijo, Salvo fitava o fogo que lambia o telhado. Queria desesperadamente disparar para a multidão e estraçalhar todo o mundo, um por um. Mas sabia que era impossível, e se forçou a ficar onde estava. Conhecia seu pai, e imaginou que os três iam sair da casa em chamas; era questão de tempo. As chamas subiam agora mais violentas, a fumaça engrossava, e a inquietação de Salvo aumentou ainda mais quando uma parte do telhado desabou.

QUANDO MIKSA URSARI PERCEBEU QUE A MULTIDÃO ateara fogo à casa, gritou para Azira se deitar no chão e cobrir a ela e ao bebê com mantas. Apressadamente, ele abriu o baú onde estavam as ferramentas. Foi então que a tocha, lançada pela janela, caiu no cômodo da frente, e ele pisou para apagá-la o mais depressa que pôde e a jogou nos fundos. Com uma picareta abriu dois furos no fundo do baú e o arrastou para o meio do cômodo. Ignorando os protestos de Azira, tirou Etel dos braços dela, colocou-a no baú e a cobriu com a pele curtida de Bom Urso. A menina não chorou logo que ele fechou a tampa, porém mais tarde ele a ouviu berrar. Depois se dirigiu para onde Azira estava deitada, justamente quando uma chuva de fogo despencava do teto. Os escombros caíram junto dele e continuaram a queimar no chão sujo. Em nenhum momento ele pensara em abandonar a casa. Achava que as paredes não queimariam, pois eram de pedra e gesso. De bruços, apertou o rosto contra o chão, tentando escapar ao fumo que invadia velozmente o espaço a sua volta. Sabia que, embora provavelmente não morressem queimados, era alto o risco de morte por sufocação.

Lembrou-se então do que já ouvira sobre envenenamento por gás, e pensou que talvez o ajudasse naquela hora. Tirou a camisa e a rasgou em duas. Em seguida virou-se de barriga para cima, abriu a calça e urinou nos dois pedaços da camisa. Deu um a Azira, mas ela não queria colocá-lo na boca. Na própria boca ele segurou seu trapo encharcado com uma mão, e com a outra empurrou o outro sobre o rosto da mulher. Ela ainda resistiu, mas, rendida à necessidade, acabou cedendo.

O intenso calor secou rapidamente os trapos, que já não pareciam ajudar. Miksa já não sabia há quanto tempo os dois estavam deitados no chão da casa em chamas quando Azira parou de tossir e perdeu os sentidos. O fogo seguia ardendo com força, e ele sentiu-se esvanecendo aos poucos. Ao mesmo tempo, era como se estivesse no meio do fogo do inferno, e ele não conseguia controlar a tosse. Por um fugaz instante pensou em alcançar a porta e sair, mas percebeu que já não conseguia se mexer.

Só então Miksa Ursari entendeu que ia morrer. Percebeu também que não queria, o que o surpreendeu. Sempre gostara de pensar que estava pronto para aceitar fosse o que fosse. O fato de não estar pronto para a morte lhe deu, de certa forma, algum consolo. Se não sentisse a perda da própria vida, era porque essa vida não valia grande coisa. Essa efêmera ideia, porém, não tardou a ceder passo ao desespero, e as lágrimas que agora lhe corriam pelo rosto já não eram provocadas só pela fumaça.

Enquanto o cômodo ia se esvanecendo, Miksa ainda pensou nos filhos. São Ursari, disse para si mesmo. E nós somos uma raça de Lázaros.

A casa não tardou muito a queimar, porém a impressão de Salvo foi que, quando as chamas finalmente se extinguiram, a sua vida inteira já tinha passado. Depois que o telhado acabou de tombar, ele se deixou cair da carroça e tapou o rosto com as mãos; já não podia olhar. Não tardaria a escurecer, e um vento frio tinha-se levantado e empurrava pelo céu dispersas nuvens negras. Pensou no pai e na mãe, pensou que estavam, quase com certeza, mortos, e também a irmãzinha, Etel, e tentou lembrar-se de melhores tempos, os tempos em que seus irmãos e irmãs ainda estavam todos vivos e havia também Bom Urso. Não conseguiu. Ouvia a turba, sentia no ar o gosto da fumaça, o cheiro da casa onde vivera a maior parte da vida virando um monte de cinza. Naquele instante, a memória dos bons tempos estava perdida.

Depois veio a raiva. Onde estava András? Não deviam ter esperado por ele. E por que os pais não tinham saído da casa, se estava em chamas? Por que tinham ficado lá dentro, para morrer como carneiros? Essa turba, pensou, é a pior coisa do mundo. Tinham que sofrer as consequências do próprio ódio. Tinham que ser queimados, como seus pais. Tinham de queimar agora, como vão queimar quando tiverem de responder pelo que fizeram. Mas foi pensar isto e compreender que ninguém seria responsabilizado. Nem pelas autoridades, nem por Deus. Tudo bem, pensou ele, eu vou pedir contas a eles. A mim eles vão prestar contas.

À medida que o fogo se extinguia, extinguia-se também a fúria da multidão. Havia quem mantivesse o mesmo ardor, mas a maioria se dava por satisfeita e alguns até pareciam achar que a coisa fora longe demais. Com o céu ainda enegrecido, a multidão se dispersou, alguns persignando-se com uma contrição hipócrita ao deixar a rua dos roma. Depois que todos se foram, Salvo emergiu de seu esconderijo e, cautelosamente, esgueirou-se para os escombros da casa. Já não havia teto, a não ser uma viga fumegante. As paredes estavam de pé, mas enegrecidas pelo fogo. Salvo não entrou. Espiou pela janelinha e viu o corpo da mãe e o do pai debaixo de mantas de fuligem. Espantou-se ao perceber que não estavam queimados; pareciam tanto estar dormindo que ele quase os chamou. Não viu o corpo da irmãzinha, e imaginou que estivesse no cômodo dos fundos, ou debaixo de uma manta. Não podia saber que estava no baú com as ferramentas do pai, que seguia inteiro bem no meio do quarto da frente.

Voltou rua acima, até a casa do homem encarcerado. Lá encontrou uns trapos e óleo grosso. Levou tudo para sua própria casa e, com um pedaço de madeira que achou no chão, fez uma tocha. Acendeu a tocha nas brasas ainda acesas entre as cinzas junto às paredes da casa e, após um mudo adeus final aos pais e à irmã, virou-se e se afastou.

Evitando a rua principal, Salvo contornou o perímetro urbano, sempre alerta para o caso de alguém o estar seguindo. Agora o vento soprava com força, e em certos pontos ele teve de andar de costas para evitar que a tocha se apagasse. Uma vez fora da aldeia, ele tomou a beira da estrada, pronto para pular para uma moita ao primeiro sinal de uma presença estranha. Não havia lua, e as nuvens que seguiam se formando escureciam estranhamente a estrada. Ainda bem que levava uma tocha.

Passou pelo adro fronteiro à igreja e pela árvore morta onde passara tantas horas naquela tarde. No escuro, não podia ver se ainda havia uma mancha no lugar onde o crânio do pároco fora partido em dois, mas imaginou que houvesse e tomou cuidado para não pisar ali. Demoradamente, mirou e admirou a igreja. Não tinha nada de grandioso. Era uma construção simples e tinha algo de triste, como se tivesse testemunhado muita coisa ao longo do tempo e essas coisas quase lhe partissem o coração. Salvo sentiu dó da velha igreja, dó por saber que essa gente perversa rezava entre suas paredes, dó porque esta noite ela seria totalmente destruída.

Mas afastou da mente a própria piedade. O destino não estava nas mãos dos homens, e decerto essa igreja sabia disso tão bem quanto ele próprio. Nem ela nem ele estavam acima dos impulsos dos homens ou de Deus, e se estava escrito que Salvo incendiaria a velha e triste igreja para se vingar dos assassinos de seus pais, assim teria de ser.

Mas a vingança era uma reação que o seu pai não consideraria nunca, e Salvo sabia disso. Talvez fosse apenas uma forma de lutar contra o destino. E com certeza Deus não haveria de querer que ele incendiasse uma igreja, por mais perversa que fosse a congregação. Ou haveria? Salvo não sabia.

Percebeu um ligeiro bafo que vinha da tocha, e o oleoso cheiro lembrou a Salvo o que vinha fazer. Sua determinação ganhou mais força. A igreja queimaria, mesmo que ele fosse condenado ao fogo eterno. Baixou a tocha e a encostou na porta. Suas mãos não tremeram.

No momento em que o fogo chamuscou a porta, porém, ele sentiu no rosto a primeira gota. Olhou pra cima a tempo de ver um raio cruzar o céu, seguido em questão de segundos pelo ribombar do trovão. A perspectiva de chuva diluiu a sua determinação. O desejo de ver a igreja em chamas cedeu lugar a algo maior. Sabia que sua luta não era contra a velha igreja. Bruscamente, afastou a tocha da porta e apagou com um chute a pequena chama que já se erguia da madeira. Afastou-se da igreja e deixou cair a tocha a seus pés. Os pingos de chuva eram ainda raros e dispersos, e ele esperou que lhe batessem no corpo. Seus olhos fixaram-se na tocha que morria. Com o pé, ele a rolou para a frente e para trás no barro duro, até que se apagou. O segundo raio sacudiu a igreja, o segundo trovão soou com um intervalo menor que o primeiro; Salvo ficou sabendo que em breve a chuva ia desabar e que a seca ia ser interrompida. Olhou para cima, para o campanário onde estivera a cruz, e entendeu o que devia fazer.

Pulou para a árvore ao lado da igreja e subiu como um gato. Da árvore passou para o telhado, e lá foi ele, como se andasse pela estrada. Equilibrou-se ao longo da cumeeira, pé ligeiro e perna forte. Ao alcançar o campanário e pisar na primeira cavilha, lembrou-se de uma história que seu pai lhe contara quando era bem pequeno, e repetira muitas vezes enquanto ele crescia, uma história que jamais tornaria a ouvir, exceto nas próprias lembranças.

"Uma vez, numa aldeia como esta, ao pé de uma montanha como as daqui, havia um rom que não era um homem bom, era um homem mau que roubava a alma de outros roma. Havia quem dissesse que ele tinha poderes mágicos, o que podia ser verdade ou não. Aconteceu que outro homem, que era um homem bom e um grande ladrão e nunca roubava dos pobres, muito menos de outros roma – nem muito menos roubava a alma de ninguém –, este homem veio para a aldeia no pé da montanha."

Salvo subia depressa, e escalava a flecha com muita competência, muito mais do que seu pai. Seu equilíbrio era perfeito, e ele não tinha medo de alturas. Passou de uma cavilha a outra com tal leveza que mal as tocava. Estava alcançando o fim da seção quadrada do campanário quando a chuva se tornou mais forte.

"Quando o rom que não era mau descobriu o que estava acontecendo, que as almas estavam sendo roubadas, prometeu às vítimas descobrir as almas e trazê-las de volta. As pessoas ficaram agradecidas, mas disseram que era impossível cumprir tal promessa, pois o rom malvado carregara as almas roubadas para o cume da montanha, e essa montanha não havia meio de escalar. O rom garantiu que ia fazer exatamente isto, e partiu cedinho na manhã seguinte.

"Alcançou a montanha e começou a escalada, mas em breve deu num ponto além de onde achou que não podia subir, e então parou. Longamente refletiu sobre o que fazer, até que resolveu falar com Deus. 'Deus, estou num ponto de onde não sei se posso prosseguir, mas lá no cume estão as almas dos homens que foram roubadas, de modo que vou tentar. Sou eu que vou tentar, mas sei que é de Vós que vai depender a minha queda ou salvação. Sois Vós o senhor do meu destino. Portanto, se eu cair tudo bem, mas lembrai-Vos de que há almas que dependem de mim.'"

Salvo abraçou o campanário, que rapidamente se estreitava, e prosseguiu deslizando para cima. A chuva tornara a madeira escorregadia, mas nem isto reduziu o seu ritmo. O fato de estar uns vinte metros acima do solo não o perturbava. Estava agora num lugar que não era a Transilvânia, nem a Romênia, nem a Europa. Estava num lugar onde somente o seu pai havia estado, aonde nenhuma pessoa viva poderia ir. Aqui só havia ele próprio, e talvez Deus. Atingiu o topo do campanário, e então a chuva desabou com toda força em cima dele.

"O homem subiu até o cume da montanha sem cair e lá encontrou o rom malvado vigiando as almas que tinha roubado. Houve um combate feroz em que os dois foram feridos mortalmente. Quando morreu o rom malvado, o chão abriu-se e o tragou. O rom que não era mau se assustou e desejou sobreviver. Morreu pouco depois, mas o chão não se abriu. Em vez disso, ele começou a ascender ao céu. Enquanto ascendia, porém, olhou para a Terra e viu que as almas roubadas ainda estavam na montanha. Lutou para voltar e recuperar as almas, e conseguiu.

"Quando afinal chegou ao céu, porém, não o deixaram entrar com todas aquelas almas. 'Você não caiu', disseram-lhe. 'É o que basta. Essas almas não são problema nosso.' Mas o rom se lembrou de sua promessa ao povo da aldeia e fez um acordo: ele próprio renunciaria ao céu se as almas roubadas fossem admitidas. E ele foi destinado a ficar no limbo por toda a eternidade.

"Quando os outros roma ficaram sabendo como o herói fora tratado, muitos expulsaram a alma do próprio corpo em sinal de protesto. O rom que não estava no céu se comoveu com este ato, reuniu as almas expulsas e as devolveu aos donos. Mas não se expulsa uma alma do corpo impunemente: os descendentes desses roma leais têm almas soltas, que às vezes fogem do corpo. Sem a alma, eles por vezes fazem coisas que normalmente não fariam. O rom que não era mau sabe disso; acolhe cada alma fugitiva e a hospeda em segurança até que o dono esteja pronto para recebê-la de volta."

Salvo se pôs de pé no topo do campanário e abriu os braços, com as palmas das mãos voltadas para o céu. A chuva era tépida, e ele estava encharcado até os ossos. As lágrimas desceram-lhe dos olhos, misturadas com suor e chuva, mas ele não soluçou, nem tremeu, nem mexeu um músculo. Fechou os olhos e desejou que sua alma lhe deixasse o corpo. Ela não partiu de bom grado, e então ele a arrancou; ouviu quando tombou em terra, onde ficou na lama. As lágrimas cessaram. Sentiu a sua alma levantar-se, ligeiramente a princípio, depois com sobrenatural celeridade. Decolou diretamente para o topo da igreja, emparelhou-se por um instante com ele, e no instante seguinte já não estava lá.

Chegou ao chão sem se lembrar de como descera. A chuva amainara um pouco, e Salvo sentiu fome. Olhou para a cidade, apertou a camisa encharcada e partiu na direção oposta – para o noroeste, rumo às montanhas da Transilvânia e, mais além, a Budapeste.

TRÊS

Era um dia friozinho de outubro, e Esa Nagy estava sentada ereta no cômodo da frente do apartamento onde morava com o marido, László, e Leo, filho dela. Aninhada nas mãos, fumegava uma xícara de chá. A um olhar desatento, se poderia dizer que Esa estava com visitas; parecia entretida numa conversa polida e contida. De fato, porém, estava totalmente só. Esa Nagy, que completara há pouco trinta e dois anos, recebia para um chá imaginário.

Estava ciente de que esta era uma fantasia estranha para uma mulher adulta e, sempre que isto acontecia, ela, no momento seguinte, se prometia não repeti-la. Mas nunca mantinha a promessa, e já começava a duvidar que valesse a pena combater o próprio impulso. Jamais estivera num chá nem em reunião sequer de longe parecida, e tampouco sabia ao certo o que acontecia em tais eventos. Os chás aconteciam em um mundo estranho ao seu, mas Esa achava que sua fraqueza absolutamente não prejudicava a ela própria, nem a ninguém. Mesmo assim, sabia que decididamente não era coisa normal.

E ela refletiu: normal – o que é normal? Pensou ouvir uma batida à porta principal do prédio e escutou a rua, um piso abaixo. Talvez seja essa maluquice que me impede de enlouquecer, arriscou. Quem sabe, todo o mundo devia fazer a mesma coisa. Talvez assim as coisas voltem à normalidade na Hungria. Seja lá o que se entenda por normalidade.

Mas sua curta folga estava arruinada. Não sabia se de fato alguém estava à porta da rua, mas, como a pessoa arrancada prematuramente de um sonho, compreendeu que não havia volta.

Levantou-se e passou ao cômodo que dava para a rua. Era a cozinha, onde se faziam as refeições, o cômodo mais quente da casa nos dias de inverno, graças ao fogão a carvão posto num canto. Uma grande janela em arco lhe dava uma vista da rua. Esa inclinou-se para fora e perscrutou o trecho em frente a sua porta. De início não viu ninguém, mas depois, quando já pensava que era só imaginação, viu um braço que se projetava do recesso da porta. Era um braço pequeno, e sumiu tão logo ela o avistou.

De pé na cozinha, Esa escutava, como um rato alerta para o gato que lhe ronda o território. Por um longo momento nada ouviu, mas de repente – débil, cauteloso – veio o som de nós de dedos na madeira; vinha de baixo. O cenho de Esa franziu-se. A porta da rua do prédio ficava destrancada das oito da manhã até nove da noite. Por que alguém bateria?

Esa pensou em descer pra ver quem era. Três anos atrás não teria hesitado, mas agora as coisas estavam confusas, os governos caíam como fruta podre, cada revolução era contestada por outra, e em meio a essa instabilidade era duro decidir o que fazer. Mas com certeza não fazia mal atender a uma batida na porta, não é mesmo? Talvez, se estivesse em casa, László soubesse o que fazer. Mas ele era um dos poucos que ainda tinham emprego. A maioria dos que não tinham lutado na guerra não tinha tanta sorte. Não, era bom László Nagy não estar em casa no meio do dia.

Bem, decidiu-se ela, nós ainda vivemos num país civilizado, e num país civilizado você atende quando batem à porta. Alisou a saia, deixou a cozinha, atravessou a sala e passou pela porta do apartamento. Dava para uma passarela que corria ao longo da frente e dos lados do prédio, que tinha um pátio ao ar livre. Esa caminhou até o fim da passarela, passando por dois outros apartamentos, até uma larga escada em curva que levava ao andar térreo. Desceu segurando firmemente o corrimão: os degraus estavam perigosamente polidos por gerações de pés, e era fácil escorregar. Antigamente havia um vistoso mastro no pé da escada, mas, depois que os dias de glória do prédio ficaram para trás, crianças endiabradas o serraram à altura do corrimão para escorregar sem obstáculos.

O prédio ficava na rua Viola nº 7, num dos bairros mais turbulentos de Budapeste, e destacava-se como um pinheiro no deserto. Tinha três andares, fora concebido como residência de cidadãos abastados e construído com blocos de pedra, no começo do século XIX. Agora, um século depois, o bairro não era lugar onde morasse gente endinheirada, e os apartamentos maiores tinham sido divididos em unidades menores. A despeito do gradual desaparecimento de muitos dos toques mais vistosos do prédio, as residências ainda eram inegavelmente boas, sobretudo considerando o razoável preço dos aluguéis.

Esa alcançou o pé da escada e entrou no corredor que levava à porta da rua. Havia ali uma fileira de escaninhos de correio onde, antes do fim da guerra, sempre havia cartas. Com o caos imperante depois que a Hungria perdeu não só a guerra mas também grande parte de seu território, e a subsequente incerteza no governo, o fluxo de correspondência reduzira-se a um fio. Isso não fazia muita diferença para Esa, que não sabia ler nem escrever, mas só assinar o nome, coisa que László lhe ensinara.

Em tempos idos, o corredor fora coberto por um grosso carpete verde, que no entanto foi retirado quando a guerra já estava terminando, expondo um piso de madeira com o verniz intacto. Agora já apareciam sinais de desgaste, uma trilha de arranhões e umidade que se estendia da porta até à escada. Esa, que jamais vivera em lugar tão fino antes de se casar com László, ficou chocada vendo as pessoas tratarem tão mal um prédio antigo e lindo como aquele.

Preparou-se e abriu a pesada porta de madeira, que cedeu sem ruído, pois as dobradiças tinham sido azeitadas há pouco pelo administrador do prédio; era a única tarefa que ele cumpria com alguma regularidade. Uma lufada de ar penetrou pela porta aberta, e Esa sentiu o frio na espinha.

No limiar, magro, doente, exausto, estava Salvo Ursari. A princípio ele não sabia com certeza se essa mulher diante dele era ou não era sua tia Esa. Correspondia a suas lembranças, mais ou menos, porém cinco anos tinham se passado desde a última vez que a vira, e então ele só tinha quatro, de modo que não confiava totalmente na memória. Não tinha sequer como saber se a sua tia e seu tio ainda moravam no mesmo lugar. Como bom rom, lembrara-se do nome da rua porque era o nome de um instrumento musical. Do número não se lembrava com certeza, mas assim que viu o 7 da rua Viola soube que estava no lugar certo.

A tia Esa era uma mulher lindíssima no tempo em que desafiou a lei e os costumes rom para casar-se com um gadjé, seu tio László. Os pais dela a deserdaram, obedecendo à norma em vigor, e Esa, banida, mudou-se para Budapeste com o marido. Seus pais morreram pouco antes da guerra, e ela não voltou para o enterro. Sua irmã mais nova, Azira, mãe de Salvo, havia ignorado o banimento e visitado a irmã mais velha duas vezes em Budapeste, uma antes de Salvo nascer e outra quando ele tinha quatro anos. O pai de Salvo os acompanhara a Budapeste, mas se recusara a apertar a mão de László Nagy e a dormir debaixo do seu teto. Salvo não sabia se a hostilidade do pai tinha caráter pessoal ou se era uma tentativa de evitar que a vergonha da relação entre Esa e László contagiasse a família Ursari.

Agora, porém, isso pouco importava. Salvo levara dois meses para chegar à casa da tia Esa, e pouco se lhe dava que ela fosse ou não fosse uma renegada. Da jornada não se lembrava quase nada: atravessara um nevoeiro de fome, de mágoa e de cansaço. Mas conseguira. Em certos momentos temera fracassar, mas agora cá estava, e o que depois ocorreria não importava porque, afinal, tinha alcançado o fim de suas jornada. Salvo caiu no chão.

A tia Esa recuou, alarmada, com uma mão na porta.

– Que é que você quer?

Salvo estava sem voz. Mexia a boca como um peixe fora d'água.

– Que é que você quer? – repetiu Esa.

Salvo fechou a boca e, com toda a força que pode reunir, forçou a voz.

– Ursari – gemeu.

Por um instante o rosto da tia permaneceu inexpressivo. Depois, seus olhos brilharam: tinha reconhecido o menino. Com uma força inesperada em uma mulher do seu tamanho, colheu Salvo nos braços e o carregou pra cima.

Esa Nagy pôs três salsichas grandes numa panela com água fervente. Para ela, as salsichas expressavam uma curiosa ironia. Tirar o intestino de um animal e recheá-lo com sua própria carne, ou a carne de outro animal – é como comer uma criatura que se comeu a si mesma. Mas salsicha é barato e fácil de preparar, e, por mais que László comprasse, não sobrava nunca. Ele podia ser exigente com outras coisas, mas bastava uma salsicha no prato, e estava feliz.

O inverno de 1921 foi mais frio do que o normal, pensou ela, relanceando os olhos pela janela da cozinha. Ou talvez isto seja apenas uma impressão. Afinal, todo inverno não parece mais frio que o anterior? O inverno é assim mesmo, resolveu Esa. Tem um jeito de fazer você pensar que o seu sofrimento é novo. Um truque, pensou. Um truque e tanto.

As crianças, Leo e Salvo, estavam brincando na sala. Quando Salvo chegou, Esa temeu que os dois não se entendessem. Mais precisamente, temeu que Salvo maltratasse Leo por causa do seu pé estropiado a paulada. Sabia como os roma tratavam as pessoas com deformações. Lembrava-se de como ela própria e seus coleguinhas, no tempo em que ela era uma menina rom, tinham jogado pedra num caolho. Não queria que Leo fosse agredido por Salvo dessa forma.

Não foi o que aconteceu, porém. Desde o começo, Salvo tinha protegido Leo de olhares hostis atraídos por seu aleijão. Com três anos só mais do que Leo, Salvo fazia o papel do irmão mais velho melhor do que faria um irmão de sangue. Aos olhos de Esa, ele era uma bênção para a família Nagy.

Por seu lado, Salvo tinha a sensação de haver ganho um milagroso presente quando a família Nagy lhe permitiu morar com eles, dois anos atrás. Ele sentia falta da própria família, por vezes a ponto de mal poder lembrar o que havia sido não sentir esta saudade; mas sem Esa e Leo seria pior, ele sabia. E gostava do estilo de vida gadjé muito mais do que jamais teria imaginado. Pelos padrões de Salvo, o apartamento dos Nagy era um palácio, e lá eles comiam muito melhor do que jamais ele comera. Quanto a Leo, Salvo gostava do enfermiço menino e, vendo que este não parecia ligar nem um pouco para quem era ele, Salvo, nem de onde tinha vindo, resolveu que tampouco ligaria para a deficiência física do primo. Além do mais, não havia muitas crianças com quem Salvo pudesse brincar. A maioria das crianças gadjés não brincaria com um rom, e László proibira terminantemente Salvo e Leo de se ligar a ciganos. Assim é que Salvo não tinha escolha.

Salvo e Leo sentaram-se no chão. Hoje eles eram bandidos fugitivos, enroscados em volta do fogo, falando baixo, perscrutando nervosamente sinais de perseguidores no meio da noite. O chefe, Salvo, conta histórias para matar o tempo.

"Uma vez, antigamente, num lugar que não é este, havia uma aldeia de gadjés que não conseguiam mais falar com Deus. Tinham perdido Sua voz, e queriam muito recuperá-la. Mas ela não vinha, por mais que pedissem.

"Um dia eles pediram, suplicaram a um rom que vivia na orla da aldeia que os ajudasse a ouvir de novo a voz de Deus. O rom era desconfiado, mas sentiu o problema deles e resolveu ajudar. O rom escalou o campanário da igreja e pediu a Deus para falar de novo com Sua gente. Mas havia coisas que o rom não sabia.

"Não sabia que Deus tinha deixado de falar com essa gente com razão. Ele calou-se porque essa gente era má. Calou-se porque essa gente era gananciosa. Calou-se porque essa gente não era mais a Sua gente. O rom não conhecia nenhuma dessas opiniões de Deus, mas, se conhecesse, talvez concordasse com Ele. Afinal, Deus não se engana à toa.

"Então o rom, em sua ignorância, pediu a Deus que tornasse a falar com os gadjés. Como Deus amava o rom, atendeu a seu pedido. Mas recusou-Se a mentir para os gadjés e dizer boas coisas sobre eles, que é o que eles queriam. Disse a eles a verdade, que nunca é o que as pessoas querem ouvir. Foi a dor de ouvir verdades que fez o pároco da aldeia cair morto bem ali onde ele estava.

"Os gadjés fizeram o que sempre fizeram, que é pôr a culpa no rom. Foram até a casa dele e o mataram. Mas matar um rom não adianta; a morte não detém o rom. O espírito do rom voltou à igreja gadjé e foi para o topo do campanário e tornou a chamar Deus. Deus lhe disse que a partir daquele dia não falaria com aquela gente nem mais uma palavra. E mais Ele não disse."

Esa estava à porta.

– Eu nunca tinha ouvido essa história.

Salvo corou. Não sabia que ela estava escutando.

– Isso foi verdade? – quis saber Leo, de olhos arregalados. Salvo fez que sim.

– É. Quero morrer se não for.

– Você não vai morrer disso, mas essa história é inventada, e é bom você ver a quem conta – e Esa voltou a suas salsichas.

– Talvez agora... – disse Leo. – Deus não é maluco. Talvez agora você possa falar com ele.

Salvo deu de ombros.

– Ou você.

– Os Nagys não são roma – retrucou Leo. – Mamãe era, mas deixou de ser.

Salvo fez que sim. Ela havia deixado de ser rom. E o tio László nunca tinha sido, isso qualquer um podia ver. Salvo sabia que Esa estava com a razão: ele tinha que ter cuidado com o que dizia. Não devia inventar histórias que não serviam para nada, exceto para estragar o clima da casa. Já tinha aguentado muito problema por ser rom.

A maçaneta da porta da frente girou e a porta se abriu. László Nagy entrou curvado no apartamento e jogou o pesado casaco, a echarpe, o chapéu e as luvas no chão, onde formaram um monte congelado. A fábrica de vidro onde ele trabalhava ficava só a dez minutos a pé, mas era o que bastava para ele chegar com o bigode enregelado e dois fios de gelo saindo das narinas.

Acenou com a cabeça para Salvo e para Leo, cruzou a sala e entrou na cozinha, onde ficou ao lado do fogão, deixando-se penetrar pelo calor. Esa o beijou no rosto e lhe trouxe uma xícara de chá. Estava quente demais para beber, então ele o deixou esfriar um pouco no parapeito da janela.

– Se eu tomar isso agora vou queimar a boca.

– Desculpe. – Esa pegou a xícara no parapeito e a derramou na pia. Em seguida pôs mais chá em infusão e ficou a vigiar a temperatura.

László Nagy ficou olhando sua mulher cuidar de alguma coisa no fogão. Quando a conheceu, achou que era a coisa mais linda que jamais tinha visto. Não deu importância ao fato de que ela era rom – afinal, ninguém decide onde nascer. Ofereceu-lhe uma vida melhor, e ela aceitou sem muita hesitação. Sabia tão bem quanto ele que se o desposasse seria deserdada pela família, coisa que, pensou ele, talvez não fosse de todo má.

Com o tempo, no entanto, por alguma razão, ele começou a achar Esa menos irresistível do que era logo que a conheceu. Não que ela tivesse mudado tanto. Não mudara mais que ele. E, claro, ainda era muito bonita. Mas agora havia nela alguma coisa, algo que ele achava que ela via nele e de que ele não gostava, e o fazia sentir culpa. Frequentemente ele ficava imaginando o que veria ela. Um lado dele estava consciente de que havia dentro de si coisas que justificavam um sentimento de vergonha.

Como os seus sentimentos em relação a Leo. László sabia que era uma tolice, quase uma estupidez, mas por algum motivo não conseguia olhar para o filho sem ver seu pé deformado. E, por causa dessa incapacidade, sabia também que uma parte dele não amava o próprio filho. Pelo menos não o amava tanto quanto a Esa.

Depois, havia seu trabalho. Embora pela maioria dos critérios fosse um bom emprego, que muitos homens gostariam de ter, László, no fundo, sabia que era capaz de fazer algo melhor, que havia dentro de si a promessa de algo mais. E ele se odiava por ignorar esse potencial. Mas havia bocas que era necessário alimentar, e ele não tinha escolha. E, já que era mais fácil, culpava a fonte dessas necessidades em vez de culpar a si mesmo. Ficava ressentido com Esa. Com Leo. Ultimamente, estava ressentido sobretudo com Salvo.

Acolher um órfão de parentes que lhe tinham dado as costas fora um gesto admirável de parte de Esa. Era verdade. Mas László sempre se lembrava de que para ela isso era fácil, porque não era ela que tinha de ir todos os dias para uma fábrica de vidro a fim de sustentá-lo. Para não falar no fato de que o menino, Salvo, o deixava tenso toda vez que ficavam a sós no mesmo cômodo. Havia nele algo que deixava László nervoso, muito nervoso.

Esa viu que ele estava olhando.

– Salsicha – disse ela.

– O quê?

– Para o jantar. Salsicha.

– Ah.

Ela entregou a ele a xícara com o chá agora na temperatura certa, e László decidiu achar um meio de amar sua mulher de novo. Você é capaz, disse para si mesmo. Sem problemas.

Na sala da frente, Salvo e Leo tinham largado a brincadeira de bandido. Agora Leo estava sentado no chão e Salvo o entretinha fazendo acrobacias. Sem fazer barulho, para não atrair a fúria de László, Salvo pegou uma cadeira de encosto alto e a colocou no meio da sala. Subiu ao assento e, de pé, apoiou as mãos no encosto para depois, devagar como se rolasse na cama, plantar uma bananeira. Leo estava radiante. Não fosse pelo barulho, e ele teria aplaudido aos gritos. Salvo resolveu levar o número um pouco mais longe. Ainda de pernas para o ar, inclinou a cadeira. Os dois pés da frente se afastaram do piso. Ele ainda se equilibrou por dez segundos. Leo não conseguiu reprimir um guincho de prazer. Salvo tornou a apoiar a cadeira nos quatro pés, girou o próprio corpo até ficar de pé no assento, e desceu da cadeira.

Ninguém tinha ensinado a Salvo esse número. Ele sempre tivera um equilíbrio natural; afinal, com nove anos tinha escalado um campanário que muitos adultos não conseguiam conquistar. Um dia ele viu a cadeira, e lhe ocorreu que, se quisessem, era capaz de plantar uma bananeira no encosto. No começo teve dificuldade, mas, após dezenas de tentativas, a coisa foi ficando fácil. O mais complicado era tirar os pés do chão; mas dominou esse movimento inicial.

László entrou na sala quando Salvo estava recolocando a cadeira no lugar. Não tinha visto nada. Apanhou no chão a sua roupa de inverno e pendurou o casaco no cabide ao lado da porta. Olhou para Leo, que estava esfregando o pé defeituoso.

– Hoje está frio – disse.

– Muito frio – respondeu Leo.

– Capaz de gelar o inferno – acrescentou László. A intenção era gracejar, mas não era isso que transparecia em sua voz. Os dois meninos empalideceram e abriram a boca.

Leo olhou para Salvo.

– Aquilo aconteceu?

Salvo deu de ombros. Tudo podia acontecer.

– Não se preocupe. Isto aqui não é o inferno. É só a Hungria. – Outra piada de László acima do entendimento das crianças. Com os muito jovens o cinismo sempre é desperdiçado, pensou ele. – O inverno já vai acabar.

Leo tornou a olhar para Salvo.

– Pergunte a Deus por nós se isto é o inferno.

Salvo sentiu a garganta presa. László olhou para ele, intrigado.

– Você agora fala como Deus?

– Não – respondeu Salvo. Suas mãos tremiam.

– Deus já falou com os roma. Capaz de falar de novo – explicou Leo.

László agarrou Salvo pelo ombro e o levou para a cozinha. Esa compreendeu que havia encrenca.

– Quem é que anda contando histórias rom a meu filho?

– Desculpe – pediu Salvo. Os dedos de László estavam cravados em seu ombro, que ia ficando dormente. As lágrimas começaram a correr.

– Suas histórias não têm lugar nesta casa. São lixo. Meu filho não vai ser ladrão. Não vai mentir. Não vai ser sujo, nem pobre.

– Sim, tio.

Esa não disse nada, mas por dentro estava se enraivecendo. Tinha sido rom, e não era suja, nem roubava, nem mentia. László não tinha direito de dizer essas coisas.

– Você quer uma história? Eu lhe arranjo uma. Eram três viajantes: um húngaro, um judeu e um rom. Uma noite eles chegaram a uma fazenda, em busca de um lugar para dormir. O fazendeiro disse que só tinha duas camas; um dos viajantes teria que dormir no celeiro. O húngaro não era egoísta, e disse que dormiria no celeiro. Mas quando chegou lá viu que o celeiro estava cheio de animais e era imundo. Voltou à casa da fazenda e disse ao judeu para dormir lá. O judeu foi para o celeiro, mas lá havia porcos e não era kosher, de modo que ele voltou à casa e pagou ao rom para trocar de lugar.

"De modo que o rom foi dormir no celeiro. Daí a pouco bateram à porta da casa da fazenda. Eram as vacas, porcos e galinhas. 'Escute', disseram. 'Queremos dormir aqui. Não podemos dormir no celeiro com um rom imundo.'"

Esa viu a boca de László crispar-se num sorriso sarcástico, e lutou para calar a boca. Essa briga já não era sua. Há muito tempo concluíra que só perderia. Sua escolha estava feita, havia preferido László a seu próprio povo. Não sabia se fora certa a decisão, mas isto já não importava. Amava o marido. Portanto, tinha de continuar a amá-lo, mesmo em momentos como este. Era assim que as coisas funcionavam, fosse ela rom ou gadjé.

Convencido de que havia deixado claro o que queria, László soltou o ombro de Salvo.

– Você entendeu?

Salvo sentiu o braço formigar, e a circulação começou a restabelecer-se. Esfregou o ombro doído com a outra mão.

– Entendi, tio.

László assentiu com a cabeça e saiu da cozinha. Salvo conteve as lágrimas. Talvez o seu tio tivesse razão sobre os roma. O fato de ser rom nunca lhe trouxera nada bom. Só encrenca, só desgraça. A tia tinha deixado de ser rom, talvez ele também pudesse deixar. Mas não queria. Seu pai era rom, sua mãe também, e seus irmãos e irmãs. Tinham morrido porque eram rom, e ele não ia deixar que o obrigassem a ter vergonha do que era. Seria mais rom do que nunca. Ainda seria como os roma das histórias que seu pai contava.

Esa olhou para o rosto de Salvo e sentiu uma pontada de dó. Sabia o que o menino sofria. Ainda em silêncio, rezou uma oração para que ele superasse o seu tormento com o espírito incólume.

– Venha se sentar – disse afinal, e pôs a mão no ombro dele. – Coma uma salsicha.

Etel Ursari jamais se lembraria de que fora trancada dentro da casa em chamas. Não lhe restou memória alguma de András abrindo o baú, tirando-a de lá e a levando embora, mantendo o próprio corpo entre ela e as quietas figuras que haviam sido seus pais. Suas primeiras memórias eram de um inverno passado num pavilhão de caça no fundo da mata, da fome e do frio. Não conseguia recordar o rosto dos pais, nem de Salvo. Só o de András.

Durante quase dois anos estiveram escondidos, pois András temia pela vida dos dois se fossem descobertos. Comiam o que ele conseguia coletar, somente se arriscando a acender um fogo quando imprescindível. Ele não ousava sequer confiar em outros roma. Acabaram esgotando as opções que tinham. A mata se tornava cada vez mais perigosa, pois cada vez mais gente fugia da desordem que campeou uma vez terminada a guerra. András concluiu que estariam mais seguros numa cidade grande, longe da aldeia provinciana que exterminara sua família. Era duro: aos doze anos já era órfão, não tinha um centavo e cuidava de uma menina pequena.

As provações foram coisa com que Etel travou conhecimento logo cedo, como um fato que se impôs diante dela desde que chegou à idade da razão. Não eram tratadas como um fado, nem implicavam mágoa. Eram o que eram, e assim foram seguindo as coisas, uma vez aceito o fato de que a vida era uma luta violenta em que não se faziam concessões a infelizes roma.

András, porém, havia conhecido outra realidade, e não podia descartar a própria dor. Mas embora pensasse há muito tempo em empreender a viagem a Budapeste a fim de procurar a tia, não foi. Ou este lugar ainda o queria, ou ele ainda queria este lugar. Jurou vingança, e a antegozou. Passava os dias a esperar, repleto de uma raiva paciente, o peito carregado com uma vaga dor que, ele sabia, jamais iria embora.

Na primavera de 1921, pouco antes de Etel fazer três anos, eles partiram. A intenção era rumar para Budapeste, onde poderia haver trabalho para András, e até a perspectiva de uma família para os dois. Antes, porém, András tinha uma missão a cumprir. Mesmo em sua tenra idade, Etel percebeu imediatamente que pairava no ar algo de grave, que estava além do seu entendimento. Percebeu também que o irmão preferia não levá-la consigo, mas ela não tinha onde ficar. Os dois esperaram até bem depois de o sol se pôr. Não havia lua, e enquanto avançavam depressa pelas ruas da aldeia que um dia fora a sua, Etel se agarrava com força nas costas de András. Nos braços, ele carregava um latão de metal onde marulhava alguma coisa. Não foi preciso dizer a ela para não fazer barulho.

À medida que se aproximavam do objetivo, passava pela cabeça de András um tropel de imagens: ele próprio correndo por uma rua enlameada no meio de uma tempestade, sua casa calcinada, os olhos da mãe e a boca do pai escancarados. Ouvira os berros de Etel dentro do baú, e sentira uma onda de alívio ao abrir a tampa e ver a irmã, aterrada mas ilesa. Chegou à beira do pânico pensando que os assassinos fossem voltar para arrematar a obra. Tentou imaginar onde estaria Salvo, pegou Etel nos braços e fugiu para a mata.

Essas imagens foram rechaçadas quando os dois chegaram à igreja. András pôs Etel no chão ao lado de uma grossa árvore na orla da clareira e lhe disse para se esconder. Em seguida ele contornou rapidamente a fachada dos fundos, molhando com querosene o revestimento da construção. Por um longo minuto ficou parado, fitando o campanário sem a cruz no topo. Etel não percebeu nada até que chegou a seus ouvidos o alarmante riscar de um fósforo e depois o crepitar da madeira consumida pelas chamas. Antes que ela entendesse o que ele tinha feito, András já a carregava nos braços para a mata.

Espiando por cima do ombro do irmão, Etel via a igreja incendiada; sentia o cheiro da fumaça e o calor do fogo. Já estavam a certa distância quando soaram gritos de alerta na igreja; mas já era tarde para debelar as chamas. Etel não chegou a pensar se haveria alguém lá dentro. A András esta possibilidade ocorreu, mas ele não se incomodou. Avançava lentamente, levando Etel pelo meio da mata, mais preocupado em ser furtivo que veloz, e assim prosseguiu a noite toda sem parar. Não tinha a menor ideia se haveria alguém no seu encalço, mas achou melhor supor que sim. Etel espiava por cima do seu ombro, em busca de sinais de perseguição. Mas só via o incêndio, muito tempo depois que ele tinha desaparecido.

E prosseguiram rumo a Budapeste, evitando as cidades e estradas principais quando podiam. Dormiam em campos cultivados, e passaram uma noite de relativo luxo num celeiro abandonado. Etel ficou pensando onde estariam os animais. András sabia que tinham sido todos abatidos.

Cerca de uma semana depois, caminhavam penosamente por uma erma estrada secundária quando soou atrás deles o ruído de uma carroça. András empurrou Etel para uma moita, onde os dois se agacharam atrás de um espinheiro.

Daí a pouco apareceu uma parelha de cavalos, cavalos bons e fortes. Puxavam uma carroça de cores vivas, conduzida por um homem coberto com um chapéu vistoso. Atrás dessa carroça vinham várias outras. Ao lado da terceira, um homem montava um cavalo branco. Vestia roupa nova e tinha o jeito de quem come todo dia. Seguiam-se mais quatro ou cinco carroças, e de todo lado partiam vozes. András levou alguns segundos para perceber que falavam romani. Etel não sabia a diferença entre romani e húngaro; falava uma mixórdia de dialetos orientais de que András só conhecia expressões avulsas.

Quando o cavalo chegou ao ponto onde András e Etel estavam ocultos, o cavaleiro o sofreou. Enquanto as carroças prosseguiam, o homem se imobilizava, e então, como se farejasse as crianças, ele voltou-se e olhou diretamente para a moita que as ocultava. Soltou um assobio imperioso por entre dentes brilhantes e as carroças detiveram-se de chofre, como soldados numa ordem unida. Escorregou do cavalo, já com a mão buscando a própria anca, onde o cabo de um punhal se projetava do cinto.

– Quem está aí? – interpelou em húngaro; sua voz era firme e imperiosa.

András gelou. Não sabia como o homem percebera que ele e a irmã estavam ali. Etel soltou um guincho de terror. No instante seguinte, juntaram-se ao cavaleiro três homens, que não estavam tão bem vestidos quanto ele.

– Ladrões – sibilou um dos homens em romani. Este portava um rifle, e o apontou para o esconderijo.

– Não – contestou o cavaleiro. – Não acho. – Calmamente, empurrou para baixo o cano do rifle. – Saiam daí – ordenou.

Etel fez menção de dar um passo para a frente, mas András agarrou o braço dela e a imobilizou. O homem tornou a levantar o rifle, e desta vez o cavaleiro bem vestido não tentou impedi-lo. O tiro partiu, jogando uma chuva de areia no rosto dos fugitivos.

– Pare! – gritou András em romani, só para se arrepender imediatamente.

Tinham sido descobertos. Mãos grosseiras os arrastaram de trás do espinheiro e os levaram até o cavaleiro bem vestido. Ele olhou primeiro para András – um olhar demorado, severo, avaliador, que deu ao garoto a sensação de estar sendo revirado até os ossos. A Etel ele não deu muita atenção; o bastante para ela ficar à beira das lágrimas, embora não fosse de chorar muito. “Os roma não choram de medo”, András sempre dizia.

O cavaleiro fez um sinal de cabeça, e seus homens largaram os fugitivos.

– Vocês são roma? – quis saber.

András fez que sim.

– Engraçado. Faz uns dias, passamos por uma aldeia onde andavam caçando roma. Principalmente um menino da sua idade. Parece que ele tocou fogo numa igreja. Você sabe alguma coisa?

András não disse nada, mas suas mãos começaram a tremer.

– Nós escapamos por sorte. Eles sabiam que não tínhamos nada a ver com o caso, mas pouco estavam ligando. Para a maioria dos gadjés, os roma são todos iguais.

O homem agarrou a mão de András e, antes que ele pudesse impedir, encostou-lhe o nariz e cheirou.

– Querosene – declarou com um riso abafado.

András cheirou a própria mão, mas não sentiu cheiro de querosene.

– Não sinto cheiro nenhum.

– Nem eu – respondeu o cavaleiro. – Mas seu gesto diz tudo.

András baixou os olhos, envergonhado de se deixar embair tão facilmente. O homem agachou-se e afastou o cabelo do rosto de Etel.

– Como é seu nome, pequena?

Etel se empertigou o quanto pode.

– Etel Ursari.

O homem sorriu.

– Então você é um urso?

Etel ensaiou sua melhor imitação de um grunhido, e o homem sorriu e levantou-se.

– Meu nome é Anosh Mór. Sou o chefe destes roma. Se quiserem, podem vir conosco.

– Não é preciso – respondeu András.

– Não acho. Tem gente atrás de você.

András olhou para Etel e sentiu o peito apertado. Percebia que não tinha alternativa além de confiar naquele homem.

– Nós temos comida – acrescentou Anosh Mór. E András se decidiu.

Todo o mundo chamava Anosh Mór simplesmente de Nosh. A maioria dos homens que o seguiam, uns vinte, era aparentada. A família viera da Rússia para a Hungria no começo do século XX, e desde a guerra cruzava o continente, às vezes evitando um exército, mas geralmente buscando qualquer lugar onde houvesse lucro fácil à vista. Neste sentido, a guerra havia sido boa para eles.

Quando surgia a chance de uma tramoia, todo o mundo trabalhava, até o próprio Nosh. Ele era perito em compra e venda de cavalos e sabia mil truques para maquilar um cavalo ruim. Pintava de preto o focinho grisalho. Uma vez cravou um preguinho na pata direita de um cavalo que mancava da pata esquerda, para mascarar a irregularidade da passada. Mas o melhor truque era o da égua amestrada que, na primeira oportunidade, fugia do novo dono para daí a pouco ser devolvida por um desconhecido honesto, que geralmente recebia uma pequena recompensa pela boa ação. Depois que isso acontecia três ou quatro vezes, o novo dono voltava à caravana de Anosh Mór, que estava fácil de localizar, e exigia que se desmanchasse o negócio. Ele cedia com aparente má vontade. Os honestos desconhecidos, claro, eram os próprios roma da família Mór, mas pouca gente percebia, pois a maioria só pensava na sorte que tivera ao ser reembolsada depois de pagar por um cavalo ruim. Quando os novos donos não vinham desmanchar o negócio, os Mór roubavam no meio da noite a égua vendida, e depois ficava difícil localizá-los. E quando se conseguia, já ninguém achava a égua, embora estivesse bem à vista uma outra, muito parecida, mas de cor diferente.

András ficava eufórico com esses golpes, não tanto pelo êxito, porém mais pela própria execução. Era com imenso prazer que enganava os gadjés, por mais que lhe custasse. Os Mór vinham tratando a ele e a Etel muito bem, quase como se fossem da família. Contudo, András notava às vezes uma distância, um olhar algo malévolo, como a dizer que os outros roma eram senhores de uma verdade maior a que ele, um Ursari, não tinha acesso. Isto o inquietava, embora tais momentos fossem raros e, já que não havia mais nada de substancial, András concluiu que simplesmente não convinha mexer no que era bom.

Em cidades grandes, os Mór despachavam as crianças com muletas, tipoias e tapa-olhos para mendigar nas ruas. Para András, foi uma surpresa descobrir quanto podia recolher uma vez instruído nas manhas do ofício. Era Etel que ganhava mais, porém. As pessoas cruzavam a multidão de roma e se detinham diante dela, que ficava ali parada, com uma venda nos olhos e uma tigela aos pés. E quase todos deixavam uma moeda na tigela; ela nem tinha que se mexer.

A princípio Etel não se importava de pedir. Nem pensava nisso, pois a seus próprios olhos ela não estava sequer ali. De olhos vendados, vivia os próprios sonhos, imaginando uma vida em que não estaria à mercê de outras pessoas. Imaginava-se vivendo uma vida de gadjé, ou o que acreditava fosse a vida de um gadjé. À medida que crescia, porém, foi ficando cada vez mais difícil isolar o mundo a sua volta, e, depois de três anos com os Mor, ela já não conseguia fazer nada, exceto ficar quieta e cantar as cantigas que tinha na cabeça.

Foi no outono de 1925 que o árduo labor de László Nagy veio a dar frutos. Ao longo dos quatro anos anteriores ele vinha dedicando todo o tempo que podia a aperfeiçoar sua arte, fazendo serão após seu turno na Sándor Glassworks, muitas vezes trabalhando noite adentro. O chefe de turno era um homem bom, e não fazia objeção a que László usasse equipamento da empresa para fins particulares, desde que isso não afetasse o trabalho. Afinal, quanto mais ele entendesse de vidro, melhor empregado seria. Até observava com interesse László aperfeiçoando técnicas de coloração e moldagem do vidro por sopro, e, vez por outra, quando ocorria um fracasso, sentia-se tão mal quanto o próprio László, embora nunca o confessasse.

Desde a primavera anterior, László vinha mantendo em segredo seu trabalho, e embora o chefe eventualmente captasse de relance, aqui e ali, algo do que estava em andamento, jamais soube exatamente do que se tratava até aquele dia em que, após o fim do turno, László o chamou de lado e lhe mostrou a sua magnífica criação.

Tampouco Salvo ou Leo sabiam em que ele estava mergulhado. Só sabiam que ultimamente ele andava de muito melhor humor, e que raramente estava em casa. Como estas duas novidades eram fonte de bem-estar para os meninos, eles não se esforçaram muito para indagar por onde andava László. Esa, porém, estava plenamente a par do trabalho do marido, embora nem ela tivesse ideia do que a esperava no dia em que estivesse terminado.

A porta do apartamento escancarou-se inopinadamente, e Esa se assustou. Ela estivera na cozinha preparando o almoço, certa de que László não chegaria até tarde da noite, de modo que não pensou no prato dele. O pé de Leo doía, e ela o mergulhara em água quente e sal. Salvo a ajudara a levar uma bacia para a sala, e agora os dois meninos estavam lá, Leo tentando ensinar Salvo a ler, Salvo lhe dando pouca atenção. Esa estava pensando se deveria pedir a Leo ou a László que ensinasse a ler também a ela quando a porta se escancarou. De imediato, pensou que a polícia estava ali para levá-la. Ao ver que era László, ficou aliviada, achou-se tola, e se passou um pito. Por que a polícia haveria de levá-la? Não tinha feito nada errado. Só então notou que László carregava uma caixa de madeira de uns sessenta centímetros de largura, e tentou adivinhar o que seria.

– Você voltou pra casa cedo.

László assentiu com a cabeça, e Esa teve a impressão de que ele estava esbaforido. Tinha uma expressão estranha, que ela não recordava ter visto em seu rosto. Nem ela podia definir com certeza o tipo de humor que essa expressão mostrava; havia um sorriso no rosto dele, ou pelo menos a sombra de um sorriso, o que em László equivalia a um largo riso feliz. Mas ele tinha a cabeça inclinada, e as sobrancelhas se projetavam desajeitadamente, lembrando montinhos de neve acumulada no beiral de um telhado, que desafiam a gravidade por algum tempo antes de tombar por força do próprio peso. Esa concluiu que, fosse o que fosse que o marido sentia naquela hora, era algo novo e extremo, e por um segundo invejou a profundidade de suas emoções.

Ela ficou observando enquanto László, delicadamente, pousava a caixa no chão. Ele tirou a tampa e enfiou lá dentro as mãos, que saíram segurando trapos e papel amarrotado, que ele empilhou cuidadosamente sobre a tampa da caixa. Ergueu os olhos para Esa, depois para onde estavam Salvo e Leo; e só então, aparentemente satisfeito por ter ganho a atenção geral, tornou a mergulhar as mãos na caixa.

– Vocês devem me achar estúpido – disse ele, fixando o olhar em Salvo. – Devem achar isso porque eu passo o dia fazendo janela, não sei contar histórias bonitas nem toco música, nem conheço mil maneiras de lograr um homem e tomar a casa dele. – Neste ponto seu olhar voltou-se para Esa, que fingiu não perceber. – Pensem o que quiserem, mas ninguém diga que não sei cuidar de minha família, ou que não sei fazer uma grande coisa, de que pouca gente é capaz.

Docemente, com muito mais delicadeza do que Esa jamais vira nele ao segurar Leo, mesmo quando bebê, László segurou e ergueu o que estava na caixa. Esa arquejou, levando uma mão à boca e outra ao peito. László segurava uma estatueta de uns trinta centímetros de altura – um soldado húngaro em farda de gala. Todos os detalhes, até os botões de bronze do dólmã, eram feitos de vidro, e o soldado brilhava, refletindo a luz que lhe batia em cima. O que mais a surpreendeu foram os olhos do soldado, de um verde profundo, com pupilas negras como carvão. E não só porque pareciam de verdade – o que já seria uma maravilha. É que eram iguais aos dela. Aliás, eram assim os olhos de seus ancestrais, os olhos de sua irmã Azira, mãe de Salvo, e os do próprio Salvo. O fato de László recriar esses olhos, que eram olhos rom, chocou Esa até o fundo da alma.

Salvo também viu aqueles olhos, mas a princípio sem reconhecê-los. Só viu que o soldado de vidro parecia olhar diretamente para ele. O que ele via não estava claro, mas decididamente via alguma coisa. Salvo não sabia se gostava do soldado, ou se lhe tinha medo, ou as duas coisas. Só sabia que aqueles olhos lhe davam um calafrio na espinha.

László ignorava o que os outros viam em seu soldado, mas sabia o que ele próprio viu ao olhar para ele. Viu horas e horas de trabalho; viu todas as peças que tinha feito vinte vezes antes de dar certo; viu toda a sua massa de conhecimento sobre a moldagem do vidro incorporada a um único objeto. E viu também a perfeição: a seu próprio ver, chegara com a sua criação tão perto da beleza absoluta quanto jamais poderia chegar alguém, inclusive ele mesmo. E viu ainda, no bojo do soldado, a promessa de uma vida melhor para ele mesmo e para sua família. Para ele, os olhos eram apenas olhos.

Para ele, a Sándor Glassworks não existiria mais. Ia abrir sua própria oficina, onde faria estatuetas para vender aos cidadãos abastados de Budapeste. Seu talento de artesão lavaria a vergonha de ter uma mulher rom e um filho aleijado. E, quem sabe, talvez conseguisse convencer Esa a deixar que ele buscasse outro lar para Salvo. Não gostava do modo com que o garoto ficava olhando pela janela, fitando o topo dos prédios, como se preferisse estar em outra parte, como se a casa de László não o satisfizesse. Ao chegar, o garoto não tinha nada. Nos seis últimos anos, László lhe dera um teto, e o alimentara e vestira melhor do que o faria qualquer família rom. O garoto devia mostrar gratidão, e em vez disso persistia em dar a impressão de que preferia estar em outro lugar.

Esqueça o garoto, pensou László. Enfiou a mão no bolso interno do casaco puído, onde havia, num envelope, mais dinheiro do que tinha visto em toda a sua vida. Era a entrada do pagamento do soldado, vendido ao representante de um colecionador local, um homem rico e conhecido não só em Budapeste e no resto da Hungria, mas por toda a Europa. Além de liquidar suas dívidas e as de Esa, László já tinha procurado o senhorio e pago dois anos de aluguel do apartamento adiantados. Com isso, ele havia consumido a maior parte da entrada paga pelo soldado, mas sobrava alguma coisa, suficiente para uma boa comemoração.

E amanhã, quando o representante viesse buscar o soldado, receberia outra prestação, equivalente a quase três anos de salário na Sándor Glassworks.

Recolocou o soldado na caixa, com os trapos e o papel a protegê-lo. Carregou a caixa para o canto mais afastado da sala, e lá depositou-a no chão. Depois, de um modo que jamais fora tão visível, László Nagy sorriu. Tinha uma surpresa para a família: era seu modo de mostrar que nem sempre era truculento. Mandou todo o mundo vestir o mais depressa possível a roupa domingueira. Leo e Salvo correram a obedecer, e enquanto se vestiam László se recusou a responder sequer às perguntas de Esa. "Lá, você vai ver", foi sua única resposta. Uma vez todos prontos, saíram, László à frente, deixando o apartamento, saindo para a rua. Tomaram o bonde para o centro de Pest. Na estação terminal do metrô que corre por baixo da avenida Andrássy ficava a Gerbeaud's, a famosa pastelaria, mas László não deixou ninguém parar. Não há tempo, disse ele. Talvez na volta.

Salvo contemplava o metrô da mesma forma que vinha contemplando toda a sua vida em Budapeste. Gostava porque era diferente de tudo que já vira em outras plagas, mas não conseguia se livrar da sensação de que ali havia algo de errado, de que, se por um lado o transportava a lugares novos, por outro igualmente o confinava. Dentro do metrô, era forçado a ir aonde o metrô o carregava. Tinha certeza de que seu pai odiaria o trem subterrâneo, onde ele próprio não se sentia bem; mas o mesmo Salvo tinha também o lado que o apreciava, e para este era desagradável não concordar inteiramente com o pai.

O metrô os carregou por baixo da cidade, rumo nordeste, deixando o Danúbio para trás, em direção ao Parque da Cidade. À medida que passavam pela Praça dos Heróis, já a pé, o som de uma multidão foi se tornando mais intenso, até que chegaram à beira do lago: e ali estava ele.

Era um pequeno circo, na verdade uma trupe de dez artistas no máximo, que se apresentava ao ar livre em espaços púbicos pela Europa afora. As pessoas assistiam ao show de pé, pois não havia assentos, a não ser uns bancos espalhados pelo parque. Pelo meio do público circulava um menino, que não teria mais de seis anos, recolhendo moedas num chapéu.

Ao lado da tia, Salvo ficou vendo dois palhaços; um deles subia numa escada; o outro começava segurando a escada, mas depois fingia distrair-se, largava a escada – e o primeiro despencava. O público arquejava de susto, percebia que o palhaço não estava machucado, e finalmente ria vendo o acidentado perseguir o ajudante, brandindo furiosamente a escada. Até Salvo teve de rir.

Em seguida apareceu um casal fazendo malabarismo com tochas acesas – primeiro duas, depois três, quatro, até que nada menos de oito tochas voavam entre o homem e a mulher. Depois trocaram as tochas por facas, cujo fio demonstraram cortando uma páprica no ar. Enquanto lançavam as facas, com extrema rapidez, outra mulher entrou e colocou-se bem no seu trajeto e começou a comer calmamente as duas metades da páprica. A multidão delirou ao ver o número acabar, com a segunda mulher ilesa, e, espontaneamente e sem hesitação, jogou moedas no chapéu do menino.

Amarrado entre dois mastros altos, sete metros acima do solo, estendia-se um arame. O olhar do público foi atraído para o alto, onde um homem vestido com uma calça justa e uma camisa sem mangas andava no arame. Devagar, cauteloso, o homem avançou, e Salvo sentiu uma opressão no peito. O homem se movia com uma facilidade e elegância inteiramente novas para Salvo. Imediatamente percebeu que esse homem se dedicava a algo importante, que pouca gente podia fazer, algo que valia a pena fazer. Esse homem pertencia a um mundo diferente. E, aos olhos de Salvo, ele parecia em completa paz com o ambiente que o cercava. Para ele, era o mesmo que andar pela calçada; ou pelo menos assim parecia.

O homem ficou a percorrer toda a extensão do arame, pelo menos doze metros, uma, duas, três vezes, até que minguou o fluxo de moedas para o chapéu. Então ele desceu, debaixo de palmas, e anunciou que a trupe continuaria a apresentar-se ali pelo resto da semana. Depois de um apelo final à generosidade do público, a trupe começou a recolher o seu material.

Salvo estava fascinado. Seu impulso era ir ter com o aramista; mas não conseguiu se mexer. Que diria a semelhante pessoa? Por um segundo cruzou-lhe a cabeça a ideia de fugir e se juntar à trupe, e suas mãos ficaram escorregadias de suor; mas repeliu a tentação. Tivera a sorte de encontrar um lar entre os Nagy; seria uma estupidez abandoná-los por uma coisa que, dizia a voz da lógica, era um sonho infantil. Se a sua vida entre os gadjés lhe ensinara alguma coisa, era que tinha uma tendência para levar o sonho além dos limites da razão. Salvo se obrigou a ficar quieto enquanto o aramista entrava na multidão e desaparecia.

Enquanto voltavam para o metrô, atravessando novamente o parque, Salvo tentou pensar num modo de agradecer ao tio. Embora ainda desconfiado, ele vira hoje um lado de László Nagy que jamais tinha visto e de que sequer suspeitara. Será que fora injusto com o tio? A viagem de metrô transcorreu em silêncio, com Leo pesadamente apoiado em Salvo: tinha o pé avermelhado e dolorido do esforço da tarde. Quando saíram da estação, Salvo resolveu que a melhor maneira de agradecer ao tio era simplesmente se adiantar e falar. László era um homem direto; assim é que se lida com ele, pensou Salvo.

Mas László falou primeiro.

– Aqui está. – Tirou uma nota de um envelope que tinha no bolso e a entregou a Leo. – É para o bonde. Pode comprar na Gerbeaud's alguma coisa para você e para seu primo.

Esa se espantou:

– Por que eles vão precisar de dinheiro?

– Porque você e eu vamos à ópera – retrucou László –, e os meninos dessa idade não gostam desse tipo de coisa.

Os olhos de Esa resplandeceram. A vida inteira tinha sonhado ir à Ópera de Budapeste. Até Salvo sabia disso. Mas era caro.

– Podem ir, vocês dois. Nós estamos com pressa – concluiu László.

Esa beijou Leo e Salvo, e partiu avenida Andrássy abaixo, de braço dado com o marido.

– Tio, obrigado – gritou. Se László o ouviu ou não, Salvo não soube. Ele não se virou.

No caminho, Esa tentava imaginar como seria o teatro de ópera, como as pessoas estariam vestidas, de que falariam no intervalo, como seria a música. Não conseguia parar de sorrir, e acabou desistindo. Isto era melhor do que sonhar acordada. Este chá ia mesmo acontecer.

Salvo e Leo entraram na Gerbeaud's e compraram quatro doces grandes. Sentaram-se na calçada, encostados no muro da loja. Salvo achou o seu doce a coisa mais gostosa que já tinha provado. Mas quando saltaram do bonde no seu bairro e abriram a porta do apartamento, Leo estava quase chorando de dor no pé, então Salvo lhe deu o láudano que Esa mantinha para essas eventualidades. Leo adormeceu quase imediatamente.

Salvo sentou-se na cadeira de Lásló na sala da frente. Não costumava fazer isso. Não era proibido, mas tampouco recomendado. Nunca tivera o desejo específico de sentar-se na cadeira do tio; por que sentar-se na cadeira de um homem que não gosta de você, sabendo disso? Coelho não dorme em toca de raposa. Mas hoje tudo estava diferente. Salvo não sabia se aquilo ia durar, ou se não passava de um eclipse da normalidade, mas nessa noite não temia nem odiava o tio. Era quase o contrário: sentado em sua cadeira, Salvo sentiu uma sincera admiração por ele, e lhe perdoou os modos grosseiros, a atitude em relação aos roma e o desprezo pelo filho aleijado.

Os olhos de Salvo deram com a caixa no canto da sala. Sabia que era melhor deixá-la em paz, que não daria certo mexer nela, que não era assunto seu, e continuou a repetir tudo isso para si mesmo enquanto se levantava, cruzava a sala à luz mortiça e abria a caixa. Os trapos e o papel foram prontamente afastados com dedos ansiosos, e ao tirar da caixa o soldado de vidro ficou admirado com seu peso. Colocou-o no chão a sua frente e recuou um passo.

À luz trêmula da sala, o soldado vivia. Parecia sorrir para ele, um sorriso astucioso, cúmplice, como se soubesse o que Salvo pensava, como se soubesse tudo o que ele já pensara e tudo o que já vira. A respiração de Salvo acelerou-se, e ele dirigiu para o soldado um olhar agudo. Olhou como quem vê um milagre, não sabe por que foi escolhido para testemunhá-lo e, no entanto, a despeito de si próprio, encontra Deus.

A despeito de todo um lado seu que protestava aos gritos, Salvo puxou os punhos da camisa para cobrir as mãos e levantou o soldado. Não queria marca de dedos no vidro. Levantou o soldado bem alto, lembrando-se do pai e dele mesmo no campanário da igreja, lembrando como os dois eram capazes de subir tão alto e não cair. O problema tinha acontecido lá embaixo. Lá é que as coisas terminaram mal. Com o soldado acima da cabeça, era como se estivesse outra vez no campanário, desta vez com o pai, e como se os dois subissem mais e mais, muito acima dos gadjés, da Transilvânia, de Budapeste.

E foi então que Salvo sentiu o soldado lhe escorregar das mãos. Não sabia com certeza se aquilo era um acidente, mas tinha consciência de que podia apanhar o soldado em meio à queda, ao menos tentar. Não tentou. Ficou olhando o soldado cair rumo ao chão, girar para a frente, agora de cabeça para baixo, até bater na madeira dura e se espatifar e reduzir-se a nada. Mesmo ao ouvir os cacos de vidro saltando pela sala, Salvo continuou calmo e parado. Sabia que acabava de acontecer uma coisa terrível, uma coisa horrível, mas se sentia em paz e totalmente à vontade. Como no perfeito momento de temporária inexistência antes do sono.

Apanhou uma vassoura na cozinha e juntou os cacos de vidro no meio da sala. Depois se deitou no chão e esperou.

Os roma Mór passavam na estrada a maior parte de seus dias. Eram autênticos roma, e depois de uma parada não tardavam a sentir cócegas para pôr o pé na estrada. As viagens eram longas e árduas, e o momento mais feliz era no fim do dia, quando montavam acampamento para passar a noite, ansiosos pelo calor do fogo e por uma boa comida. Depois de comer se iniciava a música e, com ela, as histórias.

Era um velho, chamado Vedel Mór, que contava as melhores histórias da família. Mas contava no momento que escolhia, e não escolhia toda noite, nem sequer noite sim, noite não. Quando contava, a ocasião era especial, e os outros ouviam com atenção redobrada. As pessoas sabiam que Vedel não era eterno, que um dia as histórias não contadas desapareceriam com ele. Ao contar uma história, ele escolhia alguém e lhe falava como se fosse o único ouvinte – ou pelo menos era esta a sensação que transmitia. E sempre começava as histórias do mesmo jeito.

– Se não for verdade, é mentira. Pequena Etel, András não tão pequeno, acolhemos vocês, e faríamos de novo a mesma coisa, porque nós, os roma, estamos espalhados pela Terra há muito tempo. Mas nem sempre foi assim.

"Uma vez um rom e sua família estavam todos juntos na carroça. O cavalo já estava alquebrado, não valia o que pesava sua carne, e tropeçava ao peso da carroça. Não era só culpa do cavalo, pois a carroça estava abarrotada de filhos de roma. Eram tantos que o rom não conseguia contá-los, e, à medida que a carroça avançava aos arrancos pelos sulcos da estrada, as crianças iam caindo pelo fundo. Como as crianças eram incontáveis, ninguém dava por falta das que se perdiam, e a carroça prosseguiu viagem por terras e mais terras. E por onde passou vieram a existir jovens roma que ficaram para trás. Foi assim que nós nos espalhamos pelo mundo, todos nós, filhos daquele rom."

Todos os roma Mór aprovaram com um gesto de cabeça. Desde crianças tinham ouvido muitas vezes essa história, que se tornara uma familiar e agradável introdução para as noitadas. Essas histórias eram dirigidas aos pequenos, para que soubessem de onde vinham os rom e o que era ser um deles.

Nem todas eram assim. Havia histórias que as crianças não podiam ouvir. Mas como Etel não tinha pais, exceto András, que não entendia a restrição, escutou várias antes que Vedel percebesse a sua presença.

– Se não for verdade, é mentira. Era uma vez um rom, um rom abastado, que não roubava, mas vendia cavalos e morava numa casa grande e tinha muitos amigos. Não lhe faltava nada, exceto uma mulher com quem compartilhar felicidade. Aconteceu que ele andava cavalgando na floresta à noite e deu com um bando de roma se banqueteando, dançando e tocando música. Sem saber por quê, teve medo, se escondeu atrás de uma árvore e ficou a olhar de longe. Os roma estavam numa roda, e no meio dançava a mulher mais linda que ele jamais vira. O rom ficou cativo, e durante horas só fez contemplar a mulher. Os roma cantaram e dançaram noite adentro. Quando já estava clareando, a mulher olhou para a floresta e o rom teve certeza de que ela o tinha visto, e também acreditou que tinha sorrido para ele. Seu coração disparou, porém mesmo assim ainda temia aproximar-se.

"Quando o sol se levantou, os roma desapareceram em suas tendas e o rom superou o seu temor. Aventurou-se então para o acampamento, na esperança de falar com a linda mulher. Quando espiou dentro das tendas, contudo, só viu corpos esquartejados, membros cortados, cabeças decepadas. No mesmo instante, compreendeu que havia se deparado com uma caravana de mortos. A essa altura, no entanto, estava tão apaixonado pela dançarina que perdeu o juízo, e acabou achando e roubando seu cadáver.

"Ao cair da noite ela se ergueu, sobressaltada com a ausência da família. O rom apresentou-se e declarou o seu amor, mas ela exigiu que ele a devolvesse incontinente. O rom se recusou, e ela insistiu: 'Você não entende. Meus irmãos vão descobrir você, e lhe fazer mal.'

"O rom não deu ouvidos, embora já se ouvissem os cascos dos cavalos dos irmãos se aproximando. Ele agarrou a mulher linda e a fez montar com ele seu cavalo mais veloz, e galoparam como loucos noite adentro, com os mortos no encalço. O sol estava a ponto de surgir de novo quando os irmãos os alcançaram, e a arrancaram dos seus braços. Iam matá-lo, mas, no momento em que levantaram a espada, o sol saiu e eles tombaram sem vida. O rom recuperou o corpo da amada e fugiu, e pouco descansou até o fim do dia.

"Caiu a noite e de novo ela brotou para a vida, e então suplicou que a devolvesse. De novo ele ouviu os cascos dos cavalos dos irmãos se aproximando, de novo ele fugiu com sua amada. Ao romper da aurora os irmãos o apanharam, e de novo ele foi salvo pelo sol nascente. E o drama foi se repetindo, semana após semana.

"Pouco a pouco, porém, a mulher linda foi se apaixonando por esse rom que sacrificava tanta coisa pra ficar com ela. No fim, ela já não conseguia rejeitá-lo, e acabou lhe ensinando a deter os seus irmãos. 'Espere até romper o dia e então enterre os corpos e crave uma cruz na sepultura. Você tem que enterrar também a mim, do contrário cairá sobre nós uma maldição.'

"O rom não gostou do que ouviu. 'E com você, que é que vai acontecer? Quando é que eu vou ver você de novo?' A mulher linda escondeu o rosto nas mãos. 'Uma vez por ano, eu virei para você. E ficarei com você na próxima encarnação.'

"Ao rom não agradaram semelhantes condições, mas, vendo que não havia outra saída, concordou. Ao romper do dia ele apanhou os corpos dos roma, enterrou a todos em terra consagrada e cravou uma cruz em cima de cada sepultura. Também a mulher ele deitou na sepultura, porém antes de enterrá-la viu seu rosto lindo e não conseguiu cumprir sua tarefa. Então, ele a tirou da sepultura e esperou pelo cair da noite.

"A escuridão se fez, e a mulher se levantou para a vida. 'Que foi que você fez?', exclamou aterrorizada. O rom pediu perdão. Não podia enterrá-la, porque a amava demais. 'Agora podemos ficar juntos', disse ele. Era tal sua loucura que se adiantou e a tocou. No momento em que a pele dele tocou a pele dela, ele virou pó. E a mulher linda foi condenada a vagar eternamente pela Terra, intocável, para pagar pelo pecado dele. Ainda deve estar vagando por aí."

Em torno da fogueira, só se ouvia o silêncio; os roma refletiam sobre a história ouvida. Devagar, Vedel encheu o cachimbo com fumo barato. O tempo se escoou, e à certa altura alguém pegou um violino, e o ambiente foi se aliviando. Daí a pouco estavam todos dançando e cantando.

Ninguém viu Etel se encolher debaixo da manta. Lá ela ficou, tão imóvel quanto podia, tentando não tremer. Não queria dançar. Eu estou morta, pensou. Sempre estive morta, e ninguém sabe. E embora não conseguisse formular claramente esta constatação, começou a entender que não se deve amar os mortos.

Estava escuro na taverna. No meio da fumaça e com uma luz oscilante, Salvo teve de apertar os olhos, que ardiam, para enxergar o caminho e atravessar o salão. Cheirava a cerveja, suor, carne e à podridão acre de metade das tavernas do mundo.

Salvo estava ganhando a vida entre cheiros como esses havia três anos, desde que Esa Nagy o mandara sair do apartamento da rua Viola para nunca mais voltar. Ela falou com calma, mas não havia hesitação quer na sua voz, quer nos seus modos.

Quando László Nagy viu o soldado espatifado no chão, morreu uma sucessão de pequeninas mortes. Foi uma morte pensar que sua linda, maravilhosa criação estava reduzida a cacos; equivaleu a outra morte pensar no dinheiro que não receberia pelo soldado desaparecido; uma terceira consistiu em pensar no dinheiro recebido como entrada, que seria obrigado a devolver ao colecionador, porém já tinha gasto; e foi morrer mais uma vez pensar na probabilidade da prisão por dívida, ou coisa ainda pior. Ele simplesmente desabou no chão, onde ficou de boca e olhos escancarados, sem produzir um único som, recusando-se a se mexer, recusando-se a responder a Esa, a Leo, a Salvo. Depois que Salvo se foi, Esa apanhou o marido e levou a sua forma frouxa para uma cadeira. Ele não dizia uma palavra.

Por um lado, Salvo desejava que László tivesse reagido de outra forma. Tinha vergonha do que fizera, do modo com que arruinara o tio e toda a família. Os Nagy o haviam acolhido, e em troca ele destruíra suas vidas. Teria aceito qualquer castigo para reparar o dano provocado. Jamais esqueceria o olhar de Leo enquanto ele recuava pela porta do apartamento. Era o mais puro olhar de ódio que jamais vira.

Salvo estava agora com dezoito anos, idade mais do que suficiente para viver por si só, porém não tinha emprego, instrução, nem amigos, e mal sabia ler e escrever. Salvo Ursari ainda era um rom, e ninguém queria contratar um rom. Então ele ganhava a vida nas tavernas, plantando bananeira no encosto das cadeiras em troca do dinheiro que os bêbados e delirantes estivessem dispostos a lhe dar.

Sua situação, acreditava ele próprio, era exatamente o que merecia. Passava horas tentando entender por que destruíra a estatueta, e, com ela, a família da tia, sem conseguir chegar a uma conclusão clara. Desejou ser outra pessoa – e não foi pela primeira vez.

Era uma vida precária. Estava sempre com fome e em constante risco de ser roubado, espancado ou prejudicado de alguma outra forma. Pelo menos uma vez por semana algum pinguço tentava imitar seu número acrobático e, depois de cair – o que sempre acontecia –, apelava para a violência. Ou coisa pior: em vez de recorrer à violência no ato, guardava o ressentimento no peito, como quem estoca remédio, e um dia, na semana ou no mês seguinte, durante um número, Salvo sentia uma pancada na perna da cadeira. Nem sempre recuperava o equilíbrio.

Havia também a polícia. Não era ilegal se exibir por uns trocados, mas era obrigatório pagar uma taxa de licença que estava muito além das posses de Salvo. Consequentemente, ele tinha de estar sempre de olho, porque, se fosse flagrado, se arriscaria a ser preso, espancado, multado e depenado.

Nessa taverna, esta noite começara igual a tantas outras. Ele sempre ia de local em local, e esta era sua quarta escala da noite. Na verdade, essa taverna era um local que ele evitava, pois os habitués tinham pouco dinheiro e muita má vontade. Esta noite, no entanto, o local parecia um pouco mais animador que de costume, e, além disso, a noite andava fraca para Salvo, portanto ele entrou.

Foi até o fundo, onde ficava o bar, e, depois de obter um aceno positivo do encarregado, escolheu uma cadeira vazia perto do centro. Havia mesas redondas espalhadas por todo o salão, mas, embora várias estivessem ocupadas, a maioria dos clientes preferia encostar a cadeira à parede ou juntar cadeiras e formar grupos fechados.

Salvo enxugou o suor das mãos e da testa, aumentando a mancha escura no peito da camisa. Depois de perscrutar os clientes mais próximos sem reconhecer ninguém que o ameaçasse, ele agarrou as costas da cadeira e, com uma elegância surpreendente num jovem tão subnutrido e sujo, elevou as pernas para cima num movimento perfeito. Alguns clientes voltaram a atenção para ele e, sem entusiasmo, começaram a observar os seus esforços. Salvo foi aproximando as mãos uma da outra até as duas se tocarem abaixo da cabeça. Depois tirou uma delas da cadeira. Afrouxou a outra e, agora só com a palma no encosto, manteve o equilíbrio. Mais alguns clientes perceberam a presença do acrobata e passaram a acompanhar seu número. Ele estendeu o braço livre perpendicularmente ao corpo e o lançou para o tronco. Seu corpo girou 360°, tão depressa que alguns bêbados no meio do crescente público não chegaram a ver. Trocou de mãos no encosto da cadeira e repetiu a pirueta no sentido inverso; desta vez, todo o mundo viu. Agora quase todos os clientes assistiam, até os que já tinham visto o mesmo número. Salvo sentia o sangue pulsando na cabeça, sentia a tensão nos músculos. Mas só estava começando.

Arrastou a mão para a beira do encosto e, com um hábil deslocamento do próprio peso, tirou do chão as duas pernas da frente da cadeira. Rodopiou para a esquerda, depois para a direita, e desta vez foi recompensado com gritos e risos animadores. Prendeu o encosto da cadeira com os dedos e tornou a deslocar o peso. Salvo ainda estava equilibrado de cabeça para baixo, e agora só uma perna da cadeira tocava o chão. Mais gritos e risos, e alguns clientes até tocaram os copos em sinal de louvor.

De repente, como se tivesse caído do céu, apareceu um rosto diante dele. Para Salvo, o rosto estava de cabeça para baixo, com um sorriso astucioso e um cenho pronunciado, narinas largas apontadas para o cérebro. Um chute atingiu de leve a cadeira, mas Salvo se recuperou. Outro, mais forte, foi desferido, e desta vez a recuperação foi mais precária. Vendo que o agressor não ia embora, Salvo saltou da cadeira e caiu de pé. Diante dele estava um homem louro que piscava, sorria e inspirava confiança.

– Nada mau como equilíbrio – disse o homem, e jogou uma moeda de ouro para Salvo. Ele a apanhou sem tirar os olhos do intenso olhar do homem.

– Não gosto que chutem minha cadeira. – Salvo tentava soar ameaçador. O homem riu.

– Você devia era dar o fora daqui rápido, garoto.

Salvo ia começar a discutir com o homem quando viu um policial avançando para ele. Não tinha reparado no que o homem já tinha visto: dois policiais fardados entrando na taverna, um deles mostrando Salvo para o outro e depois seguindo até o fundo e falando com o dono. Agora, um deles estava atrás de Salvo e o outro entre ele e a porta de saída.

Salvo deu as costas para o policial que agora avançava para ele, só para ver o outro, que vinha por trás. Virou-se para a porta. Estava cercado.

O policial que estava entre Salvo e a porta avançou, antes do companheiro. Então o homem que chutara a cadeira de Salvo tropeçou, lançando a cadeira contra as pernas do policial. No que ele caiu, Salvo saltou por cima dele e disparou para a porta. Sentiu uma mão lhe agarrar o ombro, mas se desvencilhou, e segundos mais tarde emergia da umidade da taverna para o friozinho da noite, com dois policiais nos calcanhares. Um deles não tardou a desistir, mas o outro persistiu até se tornar evidente que estava sendo facilmente batido na corrida. Salvo o deixou para trás arquejando, com a respiração subindo como fumaça das ventas de um dragão irado e gordo.

Naquela noite não haveria mais trabalho. Com a moeda que o homem lhe jogara, Salvo alugou uns palmos de chão num quarto sombrio e dormiu, acordando a cada meia hora, apavorado com a ideia de que a polícia estava à porta, mesmo sabendo que não era o caso. Acordou de manhã cedo, cansado, faminto e quebrado.

SALVO NÃO OUSOU VOLTAR AO LOCAL onde quase fora preso, mas não tardou muito a ver em outra taverna o homem que lhe chutara a cadeira. Hesitou, sem saber quais eram as intenções do homem nem o que ocorreria se a polícia não os tivesse interrompido. Mas lembrou-se da moeda de ouro, e, com isto em mente, aproximou-se dele.

– Vejam só – disse o homem, no rosto um sorriso que tanto podia ser de simpatia como de troça. – Pois não é o garoto equilibrista!

Os olhos de Salvo foram atraídos para a mesa, onde estava pelo meio um prato com o tipo de salsicha de que ele aprendera a gostar quando morava com os tios.

– Está com fome, garoto equilibrista?

Salvo fez que sim com a cabeça; não conseguia falar. A valentia demonstrada no primeiro encontro o havia abandonado.

O homem pegou uma salsicha e a estendeu para Salvo. Quando ele tentou apanhá-la, porém, o homem a tirou de seu alcance.

– Que tal uma bananeira? – Ele sorria, o que não bastou para Salvo se sentir seguro.

Desconfiado, Salvo pôs as mãos no chão imundo e virou os pés para o alto. Por algum tempo o homem ficou imóvel, a observá-lo; depois colocou a mão num pé de Salvo e, muito de leve, começou a empurrá-lo para um lado. A princípio isso não afetou muito o equilíbrio; era só um incômodo. Mas, à medida que a pressão lateral se mantinha e as pernas de Salvo se dobravam cada vez mais, tornou-se gradativamente mais difícil manter o equilíbrio. As pernas já faziam quase em ângulo reto com o corpo quando Salvo, incapaz de manter a posição, desistiu da bananeira e pôs os pés no chão.

– Admirável – disse o homem. – Admirável, garoto equilibrista.

Jogou uma salsicha para Salvo – desta vez não a tirou de seu alcance. Salvo devorou a salsicha com tamanha rapidez que mal deu para vê-lo mastigando.

– Devagar, devagar. Comendo assim você vai passar mal – disse o homem, dando a Salvo outra salsicha, que ele tentou comer mais devagar, sem conseguir.

– Obrigado.

– Deixe eu lhe perguntar uma coisa, garoto equilibrista. Você tem vertigem de altura?

– Não.

O homem parou para pensar, depois pegou no bolso um pedaço de papel

– Você sabe ler?

– Um pouco.

– Dá para ler isso? – Entregou o papel a Salvo. Era um endereço, a rua de uma violenta região de Pest que Salvo conhecia bem.

– Dá.

– Bem. Venha amanhã por volta do meio-dia, e veremos se você consegue fazer alguma coisa além de plantar bananeira.

O coração de Salvo deu um pulo.

– Um emprego?

– Talvez. Veremos.

– Eu trabalho muito – afirmou Salvo.

– Vai trabalhar mesmo. Como você se chama, garoto equilibrista?

– Salvo.

– Salvo. Meu nome é Tomas Skosa. Até amanhã, então.

ALGUÉM BATIA À PORTA. Tomas Skosa rolou na cama, a cabeça latejando, e tentou sacudir o torpor. Levou um susto quando alguma coisa se mexeu a seu lado, mas se lembrou da garota. Pela maneira como respirava, devia estar dormindo. Ficou surpreso ao vê-la ainda ali. Provavelmente estava se agarrando a ele como um vale-refeição. Teria que dar um jeito nisso. Tinha gasto uma nota na noite anterior até ela começar a tropeçar, e, quando vieram para seu quarto, ela a princípio protestara direitinho – não faltaram uivos nem gemidos; mas tinha-se acalmado com relativa rapidez. Na verdade, rapidez demais para o gosto de Tomas, e, se as coisas não tivessem ido tão longe, ele provavelmente já teria perdido o interesse. Teria de ver como as coisas tinham andado. Tomas se entediava com facilidade, e garotas como esta muitas vezes implicavam riscos que o faziam pensar duas vezes.

Embora Tomas Skosa não fosse em absoluto belo, não lhe faltava certo encanto. Distinguia rapidamente a mulher que o via como um provedor daquela que o via pelo que era, mas, por ser autodestrutiva, o queria mesmo assim. De fato, poucos o viam como realmente era – pelo menos a princípio. A maior parte delas o via como um homem que gostava de dançar, que era capaz de ser engraçado num instante e logo em seguida ficar sério, que gastava dinheiro à vontade e parecia escutar quando os outros falavam. Acreditavam em todas essas coisas porque era tudo verdade. Mas também havia em Tomas Skosa traços que não conheciam e gostariam de descobrir.

Puxou as calças para cima e levantou-se, e o deslocamento de seu peso acordou a garota. Ela olhou para ele com olhos turvos, desorientada. Depois, parecendo se lembrar de onde estava, puxou os lençóis para ocultar a nudez, a vergonha estampada no rosto.

Tomas sorriu: essa garota não leva muito a sério seus princípios.

À porta, Salvo esperava. Conferiu o endereço, para certificar-se de que estava no lugar certo. Um ruído abafado veio da porta, que se abriu prudentemente.

– Garoto equilibrista. Você chegou cedo? – e Tomas o mandou entrar.

A casa de cômodos refletia o baixo nível dos inquilinos. Alguém havia aberto um buraco no gesso do pé da escada, aparentemente um bom tempo atrás, e as paredes estavam marcadas por manchas e marcas de mãos. Salvo seguiu Tomas para o segundo andar, até um quarto nos fundos do prédio. O quarto estava atulhado de garrafas e de roupas, e cheirava a cigarro e sujeira. Num canto havia uma cadeira e uma mesinha, no outro estava a cama. Abaixo da janela, que dava para uma ruela, ficava um fogareiro a carvão. Salvo levou um susto ao ver a garota, dois ou três anos mais nova do que ele, sentada na cama, abraçando as pernas dobradas para cima e com todo o corpo enrolado numa manta.

Tomas sentou-se na cadeira e fez sinal para Salvo se sentar na cama. Ele preferiu ficar de pé.

– Você tem um emprego para mim? – perguntou.

– Depende. Como é mesmo o seu nome?

– Salvo Ursari.

– Isso. O meu é Tomas Skosa. Já ouviu falar de mim?

Tomas pareceu contrariado quando Salvo respondeu que não. Balançou a cabeça e foi à janela, que se abriu facilmente. Tomas se virou de costas, desabotoou a braguilha e mijou pela janela.

– Vá conhecer a garota.

Salvo se virou para ela, que estava visivelmente chocada.

– Meu nome é Salvo.

Ela olhou para ele, mas não respondeu.

– Diga a ele como se chama, menina. – Tom falava sem se mexer.

A garota engoliu em seco:

– Margit. – Ela teve um sobressalto ao ouvir o próprio nome.

Tomas abotoou a braguilha e levou Salvo à janela. Além da ruela, a uns oito ou nove metros de distância, erguiam-se os fundos de outro prédio, sem janelas. Logo abaixo da janela de Tomas, no segundo andar, um fino arame estava estendido até o outro prédio, preso por um gancho em cada ponta. Abaixo, a ruela era só lama e sujeira.

– Você sabe andar?

– Andar como?

– No arame. Se você for capaz de andar no arame, talvez eu tenha um emprego para você. Se não for, pode ir embora.

Salvo hesitou.

– Não sei. Posso aprender.

Tomas suspirou.

– Qualquer um pode aprender. Eu lhe dou uma tarde. Se achar que pode me ser útil, terá um emprego. Se não...

Por um instante, Salvo refletiu sobre a proposta.

– Eu sou capaz. – Sentia-se tentado, não por uma ligação permanente com esse homem, mas pelo arame. Desde o campanário, desde que vira o equilibrista no parque, sentia dentro de si um chamado importuno e insistente, que agora tornava a se manifestar. – Eu sou capaz.

Tomas passeou por ele um olhar avaliador, e fez com a cabeça um gesto de aprovação.

– Tire os sapatos. – Virou-se para a garota, meteu a mão no bolso e jogou uma moeda na cama. – Vamos precisar de comida. E de uma garrafa de vinho. Vá logo.

Margit hesitou, olhando para sua roupa amontoada no canto oposto do quarto.

– Minha roupa – murmurou.

– Que tem sua roupa? Eu já vi o que você tem.

Tomas relanceou os olhos para Salvo, que olhava para o chão. Ouviu Margit arquejar quando Tomas, com um puxão, tirou a manta do alcance dela. Salvo continuou olhando para o chão enquanto a garota, chocada, partia como uma flecha, cruzava o quarto e se vestia correndo. Quando a porta se fechou atrás dela, Salvo se curvou e tirou os sapatos. Seu desejo era que ela não voltasse.

Tomas voltou sua atenção para Salvo.

– Você tem um bom equilíbrio. Isso ajuda. No arame, no entanto, o problema não é só o equilíbrio. – Pôs a mão no ombro de Salvo. – Lá fora só há duas coisas: você e o arame. Se deixar que apareça qualquer outra, está acabado. Pode ir. – E, rudemente, empurrou Salvo para a janela aberta.

Prudentemente, Salvo passou pela janela e pôs um pé no arame. Estava gélido, e ele sentiu como se lhe cortasse a pele.

– Prenda o arame entre o dedão e o vizinho. Faça o arame correr bem no meio da planta do pé. Agora, o outro pé. Joelhos dobrados. Tronco ereto. Agora, de pé. Parado.

Salvo ergueu-se e se imobilizou o quanto pôde. O solo estava cinco metros abaixo dele. Se caísse ia se machucar, mas provavelmente não seria coisa grave.

– A imobilidade – prosseguiu Tomas – é o seu objetivo, mas é impossível. Imóvel você não moveria os braços. Não moveria as pernas. Mesmo se pudesse fixar os olhos num único ponto e não piscar, ainda estaria vendo. E o sangue continuaria a correr, e seu coração a lhe bater nos ouvidos. Mas você tem que *tentar* manter a imobilidade, sempre. O arame deve ter seu próprio ritmo, de modo que cada movimento de seu corpo seja tão natural e discreto como a respiração, para ser mínima a diferença entre mobilidade e imobilidade. Primeiro você aprende isto. Depois, anda.

Tomas bateu a janela, deixando Salvo sozinho do lado de fora, de pé no arame. Quanto tempo ele ficou assim, não tinha ideia. Talvez minutos, talvez horas. Mas acabou percebendo que não podia ficar ali parado mais tempo. As pernas doíam, e ele sentia os pés cortados em dois. Os joelhos cederam, e ele foi ao chão. Ficou abalado, mas não se machucou. A janela permanecia fechada, e ele não tinha como voltar para o arame.

Rodeou a frente da casa de cômodos, abriu a porta, subiu as escadas e pegou o corredor. Bateu à porta de Tomas, porém não houve resposta. Abriu a porta e espiou para dentro.

Tomas saltou para a frente e deu um soco na têmpora de Salvo. Ele caiu, e levou um chute no estômago. A princípio, só se sentiu cego de dor. Mas aos poucos a dor foi se convertendo num latejar surdo, e ele retomou a consciência do lugar onde estava. Tomas o pôs de pé.

– Se você cair de novo, será a última vez – ameaçou. – Trate de ficar no arame, por mais cansado que esteja. Se cair, segure o arame, volte para a janela e suba de novo. Nunca desista, nunca fuja para o chão. Entendeu?

Salvo fez que sim, mas seu queixo estava rígido e o rosto vermelho.

De novo Tomas o empurrou para a janela e a abriu.

– Vá.

Ao sair pela janela, viu Margit sentada num canto do quarto. Olhava para ele de olhos bem abertos, e segurava um pedaço de pão. Lamentou que ela tivesse voltado. Não podia saber que ao deixar o prédio ela saíra correndo ao acaso; só queria deixar pra trás aquele lugar. Não podia saber que ela havia parado, ofegante, e voltado para comprar comida e vinho. Não entendia, ao contrário de Tomas, que ela não tinha para onde ir, e que, para ela, a rua era um lugar muito diferente do que era para ele, Salvo.

Como na primeira tentativa, o arame lhe feriu o pé. Antes de fechar a janela, Tomas fez uma última recomendação.

– Domine o arame.

De novo Salvo se manteve em pé até achar que não podia mais. Tinha vontade de desistir, pular no chão. Mas não se permitiu. Não ia fracassar, nem dar a Tomas o prazer de assistir a seu fracasso.

Forçou-se a ficar onde estava.

Parou o tempo. O corpo lhe doía, os músculos eram presa de uma tensão incontrolável. Concentrou-se na imobilidade, no esforço para ficar parado, na ausência de movimento. Devagar, o arame começou a penetrá-lo. Serpenteou pela canela, atravessou a batata da perna, subiu pela espinha. Perfurou-lhe o cérebro – e então sumiu.

Salvo estava afogueado. Viu o rosto do pai e da mãe, do irmão András, das irmãs mortas. Enxergou o tio László e a tia Esa, Leo, Margit, e o novo pároco e o povo da aldeia. Viu todas as pessoas que conhecia e tudo o que já tinha visto. Depois, tudo sumiu. Era noite, estava numa ruela gelada em cima de um arame, acima da lama, do lixo e do mijo de um homem que ele conhecia e a quem detestava, mas era preciso, e ele não se deixou perturbar. Nada disso importava.

A janela se abriu.

– Entre – disse Tomas. – Tenho um emprego para você.

A despeito do temperamento acolhedor dos Mór, András, cinco anos depois, ainda não se sentia em família. Havia neles algo estranho, e ele sabia que tinham consciência disso tanto quanto ele, embora ninguém soubesse exatamente o que era.

András se lembrava bem das histórias de seu pai, que achava muito melhores que as de Vedel, mas nunca disse isso. Seu pai não contaria mais histórias, portanto não adiantava querer ouvi-las, além do que não se faz cara feia para quem o hospeda.

Mas havia uma história de Vedel de que András a princípio gostava. Era a favorita de muita gente e, muitas vezes, quando Vedel não estava disposto, era contada por outras pessoas. Na opinião de András, nunca a contavam direito, porém, e ele raramente escutava se não fosse o próprio Vedel o contador.

– Se não for verdade, é mentira. Troka, preste atenção, e todo o mundo ria de Troka Mór, um garoto pouco mais velho que Salvo, cuja patética tentativa de usar barba ninguém levava a sério.

"Eram dois homens, um rom e um gadjé. Eram amigos, não do tipo que dá a vida pelo outro, mas do tipo que compete por tudo, como irmãos ciumentos. Mas de fato se gostavam.

"O gadjé usava barba, uma bela barba grossa e comprida, e o rom não tinha barba." Neste ponto Vedel lançava para Troka um olhar penetrante, e muita gente ria.

"O rom ficou com inveja da barba do amigo. 'Amigo', disse ele, 'você tem uma bela barba. Quer me vender?'

"O barbudo pensou, e achou que não era má ideia. Ajustaram um preço, mas o rom impôs uma condição: 'Eu compro sua barba, mas ela tem que ficar em você.'

"O preço era bom, então o gadjé aceitou a condição, e a venda foi fechada. Todo dia o rom barbeado vinha ver o amigo e cuidava de sua barba, que aparava e lavava com loções caras. Frequentemente ele trazia visitantes para admirar a barba, sem se importar se o homem que a levava no rosto estava ou não ocupado.

"Ele a cortava em ponta, ou abria um orifício no meio, ou a encharcava com óleos essenciais. Quando o outro protestava, ele dizia: 'O que é meu é meu, amigo. Você me vendeu sua barba. O direito está comigo.' E não era nada delicado quando cuidava da barba, que puxava e repuxava a ponto de deixar o amigo em lágrimas.

"Um dia o homem que tinha a barba no rosto sentiu que não aguentava mais. 'Amigo, quero comprar a minha barba. Eu pago o que você quiser.' Mas o rom recusou. 'Não. Estou satisfeito com a minha barba. É grossa, macia e forte.' Para ilustrar o que dizia, deu um puxão na barba, e o pobre gadjé soltou um grito. 'Eu pago o que você pedir. Mas deixe minha barba em paz.' 'Desculpe, amigo, mas esta barba não é mais sua.'

"Finalmente, semanas depois, o rom concordou, e revendeu a barba ao gadjé com um bonito lucro. A primeira coisa que o gadjé fez foi ir ao barbeiro e raspar a barba. E sem barba viveu até o fim da vida."

András gostava dessa história pela mesma razão que os outros: era bom ver um gadjé esfolado. Mas não entendia por que esse gadjé não arrancava o couro do rom que abusava de sua barba tanto assim. Quanto mais András pensava nisso, mais se convencia de que na verdade era isso que faria o gadjé, ou aliás qualquer pessoa razoável. Era este o problema de tantas histórias de Vedel: o gadjé era estúpido, fácil de lograr, e ignorava-se a realidade e a probabilidade da violência. András sabia por experiência que lograr um gadjé dá um bocado de trabalho e que o gadjé está sempre disposto a castigar fisicamente o rom que o tapeia.

Provavelmente, a maioria dos roma já sabia disso. Mas o que András também percebeu – depois de refletir por que o barbudo havia tolerado semelhante abuso – foi que, cada vez que eles aprontavam alguma com um gadjé, o gadjé odiava ainda mais os roma. Enquanto os roma persistissem, seriam odiados pelos gadjés.

András não tinha remorsos nem queria mudar as coisas, mas nem por isso deixava de ver tais reações.

ANDRÁS GUARDOU CONSIGO SUAS REFLEXÕES: queria evitar conflitos desnecessários. Tinha dezessete anos e era mais robusto que a maioria dos adultos, o que já provocava um bom volume de encrenca. Havia sempre algum adolescente tentando provar sua virilidade desafiando-o para alguma disputa.

Na família Mor, entretanto, havia igualmente alguém que olhava para András de um modo especial; era uma garota fora do comum, que tinha quinze anos e se chamava Jeta. Tinha olhos grandes e um sorriso fascinante, e era sem dúvida a mais linda das filhas de Nosh Mór. Ela se afeiçoou a András, apesar da aparente ambivalência dele em relação a ela. A paixonite não passou despercebida, e inspirou muita inveja. András, porém, não se deixou perturbar, dedicado como estava a criar sua irmãzinha de oito anos.

À medida que passava o tempo, Jeta começou a ficar seriamente magoada com aquilo que para ela era o desprezo de András por seus avanços. Fechou-se na tenda e recusou-se a comer, até que o próprio Nosh foi falar com András.

– Que foi que você fez com minha filha? – Ele falava baixo, para que outras pessoas não ouvissem.

– Eu não fiz nada.

– Ela está apaixonada por você. Quer se casar com você.

– É. Mas eu não tenho planos em relação a ela.

Nosh Mór se enraiveceu.

– Você pensa que eu deixaria você se casar com minha filha? Você, um órfão? Já deixei passar muita coisa. Você incendiou uma igreja, e isso é mau agouro. Aqui você não se integra. Não canta conosco. Não conta as histórias que eu sei que você sabe. Tudo isso eu deixei passar. – Nosh respirou fundo, se refazendo. – Você não serve pra se casar com Jeta. Mas pretender estar acima dela é demais.

– Eu não me acho superior a ela. É só que não a amo. – András não acrescentou que não amava ninguém da família Mór. Se lhe exigissem uma explicação, não saberia dar; não sabia exatamente por que não se adaptava.

– Amar? – retrucou Nosh agressivo. – Ursari, isto é o que menos lhe interessa.

Nesse momento Etel irrompeu na tenda em prantos. András esqueceu Nosh Mór e correu para a irmã. A não ser quando bebê, nunca a tinha visto chorar, muito menos com aquela intensidade. Compreendeu imediatamente que algo terrível devia ter acontecido.

– Viusher! Viusher! – gritava ela. Estava transtornada, não conseguia dizer mais nada. Mas András entendeu o que ela tentava explicar e a seguiu, com Nosh nos calcanhares.

Uma das histórias favoritas de seu pai, Miksa – e que András lhe contava desde que a irmã tinha idade para escutar – era a história do rom e do lobo.

"Não faz muito tempo", começava ele, tentando soar o mais possível parecido com o pai, "um velho rom, que havia sido um grande chefe de seu povo, mas agora estava enfermo e alquebrado, sentiu que sua tribo estava prestes a renegá-lo. Então certa noite ele se esgueirou da caravana e deslizou para o fundo da floresta onde, com a força que lhe restava, começou a construir uma cabana. Um dia, ao sentar-se para descansar, foi acuado por uma alcateia faminta. Estava desarmado, pois deixara o machado na orla da clareira e não tinha, portanto, como defender-se. Os lobos estavam a ponto de estraçalhá-lo quando seu líder, um gigante prateado, saltou entre o rom e os outros lobos e ordenou que o deixassem em paz. A princípio os lobos resmungaram, mas acabaram respeitando sua autoridade e se retiraram para a floresta.

"Passaram-se anos, e chegou o dia em que o fortíssimo lobo prateado já não estava tão forte nem parecia a tal ponto gigantesco. Já era idoso, e, embora não lhe faltasse astúcia, percebia que minguava o controle que exercia sobre a alcateia. Então, numa noite silenciosa, ele fugiu pela floresta. Mas os outros lobos ouviram quando se foi, e saíram em seu encalço. Estavam prestes a alcançá-lo quando ele chegou à cabana do rom. O rom, lembrando-se de que o lobo prateado tinha salvo a sua vida, o acolheu na cabana e, por sua vez, o salvou.

"A partir de então, o rom e o lobo viveram juntos até o fim de seus dias, e morreram quase ao mesmo tempo, depois de viver mais felizes do que nunca."

O acampamento dos Mór vivia cheio de cães. Nunca eram recolhidos deliberadamente; simplesmente iam chegando e começavam a acompanhar as carroças, satisfeitos de viver de migalhas esquecidas e de qualquer coisa que os roma considerassem adequada para dar a eles. Muitos se afeiçoavam a seus provedores humanos e muitos lhes eram indiferentes, mas nenhum era maldoso. Eram cães espertos, que aprendiam depressa que toda agressão a um humano levava a um fim abrupto. Entre si, porém, brigavam com frequência e sem misericórdia. Um deles era um pequeno vira-lata de pelo acastanhado, que Etel achou um dia arrastando pedaços do próprio estômago depois de ser dilacerado numa briga. A menina apanhou a criatura e a levou a András, que estava inclinado a sacrificar o pobre, mas Etel suplicou que tentasse salvá-lo. Os dois lavaram os pedaços distendidos, empurraram-nos para dentro do corpo do animal e o fecharam com uma bandagem. András duvidada que ele passasse daquela noite, mas no dia seguinte lá estava ele, ainda vivo, e também no outro, e assim foi indo, com Etel cuidando dele, lavando-lhe as feridas e lhe dando de comer, e mantendo os outros cães ao largo. Até que um dia o pequeno vira-lata conseguiu se levantar, e depois acabou ficando bom, pelo menos aparentemente. Etel lembrou-se da história do rom e do lobo, e deu ao cão o nome de Vyusher, que é "lobo" em romani.

Tornaram-se inseparáveis. Vyusher estava sempre ao lado de Etel, lambendo seus pés inchados após um dia de árdua caminhada e velando seu sono. Por seu lado, Etel dava metade de seu prato a Vyusher, escovava o seu pelo com sua própria escova de cabelo e não deixava os outros cães maltratarem mais o seu amigo.

Isto acontecera um ano atrás. Agora, ao chegar aonde Vyusher jazia imóvel na terra nua, András compreendeu que desta vez já não havia recuperação possível. A cabeça do cão tinha afundado de um lado e estava irreconhecível. Ao lado, no chão, via-se um cano de ferro.

– Quem fez isso? – perguntou András.

– Nicolae e Dilaver – respondeu ela. – Mas todos estavam lá.

András olhou para Nosh. Nicolae e Dilaver eram seus filhos, um deles um ano mais velho que András, o outro um ano mais moço. Não gostavam de András, não gostavam de ver a irmã apaixonada por ele e gostavam ainda menos de ver que ele não se interessava por ela. Não ousavam partir pra cima dele, pois já tinham sentido mais de uma vez a força do seu punho, mas não ignoravam que havia outras formas de atacar.

– É só um cachorro – disse Nosh.

– É o cão de minha irmã. Não se mata o cão de uma criança.

– Eles amam a irmã deles.

– E eu amo a minha. – András encarou Nosh Mór, que lhe devolveu o olhar com um sorriso arrogante. Enfurecido, András partiu pra cima de Nosh, as mãos já buscando seu pescoço.

Etel abriu a boca mas não gritou. Nunca tinha visto András perder a calma. Não era ele que tinha começado nenhuma das brigas em que entrara, nem parecia ficar ressentido depois do caso passado. Normalmente, isto era uma vantagem para ele.

Foi András partir pra cima dele e Nosh evaporou-se; estava lá e não estava. András sentiu um sopro do lado, por trás uma pressão fria e rude na garganta, e sólidos músculos apertando-lhe o pulso. Com a mão livre empurrou o braço de Nosh para impedir que o punhal lhe penetrasse no pescoço, mas o braço era rijo e resistiu ao empurrão. Por um instante András pensou que estava liquidado, mas seguia vivo; e compreendeu que se Nosh quisesse matá-lo já estaria morto.

– Você fez uma bobagem – sussurrou Nosh no ouvido de András. – Eu devia matá-lo aqui mesmo.

András não respondeu. Não conseguia pensar em nada que melhorasse as coisas, e não queria se arriscar a piorá-las.

– Eu acolhi você há cinco anos, coisa que ninguém faria. Protegi você contra quem ia fazer você pagar por tocar fogo na igreja deles. Alimentei você e sua irmã. Você partilhou nossa fogueira. E em troca, primeiro cobre minha filha de vergonha e depois avança contra mim de punho fechado. E agora? Eu tenho algum motivo pra deixar você com vida?

András ficou calado. Nosh prosseguiu.

– Você faria a mesma coisa por sua família. Mataria, para protegê-la.

Nosh soltou András e o derrubou com um empurrão. Apanhado de surpresa, András perdeu a respiração ao bater na terra dura, e lá ficou de costas, arquejando.

– Você parece um peixe fora d'água – disse Nosh. O punhal tinha voltado à bainha presa ao cinto. Nem András nem Etel tinham visto quando ele saíra dali nem quando para lá voltara. Nosh voltou-se para Etel, que estava ajoelhada ao lado do cão morto.

– Foi uma pena o que aconteceu a seu amigo – disse. – No mundo inteiro vai haver cães de coração partido. – Nosh olhou para András. – Você, desapareça antes do sol cair. Sua irmã pode ficar, mas, se você estiver aqui de manhã, não vai durar até o meio-dia.

Só então começou a juntar gente, seguindo mais a intuição de encrenca por perto que os sinais visíveis do distúrbio em andamento. Nosh atravessou a multidão aos empurrões e desapareceu em sua carroça.

Ninguém dirigiu a palavra a András. A partir do pronunciamento de Nosh, ele era um pária. Fossem quais fossem os sentimentos pessoais em relação a ele – e não faltava quem achasse que Nosh tinha se excedido –, ninguém contestaria sua decisão, ninguém ajudaria András a levantar-se. Quando ele passou, todos olharam para o chão, e para longe olharam quando entrou em sua tenda.

Etel olhou para Vyusher pela última vez, e seguiu o irmão.

András começou a juntar seus parcos pertences. Olhou para Etel à porta, sem saber o que fazer. Por um lado, achava que seria melhor para ela ficar com os Mór, que eram roma, e, na ausência dele, a aceitariam como um dos seus, e que com o tempo ela entenderia por que ele a deixara. Por outro, precisava muito da irmã, e mal podia entender partir sem ela. Não seja egoísta, disse consigo. Ela tem direito a uma vida melhor do que você pode lhe dar.

– Foi ruim o que aconteceu com Vyusher – disse ele. Ela concordou.

– Todo o mundo de coração partido, os cães e eu.

András não gostou de ouvi-la repetir a fala de Nosh, mas não disse nada.

– Eu tenho que ir.

– E eu?

– Acho que você devia ficar.

– Eu não vou ficar. – Etel cerrou os punhos.

– É melhor. O futuro vai ser difícil.

– Eu vou com você. – A menina se empertigou o quanto pôde. – Os Ursari não se separam. E você não vai me largar.

András disfarçou o enorme alívio que sentia. Estava orgulhoso com a lealdade da irmã, feliz de deixar para trás os roma Mór. A perspectiva de viver nas ruas de uma cidade grande era menos assustadora, aliás quase atraente. Etel tem razão, pensou. Os Ursari não se separam.

QUATRO

Em cima do arame, pensar em qualquer outra coisa é o primeiro passo pra cair. Foi o que Salvo aprendeu assim que Tomas o iniciou nessa arte. A realidade do arame é distinta da realidade do chão. Andar em terra é um projeto simples. No ar, o arame tem vida, respira, e é mais forte que toda pessoa que lhe anda em cima. A única maneira de sobreviver é conviver com o arame, respirar de forma que não perturbe a respiração dele, andar às vezes suavemente e pisar onde não o incomode.

Tomas tinha razão: Salvo aprendia depressa, muito mais do que os outros candidatos a quem tentara ensinar. Em menos de dois meses estava tão destro que Tomas se sentiu confiante a ponto de indicá-lo para uma apresentação, de confiar a ele a sua própria vida.

Treinar a garota, Margit, fora um projeto mais difícil. Tomas queria que ela participasse do número, mas, embora ela o satisfizesse em alguns aspectos, não ficava à vontade no arame. Tomas não exigia que ela andasse lá em cima, só que se equilibrasse ou se deixasse carregar, mas estava claro que a garota não confiava nele, o que a tornava uma aluna difícil. Acabou se conformando em limitar a atuação de Margit ao mínimo, só duas ou três cenas. Mesmo assim, ela seria útil quando botassem o pé na estrada.

O número era simples. Tomas não era fã de arame ao ar livre, preferia o salão fechado, ou uma tenda. Iniciava a apresentação com a dança do bêbado, cambaleando no arame. A coisa funcionava bem, sempre arrancava gritos do público. Depois executava alguns saltos mortais, o que já era mais difícil. Em seguida ele despachava Salvo para plantar umas bananeiras lá em cima. Durante a última, Tomas carregava Margit nas costas, equilibrava uma cadeira nas plantas dos pés de Salvo, levantava a garota e a sentava na cadeira. Ele próprio começava a comer uma maçã sentado no arame, enquanto Margit uivava, meio fingindo que estava apavorada e meio apavorada mesmo. Tomas acabava a maçã, tirava Margit da cadeira e ela reagia, primeiro com um tabefe e depois com um beijo, para a delícia do público. Nesse ponto, Salvo saía do arame e descansava um pouco, enquanto Tomas preparava o *grand finale*. Tomas e Margit usavam cintos com um anel de latão na frente. Tomas levava Margit até o meio do arame e amarrava os dois anéis com uma corda. Enquanto ele baixava Margit do arame, voltava Salvo. Margit ficava pendurada, na horizontal, Salvo subia nas costas de Tomas e plantava uma bananeira nos ombros dele. Era um momento difícil, e sempre deixava o público na ponta da cadeira.

Sempre que fazia esse número, Salvo tinha de esforçar-se muito para não olhar Margit de frente. Ele sabia que ela estava ali, de olhos cravados no arame, e que, se a olhasse nos olhos, perderia a concentração e cairia. Em geral, procurava se envolver com ela o mínimo possível. Pra começar, ela não era rom, e, além do mais, às vezes o olhava de um jeito que lhe dava a impressão de que não gostava dele. O fato de terem muito em comum não fazia grande diferença; nem por serem ambos necessitados beneficiários das amabilidades e crueldades de Tomas Skosa tinham-se transformado em aliados.

O treinamento de Salvo fora penoso. A brutalidade de Tomas era uma garantia de que as lições aprendidas não seriam esquecidas, e custavam caro. Desde que Salvo chegara a Budapeste vinha sendo atormentado por temores irracionais e, mesmo agora, com quase vinte anos, ainda sofria com pavores infantis. O pior era o medo do escuro. Sabia que era irracional, mas esta consciência contribuía pouco para aliviar o medo e muito para ele sentir-se como um idiota.

Seu único recurso era dormir, mas a jornada rumo ao sono o deixava imprestável. Antes de afundar na inconsciência, cercado pela escuridão, ele era atormentado por memórias – a casa de seus pais em chamas, a cruz a despencar sobre o padre, o soldado de vidro espatifando-se no chão. Outras vezes eram memórias de coisas que nunca haviam acontecido: ele afogado, cortado, esmagado, perdido, encarcerado. O adormecer era precedido por uma infinidade de desastres. Já quase adormecendo, tornava a acordar, sobressaltado por novos pavores. Só após horas de tormento, exausto, quando já nem o medo conseguia mantê-lo desperto, Salvo mergulhava num sono que durava poucas horas.

As coisas melhoraram um pouco depois que Tomas pôs a trupe na estrada. Enquanto cruzavam a Europa, a exaustão se abateu sobre Salvo com tamanha força que pouca energia restou para manifestar temores. Ele dormia no trem quando podia, ou tentava adormecer de dia. Quando não estavam na estrada, Tomas alugava um quarto barato para os três. Salvo devia dormir no chão, mas, depois de várias noites ouvindo contra a vontade Tomas e Margit, preferiu se retirar para o corredor.

Salvo sabia que, se por um lado Tomas Skosa era um instrutor brutal, por outro era excelente aramista. Sabia também que devia fazer exatamente o que o outro mandava. Depois de absorver suas lições, porém, compreendeu que havia muito a aprender – não só acerca da própria mecânica da caminhada no arame, mas também sobre sua psicologia. De qualquer forma, se Tomas Skosa tinha muitos defeitos, conhecia o arame de fio a pavio. Aonde ia, era reconhecido pelos colegas. Alguns o detestavam, outros o admiravam, mas ninguém negava sua competência.

Seu passado era um mistério. Aonde quer que fosse Tomas parecia conhecer alguém, mas aparentemente ninguém sabia de onde ele vinha nem como aprendera tantas línguas – húngaro, francês, inglês, alemão, italiano e, suspeitava Salvo, romani. Sempre que chegava a uma cidade, Tomas desaparecia durante horas sem dizer aonde ia, e continuava impenetrável ao regressar.

Foi durante um destes sumiços, em Munique, que Salvo e Margit travaram aquilo que, como ele depois entenderia, foi sua primeira conversa de verdade. Tinham se registrado no que, para eles, era um hotel singularmente bom, e Salvo estava descansando para a apresentação da noite, contente com a calma que a ausência de Tomas proporcionava. Margit estava numa cadeira junto à janela, cerzindo uma camisa de Tomas.

– Não gosto de ficar pendurada – comentou ela, para surpresa de Salvo. Margit raramente se manifestava.

– Por quê? – quis saber Salvo. Aquele era um dos momentos de maior sucesso do número.

– Não gosto.

– Ah. – Salvo cerrou os olhos, dando por visto que a conversação estava encerrada.

– Ele é um homem horrível.

Salvo não respondeu. Só olhou para a porta, como se estivesse a ponto de se escancarar.

– Ele é horrível para nós dois.

– Ele nos ensinou a trabalhar no arame – ponderou Salvo.

– Ensinou a você. A mim, ele só carrega. Não vai me ensinar nada. Além do mais, só ensina a você para ter alguém com quem atuar. Não está lhe fazendo favor nenhum.

Salvo deu de ombros.

– Que é que nós vamos fazer? Não é tão ruim assim.

Os olhos de Margit baixaram para o cerzido.

– Algum dia... – arriscou.

Aquela noite, enquanto Salvo plantava bananeira nas costas de Tomas, houve um instante em que não pôde se conter, e olhou Margit de frente. Ela o encarou com uma expressão neutra, e ele desviou o olhar.

Então algo roçou a face dele, algo leve e macio. Por mais que estivesse perto, não podia ver o que o tocava, e começou a entrar em pânico. Um borrão alaranjado esvoaçou e apareceu; uma borboleta, percebeu Salvo. Tornou a colidir com ele, agora com mais força, depois sumiu de vista. Ele gelou. Já não podia vê-la, mas o pavor o paralisava. Não conseguiu se mexer quando Tomas deu sinal para desfazer a bananeira.

– Desça daí, garoto – rosnou Tomas.

Mas, além dos movimentos, Salvo tinha perdido a voz. Continuou de cabeça para baixo, o cérebro travado: *Não quero morrer.*

– Eu disse para você descer. Não posso ficar aqui a vida inteira.

As pernas de Tomas começavam a tremer. A sua resistência já cedia. E Salvo ainda não tinha como se mexer. Afinal viu de relance a borboleta: estava a metros de distância, à sua esquerda, e se afastava a voejar. O pavor se abrandou o suficiente para ele recuperar o movimento: desceu das costas de Tomas e o ajudou a puxar Margit para o arame. Sem perceber que o trio estivera a um passo do desastre, a multidão prorrompeu em entusiásticos aplausos.

Salvo tinha certeza de que ia ser espancado, e estava decidido a aguentar firme; não admitia que Tomas visse a sua dor. Quando Tomas cerrou o punho, não recuou: apenas o encarou. Mas o soco não chegou a ser desferido. O braço dobrado de Tomas parou no ar e caiu. Nos olhos dele havia algo de novo. Ele aprendeu, Salvo pensou. A violência já não me afeta. Seria como bater um bife.

– Da próxima vez que você ficar parado, eu o mato. – Faltava convicção na voz do outro, mas Salvo sabia que ele falava a sério.

– Desculpe – respondeu, mas Tomas já tinha se afastado.

Na noite seguinte não houve apresentação. Deixariam Munique de manhã rumo a Stuttgart, Nuremberg, Frankfurt, Bonn, Colônia, Dortmund, Hannover, Bremen, Hamburgo, Berlim. Foram a uma cervejaria numa zona operária. Salvo e Margit ficaram nos fundos. No extremo oposto do salão, Tomas se sentou em outra mesa com um homem estranho que parecia deslocado ali, embora se vestisse como todo o mundo. Havia nele alguma coisa que não combinava com o ambiente. Era como se forcejasse para parecer um homem sem segredos.

O homem escutava Tomas atentamente, mas seus olhos varriam o salão, medindo cada pessoa que cruzava a porta. Após cinco minutos de uma conversação essencialmente unilateral, Tomas pôs na mesa um pedaço de papel. O homem enfiou o papel no bolso e empurrou um envelope para Tomas. Em seguida levantou-se e, sem apertar a mão do outro, foi embora.

Salvo não prestou tanta atenção ao encontro de Tomas como prestaria se não estivesse meio embriagado. Normalmente não bebia muito, mas nessa noite já tinha esvaziado três canecas de uma cerveja alemã forte e estava com a quarta pelo meio. Não tinha se embriagado mais do que três ou quatro vezes na vida, mas agora sua cabeça rodava. Um conjunto subiu ao palco improvisado, e, quando atacou a primeira polca, alguns pares se levantaram para dançar. Salvo também se levantou, surpreso com a falta de firmeza nas próprias pernas, e estendeu a mão para Margit.

– Vamos dançar?

Também surpresa, Margit levantou-se e o seguiu hesitante até o espaço aberto para os dançarinos. Ela começou a polca, mas de repente parou, com os olhos a dardejar nervosos de um lado para outro.

O que Salvo dançava não era a polca. A seus ouvidos, o que soava era outra música. Tinha os olhos fechados e seus pés seguiam o ritmo de uma canção que não ouvia desde o tempo de menino. Tinha bebido para espantar o pânico que o acossava desde a noite anterior, e o deixava trêmulo e empapado de suor. Mas o álcool só fizera acentuar os seus temores. E então ele se lembrou de uma história que lhe fora contada pelo pai, agora morto, e sentiu o impulso de dançar. E ao dar os passos da dança, era a voz do pai que ele ouvia, dominando a polca que soava ao fundo.

"Uma vez, muito antes de você nascer, e num outro lugar, não aqui, havia um rom que ouvia as vozes dos mortos, dos anjos, de Deus e do demônio. Ouvia vozes a soar tão alto que pensou fosse morrer, e tantas que não entendia nada do que elas diziam.

"Todos os outros roma achavam que ele era louco. Alguns queriam matá-lo, pois suspeitavam que estava possesso. Para outros, talvez ele fosse uma espécie de anjo; por isso não foi assassinado. Mas tanto os que viam nele o demônio quanto os que o consideravam um anjo o temiam, pois ele falava sobre coisas que os outros não entendiam nem queriam entender.

"Como sempre acontecia, chegou a hora em que certa gente queria fazer mal aos roma. Era evidente que tinham de ir para outro lugar, e a toda pressa, mas ninguém sabia para onde. O perigo espreitava em toda parte, e de qualquer lado podia surgir um exército campônio.

"Uma criança tocava violino junto ao fogo. O rom que ouvia coisas notou que as vozes soavam menos alto e pareciam menos numerosas quando a criança tocava. Disse ao menino que tocasse mais depressa e mais alto; ele obedeceu, e uma voz começou a destacar-se sobre as outras.

"Mas esta voz ainda não soava bastante alto, então o rom que ouvia vozes convocou os grandes músicos da tribo e lhes pediu que trouxessem os seus instrumentos e tocassem a melhor e mais linda música que soubessem. Eles hesitaram, temerosos de que esse rom desperdiçasse o seu tempo ou até os levasse para a morte, mas eram músicos acima de tudo, e o desejo de tocar falou mais alto que o temor.

"Tocaram a melhor e mais linda música que sabiam, e o rom que ouvia vozes pôs-se a dançar. Enquanto ele dançava, as vozes foram amainando uma por uma, até que na cabeça dele só restou uma única voz, clara e forte, e ela falou com tal autoridade que o rom que ouvia vozes reconheceu de imediato a voz de Deus.

"Deus explicou ao rom que ouvia vozes onde estava o exército campônio que vinha para assassiná-los, e onde eles encontrariam refúgio. Quando o rom parou de dançar e contou aos outros o que lhe fora explicado, muitos não lhe deram crédito. O rom anunciou que iria para o lugar indicado, e os outros que decidissem ir também ou não.

"Os outros roma ficaram impressionados com o vigor de suas palavras e também com seu olhar, que nada tinha de louco – um olhar que nunca até então lhe tinham visto nos olhos –, e decidiram ir com ele. Uma vez que todos foram salvos, o rom que ouvia vozes não mais foi tido por louco, e depois disso dançou muitas vezes junto ao fogo, sempre ouvindo a voz de Deus acima das vozes dos demônios. E se não tiver morrido, ele ainda pode estar vivo."

Salvo não ouvia vozes, mas assim mesmo ficou arrasado. Desde o episódio da borboleta seus temores haviam crescido. Eram irracionais. Eram constantes. Ele dançava para afugentá-los. Mas os temores ficavam indiferentes. Jamais se retiravam.

A música tinha parado, terminara a polca que Salvo não estava dançando. Muita gente, inclusive Margit, olhava para ele. E ele estava lá, sem saber o que fazer.

No meio da multidão, uma voz ríspida se levantou.

– Aqui não se dança isso, rom.

Salvo estava bêbado demais para compreender inteiramente o que lhe diziam em alemão, mas percebeu o tom e entendeu o termo *rom*. Viu Tomas encaminhar-se para ele, mas ignorava o que o outro pretendia; Tomas jamais manifestara opinião sobre os roma, nem contra nem a favor. Salvo sentiu no ombro mãos grosseiras e foi derrubado. Mal conseguiu desviar o rosto de uma bota de couro puída, e outra lhe afundou nas costelas. Ganiu de dor, ouviu a abrupta pancada de um punho contra seu queixo. Do chão onde jazia ele viu Tomas, devagar, revidando calmamente os golpes dos agressores, esmagando o nariz de um, rasgando a orelha de outro.

Margit lhe puxou o braço e, com ajuda dela, Salvo se pôs de pé, cambaleando. Se não estivesse tão embriagado suas costelas doeriam mais, o que na hora foi um consolo para ele, embora fraco. A ferocidade de Tomas não passara despercebida, e os que antes tendiam a aderir à rixa agora pareciam mudar de ideia. Quando os três se encaminharam para a porta da taverna, deixando quatro feridos no chão, ninguém tentou detê-los.

Com Salvo pesadamente apoiado em Margit, eles rumaram para o hotel. Ninguém falava. Cada respiração lançava um ardor pelas costelas quebradas de Salvo, mas o ar frio e limpo da noite lhe devolvia sobriedade bastante para pensar com um pouco mais de clareza.

– Obrigado – disse a Tomas, que andava na frente.

Tomas continuou a andar.

– Desculpe. Eu não devia ter bebido tanto.

Tomas parou abruptamente.

– Aquela sua dança...

– Não vou fazer isso de novo.

– ... era bonita.

Salvo foi colhido de surpresa.

– Obrigado.

Tomas acenou com a cabeça e seguiu caminho. Salvo olhou para Margit, que parecia igualmente surpresa; e os dois também seguiram caminho.

Naquela noite, Salvo dormiu profundamente. Estava por demais cansado para ter medo de qualquer coisa, até de si mesmo.

Depois de separar-se dos roma Mór, András teve a aguda percepção de que nunca fora um deles. Aquela gente não era sua família. E, considerando as circunstâncias da separação, era bom que não fosse.

Por outro lado, percebeu que a sensação de estar deslocado ainda poderia ser atenuada se tornasse a viver no seio da família. Além disso, havia Etel. Ela ia precisar de família, de algo que não estava nele, para permanecer no mundo. András decidira havia longo tempo dar a vida pela irmã, mas tinha consciência de que provavelmente seu sacrifício não bastaria: morrer seria um gesto vazio e inútil. Em parte, porque nada que ele pudesse fazer sozinho seria suficiente, em parte por não ter outro lugar para onde ir, András e Etel rumaram para Budapeste.

Assim como o irmão, András lembrava-se da rua Viola. Não sabia a que altura moravam sua tia e seu tio, porém. Depois de indagar pela vizinhança, acabou dando com uma mulher que reconheceu o nome. Ela não conhecia bem Esa e László Nagy, mas sabia onde moravam.

Etel ficou atrás de András enquanto ele batia à porta do número 7. Ninguém atendeu, e ela seguiu András quando ele entrou no saguão e subiu a escada. O prédio cheirava a umidade, mas ela não se incomodou; até gostava do cheiro. No andar de cima, András parou de repente e Etel se chocou com ele.

– Desculpe – disse ela.

András sorriu. Seus olhos passavam de porta em porta, buscando algo familiar.

– É aqui mesmo? – perguntou Etel.

– É. Acho que é. – Ele avançou para a porta de um apartamento de frente. Devagar, os dois se aproximaram. András bateu.

A porta abriu-se imediatamente. András mal reconheceu a mulher magra e grisalha que atendeu. Lembrava-se da tia Esa como uma mulher linda e altiva. Ela não podia ter-se transformado nessa figura mirrada e triste que estava diante dele.

– Tia Esa? – perguntou ele, hesitante.

– Meu nome é Esa, mas não sou sua tia.

– Sou eu, András Ursari. Filho de sua irmã. E esta é Etel, sua sobrinha.

– Eu me lembro de você. Salvo pensava que você tinha morrido.

Tomado de surpresa, András recuou um passo:

– Salvo está vivo?

Esa Nagy fez que sim com a cabeça e cuspiu no chão.

– Esteve aqui. E nos arruinou.

András espiou para o interior do apartamento e viu tudo vazio. Não havia mobília, as paredes estavam nuas.

– Salvo não está aqui?

– Não. E não vai tornar a pôr os pés nesta casa.

– Onde é que ele está? – András não podia acreditar que Salvo tivesse feito algo capaz de justificar tanto ódio de parte da tia.

– Ele destruiu a nossa vida. Por causa dele meu marido é obrigado a trabalhar em dois empregos. Está se matando de trabalhar. E a vida de meu filho é uma agonia porque não podemos comprar os remédios dele. Tudo que era nosso desapareceu. – A voz de Esa se avolumava, o timbre mudou. Ela se empertigou.

– Quem sabe – disse András, para sua própria surpresa –, a gente ajuda.

– Ajudar como? Você tem dinheiro? – Esa deu um passo para trás.

– Não. Mas talvez eu consiga trabalho. E estamos em família.

Esa apertou os olhos e franziu os lábios.

– Já disse que vocês não são da minha família. – E fechou a porta.

Etel ficou paralisada diante da porta fechada. De tudo que Esa Nagy dissera, não ouvira uma palavra. Só pudera encará-la. Esta, pensava, é a irmã de minha mãe. Minha mãe se parecia com ela. Cabelo, olhos, mãos – nunca veria mais do que esses fragmentos.

Segurou a mão de András e o seguiu escada abaixo e porta afora. Não viu Esa a olhar pela janela enquanto eles voltavam pela rua Viola.

– András – perguntou, a voz reduzida a um murmúrio –, mamãe era assim?

András parou. Tinha lágrimas nos olhos quando olhou para a irmã.

– Não. Mamãe era um milhão de vezes mais bonita. Não se parecia nada com essa mulher.

Etel fez que sim, mas não acreditou. A partir de então, sempre que pensava na mãe ela via o rosto de Esa Nagy.

Passaram-se os meses, passou um ano inteiro. Thomas Skosa, Salvo e Margit cruzavam a Europa exibindo-se no arame para pobres e ricos, nobres e bandidos. Salvo não tornou a dar com borboletas. No arame, tinha ideias claras; estava em paz, livre do medo. Já era um aramista pelo menos tão bom quanto Tomas Skosa. Tinha vinte e um anos de idade e alcançara toda a sua altura, mas não era tão encorpado quanto seria se comesse bem e com regularidade.

Estavam em Varsóvia havia uma semana, e no dia seguinte voltariam a Budapeste. Salvo passara a manhã explorando a cidade, mas de tarde voltou ao hotel para descansar antes da apresentação noturna. Ao entrar no quarto, viu que o chão estava coberto de sangue. Tomas Skosa estava deitado de bruços, com os braços abertos, nu da cintura para baixo. Salvo pensou que ele estivesse morto, até que uma perna se mexeu ligeiramente e um fraco som gorgolejante lhe escapou dos lábios. No fundo do quarto estava Margit acocorada, os olhos fixos no corpo de Tomas, o cabelo embaralhado. Ao lado dela, uma chaleira de ferro com uma mossa do lado.

– Que foi que aconteceu? – Correndo, Salvo se ajoelhou ao lado dela.

– Ele nunca mais vai abusar de mim.

Tomas se mexeu ligeiramente. Rosnou, tentou se levantar, e seus braços e pernas se retraíram e se enroscaram debaixo do corpo. Salvo tentou ajudá-lo, mas ele o repeliu. Com enorme esforço, acabou conseguindo cambalear para uma cadeira, onde desabou com todo o peso do corpo. De leve, tocou na cabeça, localizando um talho de dez centímetros de onde o sangue escorria pelo rosto e empapava a camisa. Salvo lhe entregou um pano, que ele apertou sobre a ferida.

Lentamente, Margit caminhou até a cadeira onde estava Tomas. De pé, ereta, ela o encarou:

– Você não vai mais abusar de mim.

Tomas retrucou com um sorriso arrogante e cerrou o punho como que para esmurrá-la. Ela se esquivou, ele baixou a mão.

– Eu vou fazer o que bem entender – ameaçou, a voz reduzida a um rosnado.

– Você não vai fazer coisa nenhuma – retrucou Salvo.

Tomas virou-se para Salvo.

– O quê?

– Você não vai mais tocar nela, Tomas. Não vai lhe encostar um dedo. – A voz de Salvo hesitava, mas ele ficou firme.

Tomas tentou se levantar, mas desabou no chão, e vomitou. Do chão olhou para Salvo, com o sangue a lhe entrar nos olhos, a testa molhada de suor.

– Me ajude.

Salvo o colocou de pé e o fez arrastar os pés até a cama, e se deitar.

– Vou chamar um médico.

– Não. Nada de médico. – A voz de Tomas era indistinta.

– Agora não é mais você que manda. – Salvo olhava para o outro com dureza. Esta batalha não ia perder.

– Tudo bem. É sua vez agora. Pouco se me dá. Mas nada de médico. Nada de médico. – Tomas agarrou o braço de Salvo. Mesmo agora, tinha força.

– Tudo bem – respondeu Salvo, e a mão de Tomas afrouxou; tinha perdido os sentidos.

Margit avançou para a beira da cama.

– Ele vai morrer?

– Não sei. Talvez.

Margit mordeu o lábio.

– Eu quero que ele morra.

Salvo recuou um passo.

– Não acredito.

– Quero, sim – insistiu ela, e sacudiu a cabeça para reforçar o seu desejo. – E você, não pense que sabe o que os outros querem.

Pouco tempo depois do dia em que levou Etel à casa da tia Esa, András arranjou um emprego num estábulo. O trabalho veio a ser menos desagradável do que imaginava: os cavalos eram fáceis de lidar e alguns colegas eram bem toleráveis. András não tardou a descobrir também que se adaptava depressa à rotina; para um rom isto não era comum, e ele sabia disso. Tinha lutado contra a ideia da rotina obrigatória desde que nascera até o dia em que deixara os Mór. Depois disso, porém, a necessidade superou toda noção de como as coisas devem ser. Ademais, o emprego pagava o bastante para alugar para si e para Etel um quarto aquecido e forrar o estômago.

Por outro lado, o trabalho exigia muito esforço físico, e ele vivia eternamente com a pá na mão. À medida que passava o tempo, András veio a sentir ódio dessa ferramenta, e o trabalho foi ficando mais difícil. Sentia o cérebro dormente. E começou a ansiar por uma mudança.

Após um dia particularmente entediante, András estava esperando para atravessar a avenida Andrássy quando deu com um cartaz colado num poste de iluminação. Não sabia ler direito, mas reconheceu, ou pensou reconhecer, o nome do irmão; talvez fosse Salvo o aramista do mal impresso cartaz. András segurou o braço do primeiro passante.

– Com licença – viu que o homem se sentia hostilizado. – Por favor, que é que diz aqui nesse cartaz?

O homem olhou.

– Vai ter um espetáculo de arame na praça da Serpente hoje de noite. Às sete horas.

– E esse nome...?

– Salvo Ursari.

András não soube mais o que dizer. O homem deu um puxão no braço, que ele ainda agarrava, e seguiu avenida abaixo, olhando para trás e balançando a cabeça. András tornou a fitar os olhos no cartaz. Salvo estava em Budapeste. Não era possível. Não devia acreditar.

Percebendo que já ia passar das seis, András virou-se e percorreu em disparada as cinco quadras que o separavam de Etel. Foi encontrá-la sentada nos degraus da entrada do prédio, fumando. Ele era contra o fumo para ela. Não era coisa pra mulheres, muito menos para uma garota de doze anos. Normalmente ele diria exatamente isso a ela, mas naquele instante resolveu calar a boca.

– Vamos.

Etel levantou-se e jogou o cigarro no bueiro.

– Nós vamos aonde?

András demorou a responder. Será que devia contar logo?

– Tem um espetáculo na praça da Serpente. – Melhor ela ignorar até ele saber com certeza se o aramista era mesmo Salvo. Alimentar uma esperança agora podia causar decepção depois.

Chegaram à praça quando o número estava para começar. O arame fora estendido através da praça, preso a um prédio de cada lado, a uns doze metros de altura. Havia um bom público, e Etel teve de se agarrar na camisa de András pra não se perder quando avançaram em busca de um lugar melhor.

Etel não olhou assim que a caminhada aérea teve início. Estava examinando o rosto enrugado das pessoas absortas pelo espetáculo; virado para cima, cada um ganhava intensidade, e ao mesmo tempo se descontraía. Quando afinal ergueu os olhos para o arame, foi como se tivesse levado um soco no estômago, e mal conteve um grito: lá em cima, andava um fantasma. Era uma versão mais magra e jovem de András, com o mesmo cabelo grosso e rebelde. Etel lembrou a história do rom que amou um espírito e teve medo. Será que esse espectro vinha atrás dela? Será que já estava acabando seu tempo entre os vivos, que ela já considerava ilícito, roubado? Teve vontade de fugir, mas percebeu que não podia se mexer.

Se era um espectro, Salvo não se sentia como tal naquele instante. Ao contrário, sentia-se vivo e mortal. Tinha feito poucos números desse tipo, ao ar livre, e Margit ainda menos. Além disso, esta era sua primeira caminhada longa no arame desde que Margit pusera fim à carreira de Tomas. E, embora Salvo jamais contasse muito com o apoio de Tomas no arame, hoje ele bem gostaria que Tomas estivesse cá em cima e não lá embaixo, onde certamente estaria a fazer caretas desaprovadoras.

Salvo tentou parar de pensar. Margit estava alguns passos atrás dele, e tinha de guiá-la. Para o bem dela, ele não devia trair vacilação. A ideia de que alguém dependia dele o ajudou a controlar-se. Esta responsabilidade gerava uma força que para Salvo era nova e estimulante. Ao alcançar o meio do arame, tinha alcançado também pleno domínio de si mesmo, e sabia que hoje não cometeria erros.

Virou-se para Margit, e, quando ela o alcançou, ele dobrou os joelhos e agachou-se no arame, com as palmas das mãos à altura do peito, viradas para o céu. Margit pôs as mãos sobre as dele e, com uma vivacidade que jamais tinha mostrado sob a tutela de Tomas, lançou-se para o ar, os pés em arco para cima, e se firmou. Então Salvo se ergueu e, enquanto Margit mudava seu ponto de gravidade, ele juntou as mãos. Ela afastou sua mão esquerda da dele e a levantou até o braço ficar em ângulo reto com o corpo. Lá embaixo, a multidão aplaudiu. Salvo ficou feliz: a bananeira a dois, com uma só mão, era uma das cenas mais difíceis que agora Margit era capaz de fazer.

Para Etel, a impressão causada pela bananeira só fez confirmar a sua crença de que Salvo não era humano. Para András, porém, o efeito foi inverso. O fato de executar uma façanha tão arriscada o tornava concreto. Tirava Salvo da memória e o devolvia ao mundo real. Lentamente, enquanto Salvo baixava a parceira do arame, András começou a entender que Salvo, seu irmão, estava mesmo bem vivo.

Mas András foi tocado por uma súbita onda de apreensão. Não sabia que tipo de pessoa Salvo tinha se tornado, e temia retirá-lo do passado. Em sua memória, Salvo era um menino um pouco incômodo, mas agradável, e quase nobre. András tinha consciência de que não suportaria ver essa imagem destruída. Já tinha perdido família demais.

Lembrou-se de Etel e virou-se para ela. Achou que a irmã já sabia quem era o aramista, que era seu irmão desaparecido, e perdeu a coragem. Não suspeitou que Etel estivesse com medo, com vontade de fugir. Se suspeitasse, os dois já estariam longe quando Salvo desceu. Em vez disso, ficaram à porta do prédio onde estava presa uma das pontas do arame, esperando que Salvo saísse.

Salvo cruzou a porta da rua, e precisou de um momento para se reacostumar com a luz. Ainda se ouviam aplausos de passantes que o reconheciam, e ele e Margit os saudaram erguendo os braços de mãos dadas. Ele ainda teve de apertar a mão de vários fãs; não falava muito, mas sorria e acenava amavelmente com a cabeça. Demorou a perceber que atrás dele havia alguém que o observava; quase sentia os olhos do estranho na nuca. Virou-se para ver quem era.

Tempos depois, Salvo compararia a sensação que teve com um súbito mergulho em água fria. Reconheceu András imediatamente. A boca ficou seca, a garganta apertada.

András esqueceu toda a hesitação, todo o medo, e correu a abraçar o irmão. Chorava copiosamente, e não largou Salvo até que o pranto começou a abrandar.

– Desculpe. Desculpe.

– Desculpar o quê? – protestou Salvo quando conseguiu falar.

András tentou rir. Estava a ponto de chorar de novo.

– Não sei.

Só então Salvo viu Etel. Não sabia quem era, mas sabia com quem se parecia. Ela era toda Ursari.

– Esta é Etel, nossa irmã – disse András, vendo Salvo confuso.

– Mas ela está...

– Não. Papai a colocou num baú de ferramentas quando atearam fogo à casa. E ela escapou.

Os joelhos de Salvo tremeram.

– Eu não sabia. Vi a casa queimar. Não sabia que você estava no baú.

Etel não disse nada. Ainda estava em dúvida sobre Salvo, embora ele se parecesse cada vez menos com um fantasma. Deu um passinho até ele.

– Eu não me lembro – murmurou.

András se interpôs entre eles.

– Por que você saiu tão depressa?

– Eu estava com medo. Fui queimar a igreja. Não consegui. – Envergonhado, Salvo baixou a cabeça.

András cravou os olhos em Salvo e esperou até ele erguer a cabeça.

– Eu consegui. – Sua voz era grave.

Salvo fez um sinal de entendimento.

– Eles devem ter ido atrás de você.

– Foram. Mas acho que já desistiram.

Etel ficou escutando enquanto os irmãos trocavam detalhes de sua vida recente. Salvo parecia novamente real. Talvez fosse mesmo seu irmão. Essa ideia a fez esboçar um sorrisinho. Mas dentro dela uma voz lhe aconselhou prudência.

– Onde você aprendeu isso? – perguntou ela, apontando para o arame.

Salvo enfiou a mão no bolso.

– Foi um homem que me ensinou.

Etel ficou pensando na resposta. Se Salvo não era um fantasma, se uma pessoa humana podia fazer o que ela o vira fazer, ela queria fazer a mesma coisa.

– Você me ensina?

Salvo olhou para András.

– Ensino, sim.

András balançou a cabeça.

– Isso nós não podemos aprender.

– Claro que podem. Vocês também são Ursari.

Desta vez Etel abriu um sorriso largo. Agora tinha mesmo dois irmãos.

Os dois casais bailavam no arame, os cavalheiros de costas um para o outro, as damas diante deles, em perfeita sintonia. Lá embaixo postava-se a fina flor da sociedade vienense, maravilhada com sua elegância. A música cessou e as mulheres abandonaram o arame, bem como o homem que parecia mais velho. O último aramista – quase formoso, de olhos verdes cujo brilho atingia o solo – esperou pacientemente que o público lhe desse atenção integral.

Virado para uma ponta do arame, ele, até então imóvel, lançou-se para trás, arrancando um arquejo coletivo da assistência. Antes que o arquejo morresse, ele já havia executado um impecável salto mortal e estava novamente em pé. Uma moça de olhos iguais aos dele veio andando e lhe passou uma cadeira. Ele pousou o fundo da cadeira no arame, onde ela ficou, com as quatro pernas penduradas. Como se ignorasse a gravidade, ele firmou as mãos no encosto e elevou no ar as próprias pernas. A bananeira foi igualmente perfeita, mas a multidão ficou ainda mais eletrizada quando ele oscilou de leve, estendeu uma das mãos perpendicularmente ao corpo a fim de equilibrar-se e voltou agilmente à posição anterior. Ninguém sabia que ele jamais se arriscava a perder o equilíbrio, que aquilo era simplesmente uma encenação.

Tornou a pôr o pé no arame e levantou a cadeira à altura do cinto. Vieram ter com ele o outro homem e a outra mulher, que era bem mais baixa e loura, enquanto a primeira tinha cabelo preto. Ela postou-se entre os dois homens. Atrás dela foi colocada a cadeira, onde ela se sentou e que foi içada para os ombros dos homens. Maravilhados, os vienenses prorromperam em aplausos. Era uma façanha que nunca haviam presenciado. A mulher foi devolvida ao arame e todos os acrobatas deixaram o arame e, da plataforma lateral, fizeram uma elegante reverência para o público. No dia seguinte essas proezas ganharam os jornais, e não faltou quem lamentasse não ter presenciado tudo.

Tomas Skosa estava lá, porém não atuava. Não atuava havia dois anos, desde que Salvo havia assumido de fato o controle da trupe. Mas suas ligações com os agentes e sua intimidade com cidades europeias eram valiosas, talvez mais do que sua perícia no arame. Já não era jovem; ele próprio duvidava que ainda pudesse andar no arame, mesmo se quisesse. Olhava os outros atuando ao fim do que para ele era um dia ruim – não o pior desde que Margit o atacara com a chaleira, mas decididamente um dia negativo. Naquela manhã não conseguira afastar os cobertores nem amarrar os sapatos; as tarefas mais simples tinham-se complicado. Sentiu-se melhor à medida que o dia avançava, mas voltou a ter dificuldade, agora para acender o cigarro. Deixou cair o isqueiro e sorriu quando a mulher a seu lado o apanhou e o acendeu. Ele inclinou-se para tocar a chama com a ponta do cigarro e aspirou, aliviado.

– Obrigado – murmurou; recebeu desajeitadamente o isqueiro e o enfiou no bolso.

A mulher era bonita, e em outros tempos Tomas a teria convidado pra dançar. Imaginou como se divertiriam, como seus corpos se ergueriam com a música e o movimento. Tinha consciência de que isto era coisa do passado. Num dia como este, seus pés iam gelar, os braços se debateriam como os de um enforcado. Em dias assim, não podia deixar de duvidar que ainda valesse a pena viver.

Tomas voltou a atenção para o arame. O menino Salvo, que já não era menino, o tratava muito melhor do que ele esperaria e, agora percebia, muito melhor do que ele próprio o tratara. Um lado seu odiava Salvo por humilhá-lo com sua generosidade. Se as circunstâncias não o obrigassem a ficar, teria ido embora. Mas o que mantinha Tomas no grupo, mais do que qualquer outra coisa, era o simples fato de que esse rom era inegavelmente o melhor aramista que já vira. O irmão e a irmã não eram ruins, e até Margit, bem treinada, desenvolvera uma perícia de que Tomas não a julgara capaz. Mas nenhum tinha a categoria de Salvo.

Se Salvo tinha ideia do próprio talento, nunca demonstrava. No arame ele parecia ignorar tudo o mais, o que, Tomas fazia questão de acentuar, era exatamente o que lhe ensinara. O seu orgulho pelo menino, que ele mantinha em segredo, contribuía para mantê-lo com a trupe tanto quanto seu trabalho de contatos em várias cidades ou as outras tarefas que desempenhava.

Quando Margit falava, o que era raro, não era com Tomas. Ao longo de dois anos, ela conseguira só dirigir a ele palavras avulsas. O fato é que não parecia ter medo dele. E não tinha. Margit havia descoberto que Tomas já não tinha poder sobre ela, que havia ficado para trás o tempo em que ele fazia o que lhe dava na telha, e que já não havia razão para temê-lo. Para Margit, Tomas Skosa estava reduzido a uma lembrança.

András e Etel, que nunca se separavam, tinham-se adaptado rapidamente à vida de aramistas. Ele sabia que não era tão diferente da vida do rom. A diferença principal era que, se fossem bons, andar no arame podia ganhar o respeito e admiração dos gadjés, pelo menos durante o espetáculo. András passou a sentir um estranho prazer quando ouvia o público gritar seu nome. O arame não era a única encenação.

Tomas fora impiedoso ao treinar Salvo, e Salvo o suportara estoicamente. Trabalhavam ambos com os mesmos conceitos, e para ambos o fracasso era inadmissível. Salvo, no entanto, preferia persuadir a ameaçar. Além do mais, nunca bateria numa mulher, em Margit e muito menos na irmã, como não bateria em András, que, aliás, poderia surrá-lo facilmente.

Quando iniciaram o treinamento, Salvo admirou-se ao ver que era András que menos progredia. Margit já treinara um pouco e, assim, começou mais adiantada. Quem mais o preocupava era Etel, apesar de seu entusiasmo.

– Se você cair, morre – advertira Salvo. O olhar que Etel tinha lançado diante desta ameaça o fizera sentir-se como se tivesse insultado não só a ela mas também a si mesmo, de modo que desistira desse tipo de advertência. Começara o treinamento no dia seguinte.

Primeiro, aprenderam a imobilidade. Para Margit não foi difícil, pois já dominava esta noção, que Etel pegou quase de imediato. András tardou uma semana. Depois, deram os primeiros passos. Quando perdiam o equilíbrio, o que acontecia muito, Salvo não deixava que simplesmente caíssem. Tinham de agarrar o arame, segurar-se nele e só então baixar ao solo. Quando soltavam o arame ou não tentavam pegá-lo, Salvo tinha de lutar para controlar a raiva. "Você acabou de se matar", dizia, "e provavelmente matou mais alguém." A vergonha funcionou, e dentro de um mês todos já iam e voltavam no arame sem cair.

Seguiram-se o equilíbrio e as cenas. Isso levou tempo, repetição e um senso de equilíbrio que só se aperfeiçoava com horas e horas de exercício. Para fazer uma cena era preciso primeiro fazer da caminhada no arame uma segunda natureza. A seu tempo, no entanto, eles ficaram prontos, embora Salvo continuasse a ensinar todas as cenas que sabia, tinha visto ou era capaz de imaginar. Ao fim de dois anos, ele já estava disposto a confiar a vida a qualquer dos três, embora no arame ainda preferisse andar sozinho.

Nos seis últimos meses, Etel tinha crescido uns dez centímetros. Em breve estaria da altura de Salvo. De cabelo cortado e com um nariz maior, passaria por uma versão mais jovem de qualquer de seus irmãos. No temperamento, porém, não se parecia com nenhum dos dois. András era lento, e ela se movia com a celeridade de um beija-flor. Salvo tinha, secretamente, medo de quase tudo, enquanto Etel, secretamente, não tinha medo de nada. Disfarçava a própria valentia para não parecer atrevida. Afetava uma voz mais suave do que tinha e frequentemente se encolhia, constrangida com a própria altura. Em matéria de higiene, não se esforçava muito, e András ou Margit tinham de lembrá-la constantemente para lavar a roupa e o rosto. E fumava sem parar: adorava o cheiro.

Em 1937 eles foram contratados para apresentar-se numa das mais prestigiadas casas de espetáculo da Europa, a Wintergarten, de Berlim. Era um luxuoso cabaré, cujo palco em curva e refinada acústica despertavam inveja em todo o continente. A plateia, que chegava com seus melhores trajes de noite, jantava regiamente e assistia aos melhores espetáculos da Europa e do mundo. Cada vez que alguém entrava na Wintergarten, uma estrela acendia-se no teto, que, com a lotação completa, refulgia esplendorosamente.

O arame foi fixado entre dois camarotes guarnecidos de veludo, dezoito metros acima do palco. Lá embaixo, um conjunto de vinte músicos participava do espetáculo, estrategicamente colocados para a eventualidade de uma queda. Como sempre, os ingressos estavam esgotados.

Corria um boato de que Cole Fisher-Fielding ia comparecer, o que deixou Salvo em pânico – o corpo dolorido, as mãos sensíveis e rígidas de contrair os punhos, assustado.

Quase cinquenta anos antes, Cole Fisher-Fielding, juntamente com quatro irmãos e duas irmãs, fundara a Fisher-Fielding Extravaganza, um pobre espetáculo composto por sete ou oito números, a maioria com a participação de pelo menos um membro da família. Em menos de vinte anos, a Companhia Fisher-Fielding Circus estava empregando mais de mil e quinhentas pessoas, e era o gigante do mundo do circo da América do Norte.

Cole Fisher-Fielding era o penúltimo dos irmãos, e o mais jovem a entrar no mundo do circo. Dos seus treze irmãos e irmãs, só metade se interessara pelo circo, embora mais cedo ou mais tarde todos se interessassem por suas finanças. Cole era o único sobrevivente dos fundadores. Tinha sessenta anos, e casara-se e divorciara-se duas vezes. Era quase certo que morreria sem deixar herdeiro. Tal era a sina da maioria dos Fisher-Fielding: dos sete fundadores, só três haviam tido filhos. Pouca gente entendia, pois ninguém ignorava a inclinação da família pelo sexo. E especulava-se por toda parte que haveria muitos Fisher-Fielding bastardos pelas ruas dos Estados Unidos.

Não era por acaso que Cole Fisher-Fielding sobrevivia aos irmãos e irmãs; mais de um parceiro da Companhia Fisher-Fielding Circus já observara que Cole enterraria todos os parentes, alguns de propósito e outros não. Era o tipo de homem em relação a quem era impossível ser neutro. Não importa o que se dissesse dele, no entanto, ninguém negaria que o apelido de Rei do Circo era merecido. No começo da década de 1930, quando a Depressão arruinou a maioria de seus concorrentes, se não todos, o F-F, sob a direção de Cole, não apenas sobreviveu, mas deu lucro. De fato, em cinquenta anos de operação a Companhia Fisher-Fielding Circus jamais atrasara um pagamento. Não havia no mundo outro circo que pudesse dizer a mesma coisa.

A fórmula do sucesso era simples. Íntimos de Cole tinham ouvido mil vezes seus princípios, e eram capazes de repeti-los até dormindo. Primeiro: jamais tente enganar o cliente; o circo vive de atividades repetitivas, e o melhor anúncio é um cliente satisfeito. Segundo: contrate os melhores números, e fique com eles. Terceiro: cuide do que tem; os empregados do F-F eram os mais bem alimentados, mais bem pagos e mais bem tratados do ramo. Simples.

Foi o segundo princípio que trouxe Cole à Europa. Ele tinha faro para talentos. Fora ele que descobrira a maioria dos principais números do circo americano, e todo o mundo sabia disso. Inclusive Salvo Ursari.

Não admira que ele aparecesse no Wintergarten. Afinal, andava atrás dos melhores números europeus, e aquela era a melhor casa de espetáculos. Uma coisa puxa a outra. O que deixava Salvo nervoso, além da perspectiva de atuar diante de homem tão famoso, era a ideia do que aconteceria se ele oferecesse à trupe um nicho no F-F Extravaganza. A trupe discutira essa possibilidade e ficara dividida meio a meio, com Salvo indeciso. András e Etel estavam ansiosos para ir para os Estados Unidos, atraídos pela promessa de uma nova terra e pela segurança de integrar um grande circo. Margit, que via os Estados Unidos com reservas e não queria ser estrela, hesitava em partir. Já Tomas Skosa era intransigente: não iria, recusava-se a pensar em tal possibilidade.

– Por que não? – perguntou András. Foi uma das raras ocasiões em que dirigiu a palavra a Tomas. Ninguém falava com ele, exceto Salvo.

– Porque eu sou daqui. Aqui é que eu tenho o que fazer.

– Mas...

– Não tem mas nem meio mas. Vá você, se quiser. Eu tenho que ficar.

– Ninguém ofereceu nada – lembrou Salvo. – Não tem sentido discutir.

– Se houver uma oferta, eu vou – declarou András. – Não devo nada a este lugar.

– Então, vá, rom. Ninguém vai achar ruim.

Irado, András rilhou os dentes; mas não se mexeu.

– Ninguém ofereceu nada – repetiu Salvo.

Etel olhou para ele.

– Você acha que vão oferecer?

Salvo deu de ombros.

– O que a Fisher-Fielding ia querer de nós? – ponderou Margit. – Aramista é o que não falta por aí.

– Nós somos bons – lembrou Etel.

– Somos, mas para entrar na Fisher-Fielding é preciso ser excepcional – retrucou Margit.

– Vocês não são excepcionais – Tomas decretou. Todos os olhos se voltaram para ele. No fundo, suspeitavam que ele tivesse razão, e o detestavam por isso. Ele percebeu, fez um gesto de desdém, levantou-se e saiu.

Muito tempo depois de a porta se fechar, András ainda olhava para ela. Só então se virou para Margit.

– Você devia ter matado esse cara quando teve a chance.

– Chega – interrompeu Salvo. – Precisamos descansar. A estreia é hoje.

Mais tarde, Salvo tremia na cama, as roupas empapadas de suor, o estômago a contrair-se espasmodicamente. Não sabia a razão de tanto medo. Não temia o arame, não temia a estreia. Mas alguma coisa lhe inspirava medo. Fechou os olhos, à espera de que o medo abrandasse. Demorou muito.

UMA POR UMA, AS ESTRELAS FORAM se acendendo no teto do Wintergarten. Depois que a última brilhou, a banda começou a tocar. Terminada sua peça, começaria o espetáculo da noite. Era palpável a expectativa do público, composto em sua maioria por funcionários do governo uniformizados.

O arame seria o último número. Num camarim exíguo, Salvo, ao lado de András, Etel e Margit, esperava que um contrarregra viesse dizer que a hora tinha soado. Ninguém falava. Salvo não podia esperar pela hora de pisar no arame. Os outros também estavam nervosos. Aquela noite iam tentar uma nova cena, que não podia deixar de levantar o público – por um motivo ou por outro.

Havia dois meses eles ensaiavam diariamente, prosseguindo até quando braços e pernas estivessem doloridos e a vontade de seguir já fraquejasse. Salvo exigia e conseguia esse esforço. Nas duas últimas semanas tinham repetido a cena mais de cem vezes sem incidente, mas todos sabiam que era muito diferente executá-la no ensaio e no espetáculo. Além do mais, este não era um espetáculo qualquer: o local era o Wintergarten, e com a presença de Cole Fisher-Fielding, da grande Companhia Fisher-Fielding Circus. E, até onde sabiam, era a primeira vez que alguém tentava algo semelhante.

Assim sendo, aguardaram em silêncio enquanto os malabaristas jogavam pinos e os dançarinos dançavam, sem arriscar uma olhada sequer nas focas amestradas nem na mulher de borracha. Não se importavam que os outros artistas os considerassem elitistas. Consideravam-se mesmo diferentes, de certa forma, pois arriscavam a vida. Quando um malabarista deixa cair um pino, ninguém morre. E era raro uma foca amestrada se descontrolar a ponto de machucar alguém. No arame, um escorregão é o fim. É isto que os distingue de todos os outros, queiram ou não reconhecer.

Tinham pedido que eles fizessem a apresentação com rede, não só para a própria segurança, mas também para a segurança do público e da banda. Salvo recusou. Tinha a sensação de que a rede aumentava o risco, pois dava uma falsa sensação de segurança. Além disso, não evitava lesões, nem sequer mortes. Salvo conhecia o caso de um aramista que tinha caído de uma altura relativamente modesta só para ser projetado pela própria rede e empalado em sua própria vara de equilíbrio. Não queria ouvir falar em rede. E nenhum dos outros o contestou, embora sem saber ao certo se ele estaria mais motivado pela preocupação de segurança ou pela excitação de trabalhar sem rede.

Para Salvo, foi uma surpresa a ausência de Tomas nessa noite. Nem sempre ele comparecia, mas esta apresentação era especial, portanto a cada ruído no corredor Salvo relanceava os olhos para a porta, achando que ele ia aparecer. A porta finalmente se abriu, mas não era Tomas; um contrarregra avisava que o número seguinte era o deles.

Quando entraram no palco – Salvo na frente, seguido por Margit, Etel e finalmente András – os outros artistas desviaram os olhos. Atrás deles alguém assoviou, e o cabelo de Salvo eriçou-se: assoviar antes do arame dava azar, coisa que todo o mundo no Wintergarten sabia. Não que o preocupasse o assovio em si. No arame não havia lugar para superstições, achava ele. Era a maldade da pessoa que tinha assoviado que o preocupava. A sabotagem era uma hipótese real.

Mesmo assim, Salvo não fez uma oração ao subir a escada que o levava para a plataforma de onde partiria para o arame. Cairia se e quando chegasse a sua hora. Ninguém podia mudar isso. Margit, porém, rezou, bem como Etel, e até András, embora não tivesse esse costume. Esta apresentação era especial, e pensasse o que pensasse sobre Deus, András acreditava que Ele era parte do arame, e nessa hora parecia-lhe cabível pedir-Lhe uma consideração também especial. Sentiu-se um tanto reles fazendo isso, mas afastou tal pensamento. O arame estava chamando.

Salvo chegou à plataforma. Quando se fez o silêncio, pisou no arame. Havia um método a seguir: ele acreditava que a chave era o contraste. Assim como o barulho realça o silêncio e o claro destaca o escuro, Salvo sustentava que o risco leva à segurança. Assim, ele sempre começava o número com a caminhada mais segura: andava de uma plataforma à plataforma oposta, e voltava. Em seguida eles dançavam a dança do arame, seguida por outro solo, Salvo dando um salto mortal de costas. Com András, Margit e uma cadeira, eles faziam uma torre – e então chegava o momento da nova cena.

Uma breve pausa na plataforma, todos prontos, e então se alinharam no arame: Salvo, Margit, Etel, András. No meio do arame, Salvo e Etel mudaram de rumo, de modo que András e Etel ficaram de frente, da mesma forma que Salvo e Margit. Salvo ajoelhou-se numa perna e Margit apoiou as mãos em seus ombros. Quando ele começou a levantar-se, ela saltou na sua direção, acabando de cabeça para baixo quando ele acabou de levantar-se. András e Etel reproduziram essa manobra, e Salvo e András deram um passo um para o outro, com as mulheres de cabeça para baixo nos ombros. Salvo e András ficaram eretos, enquanto Etel e Margit arqueavam as costas até que os pés das duas se tocaram.

Vistos de baixo, os quatro pareciam os raios de uma casa em forma de A.

Nesta posição se mantiveram dez segundos, todos firmes. Então Etel e Margit se endireitaram, e Salvo e András se afastaram um do outro. Etel e Margit baixaram com um giro e se escancharam nos ombros dos homens. Finalmente, Salvo e András fizeram meia-volta e caminharam pelo arame, cada um para uma plataforma.

A cena, e aliás toda a apresentação, tinha agradado em cheio ao público do Wintergarten. Quando a trupe desceu das plataformas, muita gente saiu de seu lugar para cumprimentá-los, e o administrador do teatro sacudiu a mão de Salvo com tanta alegria e tamanha força que por pouco não a arrancou. Mas Cole Fisher-Fielding tinha desaparecido, e Tomas não chegara a aparecer.

András levou Etel e Margit para o hotel, enquanto Salvo esperava o pagamento. Ele ainda não sabia bem como lidar com isso, que normalmente era tarefa de Tomas, portanto entrou um tanto inquieto na sala de espera do administrador. Pelo barulho, percebeu que havia gente no escritório, e ele não queria incomodar. Parecia estar em andamento uma discussão acalorada.

Afinal abriu-se a porta e surgiu um belo homem, mais velho e imaculadamente vestido com um terno preto. O homem fez cara de surpresa: parecia ter reconhecido Salvo. Deu meia-volta e tornou a entrar no escritório.

– Droga! – praguejou lá dentro, num alemão que traía um leve sotaque. – Ele estava o tempo todo esperando aí fora. Com quem você acha que está lidando? Deve estar esperando o pagamento. Francamente, Franz! Nem eu entendo por que faço negócio com você.

Tornou a sair. Na sala de espera, estendeu a mão pra Salvo.

– Cole Fisher-Fielding. Já ouviu falar de mim? – Agora falava em húngaro.

Salvo fez que sim com a cabeça. Estava com medo de falar, de dizer bobagem.

– Grande número. De primeiríssima. Você gostaria de trabalhar para o F-F?

A boca de Salvo abriu-se, mas não saiu um som.

– Pense nisso. Se quiser trabalhar para mim, venha para os Estados Unidos. Eu pago a mudança. Trabalho regular, quarenta semanas por ano, e bem pago. Diabos! – Fez uma pausa. – Você pode ter até seu próprio vagão. – Enfiou um cartão na mão de Salvo. – Tenho de pegar meu trem. Se resolver trabalhar para o maior espetáculo da Terra, entre em contato comigo.

Cole Fisher-Fielding abriu para Salvo um esplêndido sorriso, piscou e saiu corredor afora. Salvo estava paralisado. Não conseguia acreditar no que estava acontecendo.

O administrador aproximou-se.

– Carinha arrogante – disse consigo; e para Salvo: – Onde está o Tomas?

– Não sei.

– Não importa. Aqui está seu pagamento. Bom número o seu. – O administrador deu uma olhada para Salvo e voltou ao escritório. Tornou a chamar, contudo, quando Salvo já ia saindo: – Se eu fosse você, pensaria duas vezes antes de ir para os Estados Unidos. Muita gente já se arrependeu.

Salvo pensou no conselho antes de empurrar a porta e seguir para o hotel.

Correu a maior parte do caminho, e estava meio ofegante quando entrou no quarto. A princípio, enquanto tentava recuperar o fôlego, nem viu que as coisas estavam fora no lugar. Mas logo percebeu que o quarto havia sido revirado. As malas estavam abertas e vazias, e tudo espalhado no chão. A de Tomas fora cortada, e o forro estava à mostra. Havia uma mancha de sangue na parede, e, no gesso, um buraco. Antes que tivesse tempo de reagir, sentiu que havia alguém atrás dele e duas mãos agarraram seus braços. Não precisou olhar muito para saber que as mãos pertenciam a homens da Gestapo – eram sete. Já tinha visto esse uniforme, tanto na rua quanto no Wintergarten, e, claro, conhecia a sua reputação. Não havia dúvida: sua vida corria perigo.

Foi levado num carro a um castelo nos limites da cidade, revistado e trancado num quarto onde não entrava luz nem som. Lá ficou, com a sensação de que o tempo não passava, tentando adivinhar por que estaria ali. Ouvira boatos sobre roma detidos em massa por essa gente, e acreditava neles, mas se considerava imune porque não era alemão e porque era um artista. Agora, já suspeitava que fora incrivelmente ingênuo.

Estava preocupado também com András, Etel e Margit. Não sabia se também tinham sido apanhados; podiam até estar no quarto ao lado. Bateu na parede, na esperança de que alguém respondesse da mesma forma, porém nada aconteceu. De repente, sem aviso, a porta abriu-se. Embora a luz do corredor não fosse nada forte, Salvo piscou. Levantou-se e, quando uma ríspida voz lhe ordenou sair da cela, obedeceu. Dois guardas o escoltaram por uma escada estreita e até uma sala no andar de cima. Foi jogado numa cadeira no centro da sala, e os guardas se postaram na entrada. Salvo passou os olhos em volta, mas não viu rota de fuga.

Um homem de uniforme negro entrou na sala. Suas botas soavam bruscamente no chão de pedra. Sentou-se a uma mesa diante de Salvo, e por algum tempo não disse nada; limitava-se a passar papéis em cima da mesa, e Salvo presumiu que estivesse tentando enervá-lo. Conseguiu.

– Presumo que saiba por que está aqui – disse afinal o homem.

– Não.

– Você é amigo de Tomas Skosa?

– Sou.

O homem fez um gesto de cabeça.

– Há quanto tempo está ligado ao Sr. Skosa?

– Desde 1928. Ele me ensinou a andar no arame.

O homem dirigiu a Salvo um olhar minucioso, assustador, avaliador.

– Eu vi o seu número. É muito bom.

– Obrigado – respondeu Salvo surpreso.

– Diga-me uma coisa. Você tem medo quando está no arame?

– Não. Só quando estou no chão.

O homem tornou a olhar longamente para Salvo, e escreveu alguma coisa num papel.

– Você devia ter mais cuidado com seus parceiros, Sr. Ursari. Tomas Skosa não era digno de confiança.

Salvo assentiu com a cabeça. Todo o mundo sabia disso, mas não entendia por que a Gestapo se interessaria por Tomas, positiva ou negativamente. E o fato de o homem referir-se a ele no passado deixou Salvo de boca seca.

– Pode ir. Não acredito que esteja envolvido neste crime. Mas saiba que está sendo vigiado. Abri uma exceção para você, e não gostaria de me arrepender. – O homem ergueu uma sobrancelha, à espera da resposta.

– Obrigado, senhor. Eu não estou envolvido em nada.

O homem fez sinal aos guardas, que tiraram Salvo da sala. Ele foi levado a seu hotel num carro parecido. Ao entrar no quarto, viu que o sangue tinha desaparecido da parede e havia gesso novo em três lugares, à altura do peito. Os pertences continuavam espalhados pelo chão. Apanhou tudo, pensando no que teria acontecido ao resto da trupe.

Dali a pouco a porta abriu-se e András entrou, cautelosamente. Etel e Margit vinham atrás dele.

– Soltaram você?

– Soltaram. Levaram vocês também? – O olhar de Salvo passou por eles e buscou o corredor; temia que houvesse alguém lá.

– Não – respondeu András. – Quando íamos chegando, Margit viu os carros pretos na frente do hotel e nós passamos pelo hotel. Vimos quando levaram você.

– Tomas está morto – informou Salvo, surpreso ao perceber a própria voz embargada de emoção.

Margit encarou Salvo.

– Ele era espião, Salvo. – Não havia tristeza na voz dela.

E Salvo compreendeu que só por muita sorte estava vivo.

– Você recebeu? – quis saber Etel. Sem isso, eles ficariam ilhados em Berlim.

Salvo pôs a mão no bolso, temendo que o dinheiro houvesse desaparecido quando o revistaram. Mas ainda estava ali. Suspirou aliviado.

Etel pegou o dinheiro e começou a fazer as malas.

– Melhor sair deste lugar.

– Para quem ele espionava? – perguntou Salvo olhando para Margit.

Ela deu de ombros.

– Acho que trabalhava para muita gente.

– Temos que ir – repetiu Etel. – Eles podem voltar.

– Você sabia? – Salvo olhava para Margit.

– Não. Mas agora eu vejo tudo claro. – Ela encarou Salvo, mas ele não acreditou que ela dissesse a verdade.

– Vamos – insistiu Etel.

– Cale a boca! – gritou Salvo. – Nós vamos, sim, e não demora. – Baixou a voz. – Vamos para os Estados Unidos.

András se endireitou.

– Com a Fisher-Fielding?

– É.

– Eu não vou. – András cruzou os braços e começou a andar entre a janela e a cama.

– Vai, sim. Você já tinha dito que ia.

– Não vou fugir.

– Não estamos fugindo – retrucou Salvo. – Chegou a hora, e vamos para um lugar melhor.

András parou, lembrando onde já ouvira essas palavras. Não lhe agradava o fato de Salvo invocar a memória do pai numa hora dessas, mas teve de curvar-se à necessidade criada pela situação.

– Tudo bem.

Etel não disse nada, mas para Salvo estava claro que ela seguiria András aonde ele fosse.

Salvo se voltou para Margit. Era a única que ainda resistia. Ela sentou-se na beira da cama.

– Eu vou. – Sua expressão era fria.

Deixaram a Alemanha na noite seguinte. Salvo temia que estivessem sendo seguidos, mas cruzaram sem incidente a fronteira da França, e quatro dias depois embarcavam num cargueiro com destino a Nova York; Cole Fisher-Fielding tinha providenciado as passagens. Somente quando se afastaram do porto Salvo conseguiu descontrair-se, mesmo assim só por um momento, que chegou ao fim quando ele começou a pensar nas possibilidades que lhe reservava a Fisher-Fielding Extravaganza.

CINCO

Em algum ponto, no meio do oceano Atlântico, Salvo se sentou no deck metálico daquilo que viera a ver como o inferno. Acabara de vomitar as tripas no mar, sabendo que a qualquer momento ia ter que repetir tudo de novo. A seu lado Etel fumava sossegada, mais ou menos segura de que ninguém jamais morrera de enjoo. O balanço do navio não a incomodava, e tampouco parecia incomodar a András ou a Margit, que dormiam em seus beliches. Salvo, aparentemente, era o passageiro que mais enjoava; tanto que, para a maioria dos outros, custava acreditar que ele fosse o mesmo Salvo que andava num arame a dezenas de metros de altura.

Etel, porém, o conhecia, pois nele reconhecia sua própria pessoa. Por outro lado, tinha consciência de que Salvo não sabia disso e até pensava que ela não gostasse dele, o que não era verdade. Tinha, aliás, um profundo respeito por Salvo, cuja perícia no arame era, a seus olhos, digna de veneração.

Afastando o grosso cabelo negro dos olhos com longos dedos manchados de fumo, ela jogou a ponta do cigarro no mar e acendeu outro. Aspirou, saboreando o fumo que a penetrava. Margit se queixava muito de que Etel cheirava a cigarro até depois do banho, e Etel sabia que era verdade, mas não se importava. Gostava do cigarro muito mais do que de Margit.

Expeliu fumaça com força. Salvo parecia ligeiramente melhor.

– Como será a Fisher-Fielding? – perguntou ela.

– Não sei – murmurou ele.

– Será que tem bicho? E muita gente?

– Provavelmente.

Etel franziu a testa. Achava que não iam gostar de semelhante ambiente. Nem ela nem Salvo.

– Como é que você está se sentindo?

Salvo não respondeu. Ela empurrou uma caneca d'água para ele, mas ele não fez menção de beber. Ela pegou a caneca, bebeu e devolveu a ele, que conseguiu dar um golinho.

Para Etel, era estranho estar a caminho dos Estados Unidos. Até então passara a vida indo de um lugar pra outro, mas era diferente ter uma coisa grande como o oceano entre o lugar onde estivera e o lugar para onde ia. E, embora ninguém jamais dissesse isso, Etel sabia que não haveria volta.

– Você sabe que dia é hoje? – perguntou ela.

– Não.

– É meu aniversário. Estou fazendo dezenove anos.

– Parabéns. – Nova contração no estômago, e Salvo lançou ao mar um pouco mais de sua pessoa. Calada, Etel balançou a cabeça. Só desejava que passassem rápido os cinco dias que faltavam até pisar em terra firme.

VIAJANDO NUM BARCO BEM MAIS VELOZ e sem penar muito, Cole Fishcer-Fielding alcançou Nova York uma semana antes dos Ursari. Ele empregou o tempo ganho preparando a turnê seguinte.

O circo fora gerado por sua própria imaginação e, em menor medida, pela de seus irmãos e irmãs. Mas nem toda a família era circense: os seus pais olhavam com desdém esse tipo de exibição, até quando seus filhos conquistavam sucesso. Seus favoritos eram os outros, que tinham abraçado outras carreiras; mesmo aqueles cujas prosaicas aspirações acabavam num fracasso estrondoso seguiam preferidos. Podiam alcançar menos sucesso, mas tinham profissões respeitáveis, o que era muito importante para os pais, que acalentavam sonhos aristocráticos. Após a morte dos pais, as famílias dos sete fundadores do Fisher-Fielding pouco falaram com as dos sete que o desprezavam. Em vez de acabar, as rixas cresceram.

A tenda grande do Fisher-Fielding era a maior que havia. Acomodava dez mil pessoas com relativo conforto, além dos animais e artistas, e erguia-se a dezoito metros de altura no mastro grande. Na borda, era sustentada por mastros menores, de seis metros de altura. A tenda era oval, e tinha arquibancadas no arco mais curto e, no mais longo, vagões-plateia. Esses vagões eram compostos por vinte fileiras de assentos que, a partir do solo, subiam progressivamente, fileira após fileira. Os assentos desdobravam-se dos vagões, exigindo um mínimo de trabalho de montagem. Dentro deles os artistas esperavam suas deixas e os ajudantes ficavam de olho nas pessoas, em geral crianças, que tentavam se esgueirar por debaixo da lona. Pelo centro da tenda grande passava uma fileira de mastros de dezoito metros, cada um com uma bandeira na ponta, assinalando o topo da tenda. Cabos de sustentação, cordas e subestruturas variadas completavam o esqueleto da tenda grande. Por cima de tudo estendia-se a lona, produzida por fabricantes de velas de navegação especialmente para o F-F, a um custo que poucos circos poderiam pagar. A lona era dividida em seções que eram unidas e separadas em cada local por mãos peritas.

Uma vez erguida a tenda, montava-se o zoológico e instalavam-se os vagões-plateia e as arquibancadas. O cabeamento dos números aéreos era vistoriado e revistoriado. Lá fora, começava-se a montar o espaço para as atrações paralelas e iniciavam-se os preparativos para o *spec*, um desfile aberto organizado para atrair público.

Quando os Ursari chegaram a Nova York, tudo já estava pronto. Como sempre, o F-F estava abrindo a temporada com um espetáculo em recinto fechado no Madison Square Garden. Haveria pelo menos cem palhaços. Dois números de trapézio. Leões, tigres, panteras. Elefantes. Homens que engoliam espadas. Exibições equestres. A Fisher-Fielding Extravaganza tinha tudo com que se podia sonhar. Salvo ficou maravilhado; mal podia acreditar nos próprios olhos.

Ele havia reformulado todo o seu número para o público norte-americano. Na tenda grande eles trabalhariam a uma altura muito maior do que na Europa. Usariam varas de equilíbrio sempre que possível. Além disso, precisariam de cenas mais complexas: aqui era mais difícil impressionar com uma oscilação programada, que não seria muito visível para o público por causa da altura. A grande novidade foram as bicicletas. Nenhum deles gostava de exibir-se em bicicleta, mas outros aramistas faziam isso e o público gostava, portanto não tinham escolha. E Salvo resolveu que, se era para usar bicicletas, iam usá-las espetacularmente. E sem rede.

Quando ele comunicou que não haveria rede, András, furioso, esmurrou o mastro que sustentava o cabeamento da trupe.

– Quem é você para tomar por nós uma decisão dessas?

Salvo não se deixou intimidar. Tinha consciência de que precisava ganhar a discussão.

– É melhor assim.

Etel olhou primeiro para András, depois pra Salvo. Não disse nada: sabia que nenhum dos dois ia mudar de opinião. Por ela, não fazia diferença.

– Melhor para quem?

– Para todos nós. Com rede, você tem a impressão de que pode cair sem problema. Mas o fato é que, se você cair, pode morrer de qualquer jeito, com ou sem rede. Pode ser projetado pela rede, uma bicicleta pode cair em cima de você... Pode acontecer qualquer coisa.

András balançou a cabeça.

– A rede pode ser a salvação.

– Não. – Salvo pôs a mão no ombro de András. – A única salvação é não cair, nunca. A rede aumenta o risco da queda. Portanto, nós não vamos trabalhar com rede.

Salvo se virou e se afastou. Não olhou para trás. Vontade não faltou, mas era maior a vontade de se fazer de forte. Já havia discutido esse assunto com András mais de uma vez, e agora queria resolvê-lo de uma vez por todas.

Depois que Salvo desapareceu, András praguejou em romani, soltando uma frase que Etel entendeu, porém Margit não, embora também percebesse que ele estava contrariado.

– Ele está errado – protestou András.

Etel deu de ombros.

– Pode ser que sim, pode ser que não. No dia que a gente souber, vai ser tarde demais para fazer alguma coisa. Mas ele entende mais de arame do que nós.

– Então você está do lado dele?

– Eu não estou do lado de ninguém – ela afastou do rosto uma mecha de cabelo.

– Você não pode fazer isso.

Etel olhou para András nos olhos.

– Posso. – Ainda encarou András antes de se afastar também. Quando ele estava agitado, não adiantava falar com ele.

András ficou olhando a irmã que se afastava. Tempo houvera em que ela teria ficado do seu lado. Não queria se sentir traído, mas seu sentimento era este.

Margit viera para perto dele.

– Você está com Salvo? – indagou ele. Ela sorriu.

– Vamos dar uma volta.

– Mas o que você acha da rede? – Sabia perfeitamente a resposta, mas queria que ela própria dissesse.

– Acho que a noite está linda e quero ver as estrelas. – Segurou a mão dele. – Acho que estamos gastando tempo demais falando do que fazemos no arame.

András suspirou. Talvez ela tivesse razão. Já não sabia se ele próprio se importava tanto de usar ou deixar de usar a rede, ou se estava empenhado, principalmente, em ganhar a discussão.

– Tudo bem.

Mal saíram, perceberam que, das entranhas da cidade grande, as estrelas eram invisíveis. Margit ficou decepcionada.

– Não é a primeira vez que isto acontece – disse András.

– O céu ficar sem estrelas? – Ela se apoiou no corpo dele.

– É. Uma vez, antigamente, um gigantesco peixe saltou do mar, bem alto, e engoliu todas as estrelas. Por toda parte as pessoas ficaram desoladas, porque tinham crescido amando estrelas, e sem elas o céu era vazio. Bateram o mundo em busca de alguém que pudesse apanhar o gigantesco peixe e devolver as estrelas ao céu, e afinal acharam um rom que tinha fama de ser o homem mais esperto que já existira. Esse rom sentia tanta falta das estrelas como os outros, e decidiu ajudar.

"Ele foi ao palácio do grande rei e suplicou que lhe emprestasse um diamante. O rei não era tolo – não se entrega um diamante a qualquer rom que lhe bata à porta –, mas, ao saber para que ia servir, concordou.

"Então, o rom pegou o diamante e o amarrou com um cordão, e numa noite de luar lançou o diamante ao céu acima do mar. Naturalmente, o peixe gigante saltou e abocanhou o diamante. Quando o peixe percebeu, estava preso na corda. Começou uma luta que durou a noite inteira e o dia seguinte e outra noite. Ao fim de três dias, o peixe, já sem energia, entregou a alma.

"O rom abriu-lhe a barriga e as estrelas saíram boiando, e subiram cada uma a seu lugar no céu. O rom contou ao rei que seu diamante se perdera na luta, mas o rei estava tão feliz com o retorno das estrelas que não se incomodou. O rom deu o diamante a uma moça linda e ela se apaixonou perdidamente por ele. E desde então as coisas foram como hoje são."

Margit riu.

– Bonita história. Onde você ouviu?

Os ombros de András se derrearam.

– Foi meu pai que me contou.

Margit parou de rir.

– Você sente falta dele?

– Sinto. – Não contou a ela que às vezes era difícil recordar o rosto dos pais.

– E Salvo? Também sente falta?

– Sente.

– Ele nunca fala do pai. Nunca fala sobre nada do que aconteceu ao pai.

András ficou pensando.

– Ele estava sozinho. Etel estava comigo, e eu com ela, mas ele não tinha ninguém. É por isso que ele é diferente.

– Que bom que você não é como ele. – Margit sorria outra vez.

– Eu sou capaz de me acostumar com este sorriso – pensou András. Tomou a mão dela, e os dois foram caminhando. Sem destino.

Quando Salvo comunicou a decisão de se exibir sem rede, Cole Fisher-Fielding ficou dividido. Por um lado, o entusiasta do circo adorou a ideia; além do mais, sabia que o público ia adorar tanto quanto ele. Por outro, ficou preocupado com a reputação do F-F: jamais ninguém morrera atuando na Extravaganza. Mas foi para ouvidos moucos que ele expôs as suas preocupações, e acabou cedendo.

O circo estava com a lotação esgotada na noite da estreia, como, aliás, na maioria das noites aquele ano. Iam ficar na Madison Square mais uma semana e depois levar para a estrada a tenda grande e apresentar-se por toda a América do Norte ao longo do verão e começo do outono. O número dos Ursari seguia-se ao dos grandes felinos. Nervosamente, os aramistas acrobatas aguardavam na plataforma, enquanto a multidão maravilhava-se com a contrafeita obediência das feras. Por fim, eles foram levados para as jaulas e os Ursari pisaram no arame, ao som da banda.

Na primeira cena, Salvo e András pedalavam separados no arame. Depois Salvo entregava sua bicicleta e os dois irmãos partiam na bicicleta de András, com Salvo plantando bananeira no guidon. Em seguida, Etel e Margit entravam no arame a pé, paravam perfeitamente sincronizadas, inclinavam-se apoiando a vara de equilíbrio no arame e executavam simultaneamente uma bananeira. Enquanto isso, os dois irmãos se amarravam com correias a uma espécie de canga presa a uma vara de um metro e oitenta entre eles. Etel ajudava Margit a passar para a vara, onde ela se equilibrava, enquanto András e Salvo cruzavam o arame. Agora na outra bicicleta, Etel voltava pela corda bamba, e as duas bicicletas chegavam à mesma plataforma. E então vinha a cena final, de longe a melhor de todas.

Sem retirar a canga, Salvo e András montaram cada um em uma bicicleta, András na frente, Salvo atrás. Com uma vara de equilíbrio de quase dois metros e meio na mão, Etel se pôs de pé na vara presa entre as bicicletas. Atrás dela ficou Margit também de pé, segura nos ombros de Etel. A um sinal de Salvo, as bicicletas partiram. Com as duas em movimento, Margit saltou para as costas de Etel, apoiando os pés primeiro nas ancas da outra, depois no tronco e finalmente nos ombros. Com um esforço aparentemente mínimo, ela parou agachada. Depois, sem mais hesitação do que se estivesse plantada no solo, ela se ergueu.

O efeito sobre o público foi eletrizante. A quinze metros de altura, uma mulher se erguia nos ombros de outra que, por sua vez, firmava os pés numa vara apoiada em dois homens que pedalavam bicicletas no arame. E tudo sem rede. À medida que os quatro alcançavam o meio do arame, o público ofegava mais. A mulher de cima tinha apoiado as mãos nos ombros da outra e agora invertia o corpo numa bananeira. Enquanto todos avançavam para a ponta do arame, ela oscilou ligeiramente, e no meio do público uma mulher gritou. Exceto por isso, a multidão estava agora tão silenciosa que do outro lado da plateia ouviu-se a advertência do marido. Afinal, atingiram a plataforma. Para o público, a impressão era que tinham-se passado horas.

Ainda presas de emoção, as pessoas, a princípio, não sabiam o que fazer. De repente, porém, levantaram-se e, quase em uníssono, prorromperam em gritos e berros entusiásticos.

Lá em cima, na plataforma, Salvo não entendia nada. Para ele, a multidão soava enraivecida. E muita gente assoviava com força, o que, para os europeus, atraía azar e risco, e equivalia a uma estrondosa vaia.

– Vamos, depressa – disse ele; escorregou pela escada de corda o mais depressa que pôde e se refugiou no seu canto da área de espetáculo. Falavam amontoados, todos – András, Etel, Margit – com a mesma impressão: o público tinha detestado o número e estava pedindo as quatro cabeças.

Um contrarregra correu para eles, confuso.

– Que é que vocês estão fazendo? Voltem já para lá! – E o homem puxava Salvo pelo braço.

Salvo resistia.

– Você está maluco? Nós vamos ser linchados!

– Não é nada disso, Ursari. Eles adoraram! Querem ver você agradecer. Isto é uma ovação!

Só então Salvo começou a perceber. Ao subir a escada para o arame, e depois de olhar o rosto dos que estavam nas primeiras filas, viu que de fato não havia raiva, que tinham gostado, adorado. Da plataforma, os quatro fizeram uma reverência e acenaram; e o público correspondeu, prorrompendo em aplausos ainda mais entusiásticos.

Mais tarde, em seu vagão, os outros não perderam a chance de provocar Salvo. Margit o imitava rindo.

– "Nós vamos ser linchados!"

András só fazia sorrir.

– Eu mal acredito – foi a reação de Etel. – Ficaram loucos por nós.

– Nosso número é bom – disse Margit. – Talvez o melhor do circo.

– Cuidado com o que diz – advertiu András; já sabia até onde pode chegar a inveja de um artista.

Um pouco afastado, Salvo não participava da conversa. Estava exausto e preocupado. O desempenho não fora tão perfeito quanto devia, em sua opinião. Sentira que, na última cena, tinham perdido o ritmo. Teriam que ensaiar mais.

– Amanhã vamos nos levantar cedo. Há muito trabalho pela frente.

De costas para Salvo, Margit fez uma careta e András riu; mas ninguém disse uma palavra.

Ouviu-se uma batida e, antes que alguém atendesse, a porta se abriu. Imaculadamente arrumado e vestido em traje de noite, Cole Fisher-Fielding entrou.

– Parabéns, Ursaris. – Trazia flores para Etel e para Margit. Salvo e András ganharam charutos semelhantes ao que lhe pendia do canto da boca. Atrás dele vinha um assistente com uma garrafa e cinco copos numa bandeja, que ele pousou numa mesinha no centro do vagão antes de ser dispensado com um gesto.

Cole serviu o uísque, de um castanho dourado, e distribuiu os copos: dois dedos para as mulheres, três para os homens. Ergueu o seu, e todos o imitaram.

– A uma longa e feliz parceria entre a Fisher-Fielding Circus Company e a Magnífica Trupe Ursari – brindou, e virou o copo.

Salvo também esvaziou o seu, e o uísque de centeio lhe queimou a garganta e o estômago.

– Obrigado, Sr. Cole. Faremos tudo de que formos capazes.

Fisher-Fielding riu.

– Não tenho dúvida. Vão em frente. – E, tão subitamente como entrara, ele partiu.

Naquela noite, porém, Cole se sentia bem preocupado. Seu controle sobre o F-F estava sendo ameaçado por um grupo que ele apelidara "Os Cônjuges". Originalmente, não se assinara acordo algum de parceria entre os Fisher-Fieldings. Quando Trevor, o terceiro dos irmãos, morreu subitamente, em 1920, os advogados conseguiram convencê-los da necessidade de formalizar a propriedade. Como Trevor não se casara nem tinha herdeiros conhecidos, os outros decidiram dividir a propriedade do F-F em sete, sendo que o quinhão de Trevor seria por sua vez dividido entre "Os Respeitáveis", ou seja, os irmãos que não tinham se envolvido com o circo. Este era um ponto de discórdia. Cole argumentara contra essa divisão, mas os outros eram maioria. Agora, o problema voltava a rondá-lo.

Um irmão, o mais velho dos que participavam do circo, tivera um filho, Martin Fisher-Fielding, firme aliado de Cole. O segundo, aliás uma irmã chamada Mary, tivera dois filhos, que não se interessavam pelo circo e venderiam alegremente sua parte a Cole. E aqui é que se complicavam as coisas. Sua irmã Evelyn, dois anos mais velha que ele e sua favorita entre todos os irmãos, casou-se com um magnata imobiliário chamado Phillip Barnes contra o seu conselho, fato de que Phillip estava a par. O segundo irmão por ordem de idade, Winston Fisher-Fielding, casara-se, por sua vez, com uma beldade sulista, Rebecca, com quem teve um filho, Norris Fisher-Fielding. Após a morte, primeiro de Winston e depois de Evelyn, Phillip Barnes e Rebecca Fisher-Fielding se casaram. Embora a Cole esse arranjo lembrasse muito *Hamlet,* para ele sentir-se à vontade, Norris não parecia incomodado pelo fato de sua mãe casar-se com seu tio; aliás, ele parecia encantado. Rebecca, que jamais gostara muito de Cole, e Phillip, ainda ressentido pelo fato de Cole ter desaconselhado seu casamento com Evelyn, controlavam agora dois sétimos do F-F.

Peter, irmão de Cole, tinha morrido quase vinte anos atrás, deixando metade de sua parte para a esposa, Charlotte, e metade para o filho, John. John, numa tentativa de ferir a mãe, a quem culpava rancorosamente por uma infância infeliz, sempre ficara ao lado de Cole. Já Charlotte era muito amiga de Rebecca Fisher-Fielding-Barnes, e sempre votava a favor de seus interesses.

Como resultado disso tudo, Cole, graças a suas próprias ações e ao apoio dos sobrinhos Martin e John, controlava cinquenta por cento do F-F, o que bastava para decidir qualquer votação. Estava estipulado, em relação ao sétimo controlado pelo resto da família, que suas ações não dariam direito a voto, exceto o voto de minerva.

Acontece que, três dias antes, John Fisher-Fielding morrera num acidente de automóvel. Ele não era casado nem deixara testamento, e, em consequência, as suas ações passariam para a mãe, seu parente vivo mais próximo. Assim, as coisas caíram na incerteza: Cole Fisher-Fielding ainda controlava três sétimos da empresa, da mesma forma que os Cônjuges. Portanto, qualquer votação poderia resultar num empate, e o desempate caberia aos Respeitáveis.

No passado, a comissão formada por uns dez parentes dispersos que compunham os Respeitáveis havia demonstrado uma completa incapacidade para entender o negócio do circo, pois só se preocupava com os frutos financeiros de sua participação coletiva, que montava a um sétimo do total. Cole estava quase certo de que, em caso de empate, eles poderiam ser facilmente atraídos para o campo dos Cônjuges mediante a promessa de maiores lucros. Não conheciam os objetivos e sentimentos dos irmãos fundadores, nem lhes davam importância. Poucos tinham na cabeça sequer quem era quem.

Felizmente, Cole fora eleito presidente da Fisher-Fielding Circus Company em 1937 com um mandato de cinco anos, e ainda restavam quatro antes de enfrentar uma ameaça concreta. Mas que tinha uma batalha pela frente, lá isso tinha – e sabia disso.

Quanto aos acrobatas, repousavam no vagão na santa ignorância da política da empresa. À noite, adormeceram: primeiro András, depois Margit, depois Etel. Salvo, com medo do escuro, dos elefantes, do futuro e do passado, continuava desperto, sem saber que, acossado por seus próprios temores, Cole Fisher-Fielding tampouco adormecera.

UMA DAS PRIMEIRAS PESSOAS QUE SALVO conheceu na Extravaganza foi um homem escuro chamado Emil Narwha. Ele poderia ser originário da Índia, ou da França, ou de qualquer lugar da rua onde estivessem aquele dia. Salvo nunca perguntara a Emil por seu passado, nem Emil perguntou a Salvo pelo dele, e esse acordo parecia lhes convir. Nas primeiras semanas, nenhum deles falou muito. Encostados à tenda do lado de fora, olhavam o alvoroço do F-F a passar por eles sem dar a menor pista do que pensavam sobre tudo aquilo. Só depois de um bom tempo Salvo descobriu que Emil tinha o importante cargo de chefe dos amestradores de elefantes. Estava nisso havia mais de trinta anos, o bastante para ser visto como um igual pelos próprios elefantes, que tinham como um pai aquele velho rijo.

Salvo passou a observá-lo trabalhando com os elefantes, sem saber como alguém podia confiar numa besta daquele tamanho, capaz de matá-lo sem esforço. Mas era o que fazia Emil Narwha, para o constante espanto de Salvo. Amável e paciente, Emil treinava os elefantes para seguir suas ordens, e os animais correspondiam com uma cooperação quase total.

Após meses de breves acenos e olás, Salvo decidiu-se a interrogar Emil sobre aquilo que incomodava a ele, Salvo, desde que descobrira a função do outro. Emil olhou para ele surpreso.

– Medo? Isso é uma pergunta esquisita partindo de um homem como você.

Salvo sorriu e deu de ombros, sentindo-se um pouco tolo.

– Eu preferia andar no arame mais alto do mundo a deixar um elefante encostar o nariz em mim.

– A tromba – corrigiu Emil. – E você nunca me faria subir num arame.

– Mas você não tem medo nenhum?

Emil pensou um pouco.

– Há quem acredite que todo animal é bom. Eu, não. Já vi um elefante seguir um homem, ficar espreitando com um olho só e esperando que o homem cometesse um erro para chegar perto demais. E vi o elefante esmagar o homem, e juro que o bicho se deliciou ouvindo os gritos e o barulho dos ossos esmagados debaixo de suas patas. Eu sei que os animais também podem ter maldade. Mas a maioria não é assim; nenhum dos meus é, tenho certeza. Eu os trato bem, e eles me tratam bem.

Salvo franziu a testa.

– Como você sabe quando o elefante não é mau?

– Da mesma forma que sei quando uma pessoa não é má. É só olhar direito.

A Salvo, contudo, parecia haver muita maldade oculta. A maldade pode esconder-se em qualquer parte – no coração de estranhos, dos entes queridos, no próprio coração. Também lhe parecia que a maldade oculta era a pior de todas, e a imaginava a espreitá-lo, enorme e cinza, e obscura. Não havia como escapar, não havia para onde correr.

– Anime-se, Ursari. Talvez um dia você consiga andar num de meus elefantes. Então, você entenderá.

Salvo negou com a cabeça e Emil, já se encaminhando para o zoológico, sorriu.

– Um dia você vai ver. E vai mudar de ideia.

Duvido muito, respondeu Salvo pra si mesmo. Mas enquanto se afastava foi sentindo certa identificação com Emil, uma nova admiração pelo outro, que entendia coisas que lhe escapavam. Ao passar pelos elefantes, porém, não conseguiu sequer olhar para eles. Ainda se lembrava de Bom Urso, e ver o olhar triste de um camelo ou girafa podia levá-lo às lágrimas. Os elefantes, porém, eram distintos. Salvo os odiava. Tinha a sensação de que o estavam avaliando, tramando algo contra ele, e de que se um dia tivessem a chance lhe fariam todo o mal de que fossem capazes, suspeita que acabara de ser involuntariamente confirmada. Às vezes, a um sinal de Emil, os elefantes juntavam tromba com rabo e com tromba e marchavam para onde eram mandados. E mais de uma vez, em seus intermináveis momentos antes de conciliar no sono, Salvo tinha a visão de um interminável trem de elefantes galopando até ele, tentando incansavelmente reduzi-lo a pó, arrancar-lhe os membros. Em certos momentos, Salvo desejava matá-los.

ANDRÁS PASSOU PELA TENDA GRANDE, na esperança de achar quem lhe desse, ou pelo menos vendesse um cachorro-quente. Passou um grupo de palhaços, um deles um homem que András tinha visto vomitando fora do vagão algumas noites antes. Hoje ele parecia desolado, as mãos tremiam e as pernas vacilavam. András notou que vários outros pareciam portar-se da mesma maneira. Não sabia que os palhaços tinham fama de beberrões, nem que muitas vezes se envolviam em pancadaria com outros artistas ou com a segurança do circo. Os palhaços que vira na Europa não eram assim, isto se sabia só de olhar pra eles. Não tinha a menor pressa de falar com eles, nem de conhecê-los.

András mantinha a mesma atitude reservada em relação à maioria das coisas que o F-F tinha para oferecer. Gostava imensamente da vida no circo, adorava a energia e o entusiasmo, as multidões e viagens. Mas preferia observar a participar. Às vezes chegava a pensar que preferiria estar na assistência a integrar o elenco. Mas sabia que, para a assistência, o circo era um agrado especial, não a rotina, e que se não atuasse provavelmente nunca assistiria ao espetáculo, de modo que não lamentava tanto sua posição.

Nenhum dos vendedores tinha aparecido. O estômago de András rosnava insatisfeito, mas não havia o que fazer. Voltou em direção à tenda. Se vistoriasse o cabeamento agora, talvez houvesse tempo para um cachorro-quente mais tarde. Viu Etel ao lado da entrada principal, fumando.

– Que é que você está fazendo aqui? – perguntou ele.

Etel deu de ombros.

– Margit está reclamando outra vez.

– De quê?

– De qualquer coisa que lhe passe pela cabeça. – Etel jogou a ponta do cigarro no chão e pisou em cima. Rapidamente, enrolou e acendeu outro.

– Ela não gosta que você fume. – András não disse que para ela o cheiro do cigarro lembrava Tomas Skosa.

– Pior para ela. Não gosto quando ela fica resmungando.

András sacudiu a cabeça.

– Também não é pra tanto.

– Por que você fica do lado dela? – Etel deu um soco no ar.

– Por que você agride a Margit? – A voz de András tinha subido de tom, e ele sentia uma tensão nas costas.

Etel deu uma longa tragada, queimando meio cigarro de uma vez.

– Você está apaixonado por ela. – Não era uma pergunta, e, assim que falou, Etel percebeu que era um fato.

András baixou os olhos, depois tornou a erguê-los e encarou a irmã.

– E se estiver?

Os olhos de Etel estavam frios, os lábios franzidos.

– Isso é problema seu.

András virou-se e se afastou rumo à tenda grande. Já não estava interessado em vistoriar o cabeamento, nem em comprar cachorro-quente.

Etel largou o que restava do cigarro. Ia esmagá-lo no chão quando um chumaço de grama seca começou a pegar fogo. Etel ficou olhando a grama queimar. Sabia que era preciso apagá-la. Mas só após uma demora insensata ela finalmente baixou o pé sobre a chama.

EM 1939, QUANDO IRROMPEU A GUERRA na Europa, a decisão da trupe de mudar-se para os Estados Unidos se justificava. Isso ocorrera mesmo antes que eles soubessem o que estava acontecendo aos roma nos campos de concentração. Mas em 1941, depois que a base de Pearl Harbor foi atacada e os Estados Unidos entraram na guerra, eles se viram, como húngaros, cidadãos de um país hostil. Temendo perseguições, Salvo pensou em suspender seu número até que a guerra acabasse, mas logo descobriu que as pessoas mal sabiam que ele era húngaro e pouco se importavam com isso, da mesma forma que mal sabiam e pouco se importavam que ele fosse rom. Enquanto andasse no arame, parecia inofensivo. Naturalmente, havia exceções. Um homem contratado para ajudar com o cabeamento foi flagrado afrouxando deliberadamente um cabo de sustentação em pleno espetáculo. Veio a saber-se que o irmão desse homem fora morto no mês anterior por fogo inimigo e que, por alguma razão, ele culpava os Ursari. Foi demitido e, embora Cole Fisher-Fielding negasse, Salvo suspeitava que ele fora espancado pela segurança do circo por ordem do próprio Cole. András jurou que tinha visto o homem ser maltratado atrás do zoológico. Não tentou interferir.

Salvo gastava quase todo o seu tempo de trabalho com o número, tentando imaginar novas sequências, cenas novas, novas técnicas, qualquer coisa capaz de manter o número vivo e despertar entusiasmo. A trupe já executava quase cinquenta manobras diferentes, inclusive quatro capazes de arrancar aplausos em cena aberta, todas elas variações da pirâmide de três níveis que haviam apresentado em sua estreia nos Estados Unidos. Como viajavam às mesmas cidades em todas as temporadas, Cole Fisher-Fielding insistia que era preciso mostrar novas cenas ao público a cada ano, e Salvo seguia esta orientação com entusiasmo. Nada lhe agradava mais do que inventar novas proezas.

A guerra foi atraindo para o F-F Extravaganza multidões cada vez maiores. As pessoas tinham os bolsos recheados e a mente ansiosa por distração de todo tipo, assim sendo a tenda grande estava quase sempre lotada; o público atingia níveis inéditos. Com temporadas de inverno mais curtas, a tenda ficava mais tempo na estrada, apesar do racionamento e da escassez de mão de obra. Os cidadãos que compravam bônus de guerra ganhavam entradas de cortesia. Qualquer pessoa em uniforme militar entrava de graça.

No começo de 1942, o F-F passou três dias na capital, Washington. Essa minitemporada coincidiu com as sessões anuais da assembleia geral da Fisher-Fielding Circus Company. O mandato de Cole estava acabando e, pela primeira vez, ele ia enfrentar um sério concorrente na eleição para o cargo supremo – seu sobrinho Norris Fisher-Fielding. Os Cônjuges não tinham ficado de braços cruzados depois que a balança do poder mudara a seu favor. Com os pratos equilibrados, a eleição da pessoa que dirigiria o circo nos cinco anos seguintes seria um cara ou coroa.

Para o dia da estreia, não se programou matinê. Os principais artistas foram convidados, ou antes convocados para uma recepção oferecida aos Respeitáveis. Para sua decepção, foi Salvo o único dos Ursari convocado. Ele ia ser forçado a misturar-se com os outros artistas, coisa que não lhe agradava particularmente.

No entanto, nem lhe passou pela cabeça faltar à recepção. A maioria dos artistas respeitava e admirava Cole, embora nem todos gostassem dele, e essa maioria estava mais do que disposta a manifestar apoio a sua liderança. Mesmo quem não gostava dele reconhecia que provavelmente era um chefe melhor do que seria Norris, se eleito. Cole construíra o F-F a partir da estaca zero, enquanto Norris era um esnobe formado por uma universidade de elite, sofria de olho preguiçoso e tinha voz anasalada. Para muita gente, não era preciso pensar muito.

Salvo tratou de minimizar a própria contrariedade, saiu do vagão e rumou para a tenda grande. Pensava em Etel, que não aparecera no vagão naquela manhã. Queria lhe falar de mais uma novidade em que pensara para o número, mas não viu sinal dela. Devia estar bem escondida, concluiu, sabendo que, tanto quanto ele, ela fazia o possível para evitar a azáfama do F-F.

Estava a meio caminho quando lhe ocorreu que esquecera de pedir a András que revistoriasse o cabeamento para a sessão da noite. Normalmente eles se revezavam, e hoje Salvo – era a vez dele – não estava certo de que teria tempo para isso entre a recepção e o espetáculo. Era vital que alguém confirmasse que o cabeamento estava em ordem. Censurando-se pelo esquecimento, Salvo voltou correndo.

Ao irromper no vagão, viu de relance um corpo nu se cobrindo com os lençóis. András olhou para ele, o rosto vermelho. Debaixo dos lençóis, soou a voz de Margit.

– Que é que você quer?

Salvo hesitou. Havia muito suspeitava que Margit e seu irmão tinham se apaixonado, e agora tinha a evidência diante dos olhos.

– Você pode revistoriar o cabeamento para mim hoje?

– Claro. – Agora, András sorria.

Salvo fez um aceno, recuou e deixou o vagão. A caminho da tenda, ficou pensando como se sentiria Etel tendo de competir pelo afeto daquele irmão, que a tinha criado sozinho mas não distribuía afeto com grande generosidade. Por outro lado, concluiu Salvo, seu irmão tinha 35 anos e Margit era para ele uma parceira natural, aparentemente por livre e espontânea vontade.

ETEL NÃO TINHA CIÚME DE MARGIT E ANDRÁS. Pelo menos era isso que ela estava sempre a dizer para si mesma. Sabia que Margit não tinha como tomar o seu lugar no coração de András, e esta certeza lhe dava certa satisfação. Por outro lado, porém, partia-lhe o coração compreender que András necessitava de coisas que ela não podia dar, e que até a irmã perfeita tem limitações. Etel passava horas tentando encaixar as coisas, conciliar o coração com a razão. Sua preocupação tornou-se aguda quando entendeu que, se houvesse oportunidade, dificilmente resistiria à tentação de agir para tirar Margit da vida de toda a trupe.

Margit pouco se importava com o que pensasse Etel, e Etel sabia disso. Estava absorvida por András e, em medida ainda maior, pelo F-F Extravaganza, que amava sem reservas. Amava a liberdade, amava os tácitos limites, amava as pessoas, sobretudo os dançarinos. Num momento de franqueza, contou a Etel que os trajes de dança a deixavam tonta, de tanto brilho, e seda, e cor. Lembravam pássaros esplêndidos.

Etel achou tudo isso tolo. Não entendia como alguém que tivera uma vida tão dura como Margit podia deixar-se impressionar tão facilmente por um brilho fútil. Nem entendia como alguém podia ver em semelhante coisa mais do que uma farsa.

AUTÊNTICO HOMEM DO ESPETÁCULO, Cole organizou sua recepção no picadeiro central da tenda grande. Aplicou-se uma camada nova de serragem, serviu-se comida e bebida com fartura, e a animação era grande. Cole trabalhou por entre a multidão dos parentes Respeitáveis, consciente de que tinha inimigos entre eles, sobrinhos, sobrinhas e primos em segundo grau. O líder *de facto* dos Respeitáveis era um canadense, marido da irmã falecida de Cole. Arthur Simpson, que agora estava na faixa dos setenta anos, tinha cinco menos que sua noiva Fisher-Fielding, detalhe que causara espanto na época, mas agora parecia irrelevante. Ela morrera ao dar à luz o terceiro filho. Ele tornou a se casar, mas a segunda mulher também morreu, não sem antes dar à luz uma filha. Simpson prosperou até alcançar um nível de abastança e posição social que não pareciam prováveis ao se casar pela primeira vez. Fora embaixador do Canadá em Washington por alguns anos, e agora era um aposentado multimilionário. Os boatos de que sua fortuna era devida em grande parte à lei seca não reduziram em nada o apelo que exercia sobre os Respeitáveis. Cole sentia-se razoavelmente seguro de que venceria a eleição se conseguisse atrair Arthur Simpson para sua causa.

Não seria fácil. Sabia-se que Simpson não era exatamente um fã do circo, nem de outras formas de entretenimento. Os únicos aspectos que o interessavam eram a lucratividade do circo e a garantia de não ter sequer de pensar na Fisher-Fielding Extravaganza por mais cinco anos. Por outro lado, o respeito de Simpson à tradição trabalhava em favor de Cole. Cole esperava que pesasse o fato de ser um dos sete fundadores e ter feito do F-F o que era. Ele correu os olhos pelo picadeiro, localizou Simpson, ajeitou o paletó, afivelou o seu melhor sorriso e abordou o dono de seu destino.

Do outro lado do picadeiro estava Salvo, ilhado e se sentindo rejeitado. Seu desejo era estar em outra parte. Nenhum dos outros artistas parecia interessado em conversar com ele, e seu inglês não bastava para travar com um estranho uma conversa que valesse a pena, ou pelo menos era isso que ele pensava. Na verdade, embora não tivesse tentado conscientemente aprender, o inglês de Salvo era bem passável, e o melhor entre os Ursari.

Recusou o champagne que os outros bebiam, pois ia trabalhar aquela noite, e aceitou um chá gelado. Na verdade, Salvo só bebia imediatamente após o espetáculo, mesmo assim somente quando Cole Fisher-Fielding irrompia no vagão com a garrafa de uísque de centeio, o que era frequente. Fazia calor debaixo da lona, e o chá estava bom – amargo e revigorante. Perto dele havia uma mulher bonita, com talvez vinte e cinco anos de idade. Conversava com um homem que Salvo não reconheceu de imediato, mas era evidentemente um dos Respeitáveis. Relanceando os olhos novamente, Salvo percebeu que era Norris Fisher-Fielding. Salvo foi se afastando. A mulher, que estava de costas para ele, empurrou firmemente Norris com a mão, virou-se e se afastou na direção de Salvo. Norris olhou para ela, meneou a cabeça e entabulou uma conversação com o convidado mais próximo.

A mulher relanceou os olhos em torno em busca de um rosto conhecido e, não encontrando, pousou-os em Salvo. Eram olhos de um castanho denso, quase preto. Ela pareceu avaliar Salvo antes de abordá-lo.

– Olá. – A voz e os modos eram seguros.

– Olá.

– Escute, eu não conheço muita gente aqui, e meu primo ali está com dificuldade para entender que somos aparentados, então eu poderia ficar com você um pouco? – ela acendeu um sorriso.

– Pode. – As palmas das mãos de Salvo já estavam suadas.

– Você é do circo?

– Sou.

– E o que você faz?

– Eu ando no arame.

– É mesmo? Eu nunca tinha visto o circo. Seu número é perigoso?

Salvo levantou os ombros.

– Só se eu cair.

A mulher riu, e aos ouvidos de Salvo o riso dela soou como uma música. Ele raramente ria.

– Você tem um sotaque. De onde você é?

– Da Transilvânia. Hungria.

– Você é húngaro?

– Sou rom.

A mulher fez uma pausa. Salvo pensou que ela fosse perguntar se ele era de Roma, como tantos americanos faziam. Mas ela o surpreendeu.

– Seu povo não anda numa situação muito boa.

– É sempre assim.

A mulher tomou um gole de champagne, Salvo um gole de chá. Alguém deu um encontrão nela, e ela roçou o braço de Salvo. Enquanto a pessoa se desculpava, Salvo sentia uma corrente elétrica correr pelo braço a partir do ponto onde a pele fora tocada.

– Você vai atuar hoje?

– Vou.

– Então eu vou assistir. – Ela fez menção de se afastar.

– Meu nome é Salvo – precipitou-se ele.

A mulher sorriu.

– Prazer em conhecê-lo, Salvo. Meu nome é Anna. Boa sorte hoje. – E ela se afastou e desapareceu na multidão. Salvo voltou os olhos para o lugar onde a vira primeiro, a tempo de avistar Norris Fisher-Fielding o encarando. Baixou os olhos. Quando os ergueu, Norris já não estava lá.

No outro extremo do picadeiro, Cole acabava de conversar com Arthur Simpson. Era difícil decifrar aquele homem, porém até onde Cole percebeu ele não se havia decidido por qualquer dos lados. Para Cole foi um alívio compreender que pelo menos Simpson não havia emprestado seu apoio aos Cônjuges; confiava que, depois de ver a Extravaganza aquela noite, Simpson se inclinaria para ele, Cole. Sabia que o circo era capaz de impressionar as almas menos impressionáveis.

Até a hora de subir no arame, Salvo fez tudo que podia para tirar Anna da cabeça. Ela pertencia evidentemente a outra classe e a outro mundo. Ele tinha que se concentrar no espetáculo da noite, em vez de ficar pensando numa garota que provavelmente nunca tornaria a ver. De volta ao vagão passou pelos elefantes, e seria capaz de jurar que um deles o estava encarando do mesmo modo que Norris. Controlou um tremor, mas durante horas foi incapaz de se descontrair.

Aquela foi outra noite de lotação esgotada, com a tenda grande a transbordar de gente. Salvo esperava do lado de fora com Margit e Etel, enquanto lá dentro András vistoriava os cabos. Etel fumara três cigarros um atrás do outro e estava enrolando o quarto. As mãos de Margit se remexiam inquietas nas dobras do seu traje, e Salvo fechava e abria os punhos ritmadamente. András só voltou momentos antes de o número dos felinos entrar na última parte. Juntos, calados, eles subiram para o arame.

De seu assento, Cole observava a Magnífica Trupe Ursari iniciando o número. Ao lado tinha seu fiel sobrinho, Martin, e à direita Arthur Simpson, Anna, filha de seu segundo casamento, e depois o seu temível rival, Norris Fisher-Fielding. Os Cônjuges e vários Respeitáveis completavam a fila, todos fingindo participar apenas de uma amistosa visita a seu amado circo, sem que ninguém explicitasse a mútua hostilidade. Sentindo que seus nervos se agitavam, Cole, discretamente, pôs na boca uma das pílulas de glicerina receitadas para o coração e decidiu-se a apreciar o resto do espetáculo. Se no dia seguinte a votação não o favorecesse, este seria o último com ele na presidência do F-F. Portanto, queria aproveitar a noite.

Como o resto do público, ele esticou o pescoço para cima quando Salvo pisou no arame. Como sempre, os Ursari começaram com movimentos simples que gradualmente se sofisticavam. Desta vez, porém, aconteceu um incidente. Quando Salvo já havia avançado três quartos do seu percurso, avistou uma mariposa. Não tinha nada de especial: era uma das muitas que tentavam comer as paredes laterais da lona. Mas isso não fez diferença. Embora em momento algum chegasse a menos de um metro e meio de Salvo, foi como se ele deparasse com o anjo da morte: visivelmente assustado, recuou. Por um momento pareceu a ponto de cair; o pé esquerdo perdeu o arame, o corpo perdeu o equilíbrio. Temendo o pior, o público ofegou. Mas então, sem que ele soubesse como, sua mente ordenou à cabeça que se virasse, e ele deu com o olhar de Anna preso ao seu. Retribuiu o olhar. Ao contrário de todo o resto da tenda, ela não estava nem um pouco alarmada. Permanecia calma como um recém-nascido, o rosto sereno e confiante. Ele viu que ela sabia que ele não ia cair, e não caiu. Como se tivesse total controle sobre as leis da física, recuperou facilmente o equilíbrio. Todo o mundo, inclusive Cole Fisher-Fielding, respirou aliviado. Salvo saudou o público com a vara e prosseguiu até o fim do arame. Arthur Simpson relanceou os olhos para Cole e sorriu aprovadoramente. Cole pensou que a saudação de

Salvo fora dirigida a ele, e sentiu uma onda de orgulho. Agora tinha certeza de que ia ganhar a eleição.

Quando Salvo alcançou a plataforma, András lhe disparou um olhar de susto.

– Que foi que houve?

– Nada. Tudo bem. Vamos em frente.

András sabia que ele estava mentindo, mas não era hora de discutir. Salvo não tinha dúvida de que podia prosseguir com o número, mas sabia também que uma vez no chão ia sentir todo o peso de seu erro.

Anna Simpson jamais vira nada parecido com o número de Salvo, e ele não se parecia com ninguém que ela conhecesse. Como ele andava naquele arame ela não sabia, mas suspeitava de algo mágico. Quando ele olhou de lá para ela, Anna sentiu-se como se ele tivesse olhado para dentro dela, através de sua roupa, pele e carne, até a sua espinha, medula e ossos. Ficou pensando como seria a vida dele, como seria ele adormecido, que cheiro ele teria. Estivera a seu lado aquela tarde, mas não se lembrava de um cheiro. Anna resolveu tirar a limpo.

Salvo passou o resto do número num estado de estupefação de que só se livrou mais tarde, já de volta a seu vagão.

– Que foi aquilo? – Margit estava com raiva. E András contrariado.

– Você quase caiu numa manobra simples. Ainda quer que a gente confie a vida a você?

Etel ficou calada, mas Salvo percebeu que também ela estava decepcionada.

– Não houve nada. Eu não caí. Nem corri o risco de cair. Parem com isso.

Etel se levantou e deixou o vagão.

– Não venha me dizer que não houve nada – insistiu András. – Nós temos olhos.

– Não vai acontecer de novo. Eu cuido de mim. Vocês cuidam de vocês.

Margit levantou as mãos para o alto.

– Falar com ele é como falar com uma porta. Eu preciso tomar ar. – E também saiu.

Antes de sair, András parou à porta.

– Precisamos de você como o melhor de todos. Não podemos subir no arame sem confiar em você.

– Eu sei. Sinto muito – E Salvo esfregou a nuca.

András fez um lento sinal de assentimento e seguiu Margit. Embora o sol tivesse caído há horas, ainda fazia calor. De pé à beira da linha férrea, Etel e Margit estavam juntas, Etel fumando furiosamente, Margit cruzando os braços dobrados sobre o peito. Ninguém falou até chegar András.

– Aquilo foi ruim – disse Margit.

– Já passou. Agora ele está bem – disse András.

– Você pode garantir?

András fez uma pausa.

– Não.

– Pode, sim – contestou Etel. – Ele não vai cair, nem fazer ninguém cair. Se não entenderem isso, melhor não subir no arame.

– Eu vi Salvo quase cair – respondeu Margit –, e isso basta de sobra para me deixar nervosa.

– Você não viu nada. Ele não chegou nem perto do que é preciso para fazer ele cair. Se fosse um de nós, teríamos caído. Ele não.

– O que é que ele tem que nós não temos? – o tom de Margit era irônico.

– Ele é melhor no arame – respondeu András.

– É mais do que isso – reforçou Etel. – Nós andamos no arame para ganhar a vida; é um trabalho. Ele vive para o arame. Salvo e o arame são uma coisa só. Nunca seremos iguais a ele.

Ninguém respondeu. Tanto András quanto Margit sabiam que Etel tinha razão. Etel jogou fora uma ponta de cigarro e a pisou até se enterrar na areia.

– A gente não devia julgar Salvo tão depressa.

No vagão, Salvo se julgava com muito mais rigor do que todos os outros. Sabia que não teria caído, que não estivera nem perto de cair, mas isso era irrelevante. Sua concentração tinha ido para o espaço quando estava no arame, e isto era algo que jamais devia acontecer.

Mas o que mais o intrigava era como, no momento em que devia estar com toda a atenção concentrada em restabelecer o equilíbrio, ele olhara para a plateia, justamente para aquilo que havia decidido ignorar, diretamente para Anna. E como sabia para onde olhar, também não tinha a menor ideia.

Alguém bateu à porta do vagão. Pensando que fosse Cole Fisher-Fielding, Salvo não foi atender, pois sabia que a porta ia se escancarar sem que ele se desse a esse trabalho. Mas a porta não se mexeu, tornaram a bater, e então Salvo levantou-se e foi abrir. E lá estava Anna, ao lado de um nervoso carregador.

– Olá de novo, Salvo Ursari.

– Olá, Anna. – No mesmo instante Salvo se deu conta de que ainda cheirava como ao fim da apresentação da noite.

– Obrigada – ela dizia ao carregador, que dispensou com uma gorjeta. Olhou para Salvo, que estava atônito. – Você quer dar um passeio?

Salvo concordou e saiu do vagão. Caminharam em direção às atrações paralelas. Tentando comportar-se como um cavalheiro, ofereceu-lhe o braço, que ela aceitou.

– Gostei do espetáculo.

– Já foi melhor.

– Foi muito bom. As pessoas adoraram.

Salvo parou e voltou-se para ela.

– Você sabia, depois que eu vi a borboleta, que eu não ia cair.

– Eu não vi borboleta nenhuma.

– Talvez fosse uma mariposa. Nunca sei a diferença. Mas você sabia que eu não ia cair.

Anna virou a cabeça para o outro lado.

– Claro. – Ela respirou fundo. – Se você caísse, o mundo cairia com você. E eu tinha certeza que o mundo não ia cair.

Continuaram a andar. Mais tarde, os dois lembrariam este passeio como o momento em que se apaixonaram.

No dia seguinte Anna estava na arquibancada para ver Salvo na matinê, e não houve incidentes. Nem seu pai nem Cole Fisher-Fielding estavam com ela, porém. Ambos participavam da reunião anual da Assembleia Geral da Fisher-Fielding Circus Company.

Lá, o diretor financeiro informava que os lucros estavam aumentando desde a guerra, graças a vendas recordes de ingressos, e que a empresa jamais estivera em situação melhor. Não obstante, Rebecca Fisher-Fielding-Barnes insistia em contestar a liderança de Cole, censurando seu perfil moral e pondo em dúvida seu senso comercial e sua capacidade para gerenciar o espetáculo. Seu discurso era talhado para os Respeitáveis: todos os outros já tinham decidido em quem votar. Iniciada a votação, Cole e seu sobrinho Martin votaram pela reeleição e Rebecca, seu marido, Phillip, e Charlotte Fisher-Fielding votaram por Norris Fisher-Fielding. Como Cole detinha dois votos, o resultado foi um empate. Pela primeira vez na história do F-F, os Respeitáveis tinham nas mãos o destino do circo.

Quando Arthur Simpson se levantou para votar em nome de uns doze parentes congregados, Cole tentou em vão desmanchar o nó que tinha na garganta. Calmamente, porém, Simpson piscou para Cole e lhe deu o voto decisivo. Cole ia ficar no comando da empresa até 1947, quando a Assembleia tornaria a reunir-se. Desta vez, Cole tinha se esquivado ao golpe fatal. Levantou-se para agradecer aos Respeitáveis seu apoio e prometer que sob sua direção o F-F continuaria prosperando. No seu canto, Norris recolhera-se a um silêncio raivoso; e não pareceu alegrar-se quando, mais tarde, foi eleito para um cargo decorativo.

Naquela noite, enquanto assistiam ao espetáculo, Martin e Cole estavam de excelente humor.

– Você viu aquele cara de fuinha? – E Martin ria.

Cole bufou, porém não disse nada.

– Ele te fuzilou com os olhos. Que Deus nos proteja se ele um dia botar aquelas mãos gananciosas no F-F.

Cole mal ouvia o sobrinho. Observava atentamente Anna Simpson, empolgada com o número dos Ursari, sobretudo com Salvo. Sabia que ela viera para a matinê e que esta era a terceira vez consecutiva que assistia ao espetáculo. Pelo modo com que olhava para Salvo, adivinhou o que estava acontecendo. Ainda bem que a eleição está decidida, pensou Cole. Era improvável que Arthur Simpson apoiasse Cole se soubesse que sua filha tinha virado fã de um de seus artistas. Pressentiu que se armava uma tempestade.

O seu pressentimento confirmou-se. Quando o circo deixou Washington na noite seguinte, após a terceira sessão noturna com a casa cheia, Anna Simpson viajava no vagão-dormitório dos Ursari. No dia seguinte Cole recebeu de Arthur Simpson um telefonema furioso, mas pouco tinha a dizer que lhe servisse de consolo. Afinal, Salvo e Anna eram adultos, e Cole sabia por experiência que não há o que fazer quando alguém decide fugir com o circo.

Salvo mal podia acreditar no que fizera Anna. Era natural ele se apaixonar por ela, mas que ela o amasse era algo que o deixava maravilhado e pasmo. Quando o pai ameaçou deserdá-la, ele a aconselhou a voltar. Ela recusou. Disse que só voltaria se ele declarasse que não a amava. E isso ele não podia fazer, e ela ficou.

No começo a vida foi difícil; o circo não era lugar que permitisse muita intimidade a jovens amantes, e András, ou Margit, ou Etel pareciam estar sempre por perto, e de fato estavam. Mas de algum modo conseguiram acomodar-se e, nove meses depois que se casaram, no picadeiro, Anna deu à luz gêmeas idênticas. Depois disso, por longo tempo, Salvo dormiu muito bem.

À hora em que a versão 1945 da F-F Extravaganza entrou em Boise, no estado de Idaho, já estava escuro. Era pleno verão e, embora o sol já tivesse afundado no horizonte há horas, ainda fazia calor, e as pessoas mantinham abertas as janelas na esperança de sentir a brisa débil que soprava sem vontade pelas ruas desertas. A tenda grande subiu rapidamente e sem fazer muito barulho; todo o mundo estava cansado e com vontade de dormir. Fizeram sumariamente tudo que era possível simplificar; nada de perder tempo. Até os elefantes, que aliás sempre tinham um ar fatigado, estavam mais pachorrentos que de hábito. A turnê vinha sendo longa e acalorada, e o verão ainda não tinha acabado.

O serviço meteorológico previra para a última semana de julho uma chuva que ainda não caíra na terceira de agosto. Nem sinal. Não que as pessoas reclamassem muito. Era verão, afinal, e as coisas iam bem. A guerra estava praticamente ganha, havia empregos, os entes queridos que estavam no exterior voltariam em breve para casa. E o circo Fisher-Fielding estava na cidade.

Como eram artistas, os Ursari não tinham obrigação de ajudar na montagem da tenda grande, mas, com a escassez de mão de obra causada pela guerra, Salvo e András preferiam instalar seu próprio cabeamento, em vez de confiar a tarefa a alguém que talvez não soubesse bem o que fazia e cometesse um erro que saísse caro.

Anna ficou no vagão com as duas filhas, Mika e Elisabeth. Elas estavam com dois anos e meio e, embora tivessem pele clara, cabelo arruivado e boca pequena, Anna via nelas mais traços de Salvo do que seus. As duas olhavam para ela com verdes olhos Ursari, capazes de enternecê-la e enfurecê-la sem transição. Às escondidas, Anna deleitava-se por ser a única pessoa capaz de distinguir as duas sem esforço, embora soubesse que Salvo se ressentia por não conseguir a mesma coisa. Pais e filhas, pensou ela, balançando a cabeça.

O fato de ela se casar com Salvo formalmente pouco significou para seu pai. Ela sabia até que ponto o enfurecera ver sua única filha dar as costas à vida que, na opinião dele, ela devia ter e fugir com um imigrante artista de circo. Arthur Simpson proibira os meio-irmãos de ter qualquer contato com ela, sob pena de deserdá-los, castigo já imposto à irmã. Os irmãos não gostaram, mas não podiam fazer muita coisa; Arthur controlava seu dinheiro, e portanto controlava suas atitudes. Quando o caça da Real Força Aérea Canadense de seu irmão do meio sofreu uma falha mecânica, entrou em parafuso e caiu no Atlântico, o irmão mais velho desafiou o pai e telegrafou a ela. Anna, porém, recusou-se a ir a Ottawa para o funeral. E, pela primeira vez, ficou claro para si própria que ela não era assim tão diferente do pai.

Depois desse estremecimento, ela começou a pensar se não teria cometido um terrível erro. Não podia negar que amava Salvo e suas filhas, mas também sabia que não amava o circo. Tentou repelir tais pensamentos, concentrar-se em outras coisas.

Pouco a pouco, Salvo tinha-lhe ensinado a andar no arame. No começo ela hesitara; não sabia se queria mesmo aprender. Acabou cedendo ao entusiasmo dele e a sua própria curiosidade. Mas Salvo não tinha muitas oportunidades de treiná-la; as apresentações e as filhas tomavam a maior parte do tempo dos dois. O pouco que sobrava, porém, era passado no arame.

DE FATO OS OLHOS VERDES ERAM UM TRAÇO característico dos Ursari. Embora não se tivesse casado, Margit havia engravidado e, no último ano da guerra, deu à luz um filho, János. A identidade do pai não era segredo para ninguém, e o menino recebeu o nome de Ursari, sem causar vergonha. András e Margit consideravam-se casados. Mas nenhum dos dois era muito religioso, e não viam razão para perder tempo e trabalho com uma cerimônia civil.

Era Etel que preenchia todas as lacunas que requeriam controle entre os dois casais e seus filhos. Lidava com as crianças com eficiência e calma, sem nunca descompassar, sem errar nunca. Margit muitas vezes se queixava de que János cheirava horrivelmente a fumo depois de ficar com a tia, mesmo por pouco tempo. Embora isso também incomodasse Anna, ela nunca reclamou abertamente. Procurava não se deixar levar pelo ciúme de Margit. Precisou de muito tempo para entender como uma pessoa pode ter ciúme da cunhada. No entanto, havia em Etel alguma coisa com que Anna jamais se sentia à vontade. O seu silêncio, sua severidade deixavam Anna de pé atrás. Quando Etel chegava a falar, suas palavras eram muitas vezes duras, e em geral fundamentadas.

Depois do ataque a Pearl Harbor, o governo restringira o número de pessoas que o circo podia empregar, e, com a escassez de mão de obra, os salários dispararam. Enquanto antes da guerra o F-F empregava mais de mil e quinhentos homens e mulheres e puxava trens de 130 vagões, agora mal empregava novecentas pessoas e puxava 85 vagões.

Devido à hora tardia da chegada e ao trabalho extra – desta vez tinham ajudado a erguer a tenda grande –, András e Salvo estavam exaustos para a matinê do dia seguinte. Nas horas que a antecederam, tentaram dormir, mas a agitação e o barulho do circo eram mais fortes, e eles saíram do vagão de olhos turvos, e irritadiços.

Ia ser outro dia de calor. O terreno onde se instalaram era menor que de costume: o tamanho fora sacrificado à proximidade da ferrovia. A tenda grande erguia-se no fundo do terreno, com três lados cercados por mata. Do lado da rua da tenda principal ficavam o espaço para as atrações paralelas e as tendas menores, além de barracas de cachorro-quente e refrigerante. Os vagões vermelhos, onde funcionavam as bilheterias, estavam estacionados em vários pontos estratégicos. Bem ao lado da tenda grande ficava o zoológico, onde moravam bichos de todo tipo.

Para essa temporada, o F-F tinha montado um circo de três picadeiros modificado. No meio da tenda ficava um picadeiro grande, coberto com serragem e ladeado por dois palcos que se elevavam um metro acima do chão. Aqui atuavam os palhaços, cavaleiros e outros artistas que só trabalhavam em terra. Nos extremos da área de exibição havia dois anéis de jaulas onde aconteciam os números com as feras. Os animais eram trazidos e levados do picadeiro por calhas gradeadas que corriam de cada picadeiro ao exterior da tenda. Os elefantes, camelos e outros bichos dóceis transitavam pela entrada principal.

Para a matinê, não só a lotação se esgotou mas muita gente voltou depois de receber, em vez de ingresso, o conselho de voltar para a apresentação da noite, ou no dia seguinte. Dentro da tenda grande o calor sufocava, e por toda parte as pessoas se abanavam com o programa. A olhos ofuscados, a arquibancada lembrava as penas de um gigantesco pássaro a bater as asas. Alguns compravam Coca-Cola ou limonada, outros haviam contrabandeado para o circo o que queriam beber. Um grupo de enfermeiros havia comprado entradas na parte da frente da geral; as mulheres tinham vindo direto do trabalho, e os uniformes brancos destacavam-se na multidão.

Naquela tarde, o espetáculo começou atrasado por causa de uma confusão entre o gerente-geral e o chefe do picadeiro em relação à ordem dos números. Normalmente os felinos apareciam perto do final, logo antes dos Ursari, mas o amestrador pedira para antecipar o número, alegando que, por causa do calor, estava mais difícil fazer com que os animais atendessem a seu comando. O número dos felinos e o balé dos elefantes foi trocado, para consternação de Salvo. Ele evitava os elefantes o quanto podia e normalmente não tinha que vê-los na tenda grande, mas agora não havia jeito de se desencontrar. Odiava o balé dos elefantes. Achava ridículo. Vestidos com tutus gigantescos, os elefantes eram conduzidos em desfile em torno do picadeiro e pareciam dançar, quando na verdade era a banda que tocava seguindo seus passos. Aparentemente, as pessoas não se importavam; aquele era um dos números mais populares do ano. Salvo não entendia como Emil deixava que seus queridos elefantes fossem apresentados de modo tão bobo.

A trupe Ursari subiu à plataforma quando o balé estava começando, e Salvo tentou ignorar o seu cansaço lá em cima e os elefantes lá embaixo; só queria pisar logo no arame. Ele seria o primeiro a subir, seguido por András e por Margit. A seguinte era Anna, embora ela não fosse para o arame. Ainda não estava pronta pra exibir-se em público, e Salvo só a levava por sentir que ela aprenderia mais na plataforma que no chão. Além disso, precisavam de ajuda com as correias, bicicletas e varas de equilíbrio. Mika, Elisabeth e János estavam no terreno do circo, aos cuidados das mulheres de outros artistas. Salvo demorou a perceber que havia alguma coisa errada, mas acabou se dando conta: faltava alguém na plataforma.

– Onde está Etel? – perguntou a András.

Ele deu de ombros e olhou para a escada.

– Tem tempo. Talvez tenha ido ao banheiro.

Temendo que ela não chegasse a tempo, Salvo pôs-se a adaptar mentalmente o número. Mas parou daí a pouco: o balé dos elefantes estava acabando quando Etel começou a subir à plataforma. Salvo pegou sua vara de equilíbrio e esperou pela música que o levava até o arame.

Pelo canto do olho captou uma faísca, um risco de luz, mas então já tinha alcançado a intensa concentração necessária pra atuar, e não lhe deu atenção. Ao pisar no arame, porém, percebeu uma comoção no extremo da tenda, e atrás dele ouviu András gritar.

– Volte, Salvo! Tem fogo na tenda!

Salvo girou a cabeça e viu uma linha de fogo romper a lona e avançar celeremente. Virou-se e saltou para a plataforma.

– Deus do céu! – exclamou Anna. – Isso não pode estar acontecendo!

Embaixo, a assistência estava atônita. As pessoas não saíam do lugar. Pareciam recusar-se a acreditar no perigo iminente. A essa altura, foram poucas as pessoas que se levantaram e correram para a saída – só as que estavam mais perto do fogo. A maioria ficou, como se esperasse o fim do incêndio e a continuação do espetáculo.

Mas o incêndio espalhou-se com uma terrificante velocidade. A multidão não sabia que a lona da tenda grande era impermeabilizada com uma mistura de gasolina e parafina. Protegia contra a chuva, mas queimava velozmente.

Etel foi a primeira a descer pela escada, seguida por Margit, András e Anna. Salvo foi o último: tinha parado para decidir se tentava salvar uma bicicleta. Também ele tinha subestimado a velocidade com que o fogo se alastrava. Já no chão, olhou pra cima e viu chamas na lona, bem acima do arame. Tinha a sensação de estar diante da porta de um forno.

O incêndio começara numa parede lateral da tenda, uma parte não impermeabilizada. Por isso progredira a princípio devagar, e vários lanterninhas tinham tentado controlá-lo sem sucesso. Na pressa de dar por acabada a montagem, na noite anterior, ninguém tinha instalado os extintores. Quando os lanterninhas perceberam que não havia meio de deter o fogo, começaram a derrubar a parede lateral, na esperança de que o fogo não se espalhasse para o resto da tenda. Mas perderam a corrida. Uma fagulha já alcançara a parte impermeabilizada – e então, o irremediável se instalou.

Preciosos minutos se perderam até as pessoas entenderem que a tenda grande estava incontrolavelmente em chamas. De súbito, começaram a correr em tropel para as saídas. Mas as saídas estavam bloqueadas, porque todo o mundo havia decidido fugir ao mesmo tempo. O pânico irrompeu. Salvo avistou um homem que avançava lutando através da multidão, esmurrando indiscriminadamente outros homens, mulheres e crianças até perder o equilíbrio, cair e ser tragado pela turba. Outros, compreendendo que estavam num beco sem saída e sem poder seguir em frente, subiam às arquibancadas e de lá saltavam de cinco metros de altura só para ver frustrada sua fuga: a orla da tenda estava cravada firmemente no chão para evitar que as pessoas penetrassem no recinto sem pagar. Ninguém jamais pensara que alguém ia querer sair por tal caminho. Quem tinha canivete abriu talhos na lona, o que funcionou para alguns, mas não pra todos; em certos pontos, a lona era montada numa grade de ferro por onde era praticamente impossível se esgueirar. Pelos alto-falantes, o chefe do picadeiro suplicou às pessoas que saíssem em ordem, mas se alguém ouviu ninguém lhe deu atenção. A banda, porém, não saiu do lugar, e começou a tocar *The Stars and Stripes,* o que, no circo, significa desastre.

Ao começar o incêndio, Cole Fisher-Fielding ainda não fora visto na tenda grande. E quando o alarme soou, ele estava no vagão vermelho, conferindo a féria do dia. Tão logo percebeu o que estava acontecendo, mandou pôr abaixo as paredes laterais. Os empregados correram a obedecer, mas esbarraram na multidão em fuga. A pressão da massa humana sobre a grade tornava impossível baixar a lona, e enquanto isso quem estava na frente era esmagado por quem vinha atrás. Em alguns pontos os empregados conseguiram abrir a lona – mas o espaço aberto estava longe de bastar para uma fuga em massa.

Salvo segurou Anna com força pelo braço. Sabia que se a largasse os dois seriam separados pela multidão, e que se um deles caísse ia ser pisoteado. Já não sabia onde estavam Etel, Margit, nem András. Tinha perdido os três de vista mal tocaram no chão.

Para Salvo, logo ficou claro que não havia meio de sair por nenhuma das saídas principais. Não se podia sequer considerar tal opção. Bem em frente deles, as pessoas estavam sendo moídas contra as barras da calha por onde se transportavam as feras. O barulho era ensurdecedor, e Salvo sentia o calor em toda a sua intensidade. Olhou para Anna e viu bolhas em seu pescoço.

Os dois forçaram caminho através da turba até um dos anéis de aço e subiram pelas barras. Algumas pessoas entenderam a tentativa, e várias delas os seguiram. Prosseguiram rumo à calha, a fim de engatinhar para o teto, e de lá para fora da tenda. Salvo rezava para não dar com felinos a caminho.

Alcançaram a calha e, empurrando Anna a sua frente, Salvo olhou para a saída. Viu balbúrdia, desespero, violência. As pessoas berravam e se empurravam, o teto estava quase todo engolfado pelas chamas. A tenda se tornara uma fornalha; sugava ar fresco dos lados e o empurrava para o teto, onde era superaquecido.

András tinha puxado Margit e Etel na direção oposta. Por um instante ele pensou em escalar a outra calha, porém lá o fogo estava ainda mais intenso, e era impossível sequer tocar as barras. Preferiu tentar uma das saídas do lado onde o incêndio começara. Ao ver o fogo, as pessoas tinham corrido instintivamente na direção oposta, o que em parte explicava por que estavam sendo esmagadas lá onde estivera Salvo. Esse impulso deu a András, Margit e Etel uma chance melhor de escapar. Teriam de passar assediados pelas chamas por todos os lados, mas se conseguissem talvez terminassem alcançando a saída com relativa facilidade.

Correram o mais possível, Etel na frente, depois Margit, finalmente András. A meio caminho para a saída, uma das seções das arquibancadas ruiu, lançando sobre eles uma chuva de cadeiras. András foi derrubado, e quando se levantou viu Etel diante dele, inconsciente. Ele a apanhou nos braços e seguiu para a saída. Não sabia que sua camisa tinha pegado fogo, e já não sabia onde estava Margit.

Lá fora, Cole Fisher-Fielding via a tenda grande prestes a ruir. A própria lona ainda não tinha queimado; o que alimentava o fogo era a camada impermeabilizante. Quando queimasse a estrutura de sustentação que mantinha a lona no alto, a própria lona cairia como um lençol em chamas. Cole ouviu alguém gritar que o fogo tinha se espalhado para o zoológico. Os animais estavam presos. Ele sabia que os adestradores correriam imediatamente para lá, mas ele próprio não interrompeu sua tarefa, que era tentar ajudar as pessoas a passarem pelas paredes laterais. Primeiro as pessoas, depois os animais.

Lá dentro, o fogo tinha chegado ao chão. As cadeiras e os vagões-plateia, cobertos ao longo dos anos por sucessivas camadas de tinta, queimavam depressa, liberando um intenso calor. Salvo e Anna tinham coberto três quartos do percurso da calha e estavam perto da saída. O teto gradeado estava uns dois metros acima do solo, e por aí eles se esgueiraram, como se fosse por uma escada na horizontal. Os gritos dos que eram esmagados contra as grades eram abafados pelo rugir do fogo e pela desesperada agitação da turba. Salvo bem queria ajudar os que estavam presos, mas não podia fazer nada. Se tentasse puxar alguém pra cima, ele podia ser arrastado pra baixo.

Uma mão lhe agarrou o pé, que ele soltou com um arranco. Olhou pra baixo e viu uma mulher jovem presa nas grades estendendo para ele uma criança. Sem refletir, ele apanhou o menino, que teria cinco anos. Pela mãe, não podia fazer nada. Continuou, tentando seguir Anna de perto. Com o menino no braços e uma das mãos ocupada, porém, seguia mais devagar, e Anna foi se distanciando até que alcançou o fim da calha. Aqui a lona era amarrada ao metal da calha com cordas. Anna afrouxou os nós e se esgueirou por baixo, e daí para fora da tenda. Salvo estava segundos atrás dela. Segurando o menino como um saco de batatas, ele irrompeu para fora da tenda e caiu no chão.

Levantou-se e se afastou correndo, alcançou Anna, tornou a desabar no chão ao lado dela e só então olhou pra trás. A lona em chamas desabava furiosa sobre a multidão que ainda estava lá. Nos seus braços, o menino chorava de terror. O zoológico também deve estar em chamas, pensou Salvo; ele estava confundindo os berros dos homens com o barrido dos elefantes.

András saíra da tenda pouco antes, e não tardou a ver que Margit não havia aparecido. Carregou Etel para um lugar seguro e, percebendo afinal que sua camisa estava em chamas, jogou-se no chão, rolou e arrancou em tiras a peça do corpo. Sentia cheiro de carne queimada, mas duvidava que fosse a sua. Passava gente correndo, alguns com as roupas em chamas, outros ilesos. A uns três metros dele jazia um homem inconsciente; seu corpo estava em brasa.

András se pôs de pé, juntando forças pra voltar à tenda. Margit devia ter caído quando as cadeiras despencaram em cima deles, e talvez ainda estivesse lá dentro, talvez debaixo de uma cadeira. O fluxo de gente da tenda pra fora prosseguia, e, ao tentar entrar, alguém chocou-se com ele e o derrubou. Levantou-se a tempo de ver um homem em farda de marinheiro ajudando Margit a sair. Correu para ela e ajudou o marinheiro a carregá-la para a segurança.

– Eu chamei você – queixou-se ela. – Você passou por mim correndo. – E desmaiou. O tornozelo, quebrado, estava virado de lado.

Cole Fisher-Fielding ainda tentava tirar mais gente da tenda quando ela desabou. Um lençol de chamas desceu sobre a multidão ainda lá dentro, intensificando e depois silenciando os gritos das vítimas. Apenas doze minutos tinham-se passado desde a irrupção do fogo, e tudo estava acabado. Uma girafa chamuscada passou por ele correndo e tombou desajeitadamente. Cole correu para o zoológico, na esperança de que ainda fosse possível fazer alguma coisa lá.

A maioria dos animais ainda estava trancada nas jaulas. Elefantes, zebras, camelos, leões, panteras, girafas, gnus, cervos, avestruzes, cavalos, macacos – quase todos ainda estavam lá. Os elefantes do balé haviam sido salvos, e a girafa que Cole tinha visto conseguira de algum modo pular pra fora, mas os outros animais estavam presos. Os tratadores trabalhavam freneticamente para soltá-los. Alguns dos elefantes obedeciam a seus adestradores e atravessavam as chamas, porém muitos outros animais, estupidificados pelo terror, se recusavam a sair do lugar. Um velho elefante, assustado e desorientado, arrancou o braço de um homem que tentava levá-lo a um lugar seguro. Permaneceu lá dentro, com o braço humano enrolado na tromba, e nem Emil Narwha conseguiu levá-lo para fora. Vários felinos perigosos foram arrastados para longe do fogo facilmente porque estavam em jaulas de rodas. Um hipopótamo pigmeu fêmea teve a sensata reação de mergulhar no seu tanque, de modo que, se a água não fervesse, pensou Cole, ela provavelmente sobreviveria.

Cole e os tratadores mourejaram com a maior rapidez possível e tanto quanto possível. Quando começaram a cair pedaços de lona, incendiando a palha dispersa no chão, ele mandou todo o mundo sair do zoológico. Um homem que trabalhava com os macacos não se envergonhou de chorar ao ver seus animais morrendo. Foi preciso impedir à força que Emil Narwha voltasse para junto dos elefantes remanescentes, mas nem isso adiantou: ele acabou se desvencilhando e pulando para a tenda. Não sairia de lá com vida.

Depois de escapar da tenda, o primeiro pensamento de Anna Ursari foi para Mika e Elisabeth. Estava tão preocupada com elas que demorou a notar que Salvo tinha nos braços um menino que chorava, e mesmo depois disso não lhe deu muita atenção até localizar as gêmeas; estavam sãs e salvas com as mulheres dos artistas que haviam ficado a cuidar delas.

Quando o corpo de bombeiros chegou, pouco pôde fazer para salvar alguém. Mais tarde começou a tétrica tarefa de recuperar os corpos. E este incêndio fora diferente. Em geral, as pessoas morrem sufocadas ou envenenadas com fumaça. No Fisher-Fielding Circus, porém, foram queimadas vivas. Mais de um bombeiro veterano foi visto vomitando na orla da mata atrás do zoológico. A cena foi pior ainda no necrotério improvisado: as pessoas tinham de tapar o nariz com lenços encharcados em perfume para reconhecer os corpos dos entes queridos.

No total, morreram 112 pessoas e cinquenta animais. Da área para onde os animais sobreviventes tinham sido levados vinha o som de tiros. Salvo viu um elefante, com a pele dos flancos destruída, ser levado em direção àquele som, e minutos mais tarde ouviu três sucessivas detonações de rifle. Teve dó da criatura, e desde então nunca mais olhou para um elefante com ira no coração. Ainda não sabia que seu amigo Emil estava morto. Quando soube, horas mais tarde, desabou, e ficou a esmurrar com as mãos a terra pisoteada.

András e Etel estavam numa enfermaria arruinada, onde tratavam de suas lesões. Margit, a fim de tratar do tornozelo, fora levada para um hospital, onde teria de esperar bastante, já que não corria risco de vida. Etel sofrera uma contusão na cabeça e ela mesma, András e Anna tinham queimaduras e bolhas pelo corpo. Salvo fora o único da trupe a escapar ileso: nem um fio de cabelo seu fora atingido.

Também o menino resgatado estava ileso. Depois de ver que o resto da trupe fora encaminhada para tratamento, Salvo foi dar uma volta com ele pelos vários postos e pontos de encontro, que tinham brotado de um momento para outro. Esperava encontrar alguém que conhecesse a família daquela criança. Quanto à mãe, não tinha grande esperança de encontrá-la. Já começavam a trazer corpos da área onde existira a calha dos animais.

O próprio menino não ajudava muito. Além do próprio nome, que era Daniel, pouco tinha a informar. Aparentemente não sabia sequer o nome do pai, nem da mãe, nem o próprio sobrenome, nem tampouco seu endereço. Salvo achou que ele estava em estado de choque e mais tarde se lembraria de tudo. O fato é que não conseguiu localizar ninguém que o conhecesse, e não queria entregá-lo à polícia. Tinha salvo essa criança, e era sua responsabilidade tratar de encaminhá-la ao lugar certo. Que lugar era esse, não sabia, mas não confiava na polícia aqui mais do que em Budapeste, nem queria entregar o garoto a qualquer um. Contudo, era exatamente esta a opinião de Anna.

– Ele não é nosso filho – argumentou ela. Salvo tinha voltado de sua ronda.

– Que é que você quer que eu faça?

– Ele deve ter pai e mãe.

Salvo olhou para Daniel, que dormia profundamente no chão.

– Eu acho que eles morreram.

Anna engoliu em seco.

– Não é nossa responsabilidade.

Salvo fez um sinal de assentimento. Mas tanto ele quanto ela sabiam que era responsabilidade deles.

Cole Fisher-Fielding tentava avaliar a extensão da catástrofe. Ainda não sabia exatamente quantas pessoas tinham sido mortas ou feridas, mas sabia que naquela tarde estavam debaixo da lona quase dez mil pessoas e que um número considerável não saíra a tempo. Até agora, não havia notícia de vítimas fatais entre o pessoal do circo além de Emil Narwha. A chamada dos funcionários sobreviventes não terminara, porém muitos já haviam respondido, consolo que não ajudava muito a aliviar a preocupação de Cole. Sabia que nos dias seguintes seria duramente interpelado e que, antes de melhorar, as coisas iam piorar ainda mais. Sabia igualmente que, com toda a probabilidade, isto seria o fim da Fisher-Fielding Circus Company.

O F-F FOI CONFINADO À CIDADE: artistas, animais, equipamento, nada nem ninguém saía. Após longos interrogatórios e uma investigação exaustiva, ainda não se descobrira a causa do desastre.

Suspeitava-se de incêndio criminoso, que teria começado num banheiro feminino, mas os investigadores não tinham indícios claros, nem suspeitos. O interrogatório não tardou a voltar-se para aqueles que gerenciavam o espetáculo. Onde estavam os extintores de incêndio? Por que não havia saídas em número suficiente? E, pergunta mais importante: por que a tenda queimara tão depressa?

Quando se descobriu que simplesmente não havia extintores instalados, os responsáveis por sua instalação foram acusados de homicídio culposo, e presos. E quando se descobriu que a lona fora impermeabilizada com parafina e gasolina prenderam o próprio Cole Fisher-Fielding, sob a mesma acusação. Ele protestou: o F-F tinha requerido ao exército permissão para usar um material impermeabilizante não inflamável, e o requerimento fora indeferido. Havia escassez de materiais, e as necessidades militares tinham prioridade.

Os Ursari mal podiam acreditar no que estava acontecendo.

– Eu não entendo – dizia András – como esses americanos são capazes de jogar uma bomba daquelas no Japão sem responsabilizar ninguém, e depois botar um velho na cadeia por causa de um acidente.

– É sempre assim – respondeu Salvo. – As pessoas precisam de um culpado.

– Não foi Cole Fisher-Fielding que ateou fogo no circo – lembrou Anna.

– As pessoas estão indignadas – observou Salvo. – Mas a indignação vai se acalmar, e Cole será libertado.

Etel olhou para os outros; estava sentada no piso do vagão.

– Queimou tão depressa!

Ninguém falou. Anna pegou Mika e Elisabeth e saiu para o vagão-cozinha. Dali a pouco Salvo e Daniel as seguiram.

Etel ficou lá no chão, calada. Ninguém ainda notara que ela não tinha fumado um único cigarro desde o incêndio. András estava perdido em seus próprios pensamentos, János dormia.

Quando Anna e Salvo regressaram ao vagão, Margit estava de volta do hospital. Passara uma semana lá por causa do tornozelo quebrado. Agora estava fazendo a mala, jogando lá dentro, apressadamente, seus poucos pertences.

– Margit, seja razoável – pedia András.

– Você é que não é razoável. Me largou pra morrer. Não quero mais nada com você.

– Eu não sabia que você tinha caído. – András tentou pôr a mão no braço dela, mas ela se esquivou.

– Você nem olhou para ver o que tinha acontecido. Eu vi. Você caiu, se levantou, procurou Etel. Por mim, passou correndo.

– Eu não vi você.

– Eu chamei. Gritei o mais que pude. Você nem se virou.

– Eu não ouvi.

– Claro, você não queria ver nem ouvir. Você escolheu, András. Me largou pra morrer. – Jogou a mala porta afora e passou por ele mancando. Salvo foi atrás dela.

– Margit... – Salvo começou.

– Eu não trabalho mais com você, Salvo Ursari. Obrigada por tudo que fez por mim, mas não trabalho mais com você.

– E János? – perguntou Anna. – É seu filho.

Margit olhou para o menino. Parecia a ponto de hesitar em sua resolução, talvez até voltar atrás. Mas logo sua expressão se endureceu.

– Ele tem muito pouco de mim. É filho do pai. O pai que se responsabilize. – E seguiu porta afora.

– Vá atrás dela, András – disse Anna.

András não se mexeu.

– András! – insistiu Salvo.

– Que é?

– Ela está indo embora.

– Eu sei. – A voz de András estava alterada.

– Você não vai atrás dela? – perguntou Anna.

– Não.

– Por quê?

– Porque ela tem razão. – András olhou para a parede. – Eu não a vi mesmo. Mas se tivesse visto, teria feito o que ela me acusou de fazer. – Não olhou mais para os outros. Seus ombros tremeram, mas ele não soltou um som. Salvo e Anna recuaram e deixaram o vagão, levando as crianças.

Numa área gramada à sombra, eles deixaram as crianças brincar. Salvo sentou-se encostado numa árvore e Anna apoiou o corpo nele, com a cabeça no seu ombro.

– Se eu fosse embora, você viria atrás de mim? – quis saber ela.

Daniel jogou no ar um punhado de grama, e Mika riu. Elisabeth farejava a terra e János, o bebê, estava deitado de costas, olhando para o céu e gorgolejando feliz.

– Você nunca vai fazer isso – respondeu Salvo afinal.

– Não. Nunca.

No dia seguinte, souberam que Margit tinha ido para Los Angeles com um dos vendedores das barracas do circo. Eles chegaram a ser acusados de obstrução da justiça, já que os artistas tinham ordem para não deixar a cidade. Mas a acusação acabou sendo retirada.

O JULGAMENTO DE COLE FISHER-FIELDING começou dois meses após o incêndio. Os três homens responsáveis pela instalação dos extintores já haviam sido condenados a penas de seis meses a dois anos de prisão. A absolvição de Cole parecia certa: ele tinha documentos comprovando que havia requerido licença para comprar material não inflamável e que o requerimento fora indeferido, bem como um certificado do órgão municipal autorizando o funcionamento do circo. Seus advogados argumentavam que ele não havia infringido nenhuma lei e, portanto, não cometera crime algum.

Os investigadores levaram um mês para concluir o seu trabalho, e então o F-F foi autorizado a sair da cidade. Havia quem quisesse debandar para o alojamento de inverno e pôr o circo no estaleiro, mas Cole sabia que se fizesse isso eram remotas as chances de voltar à atividade. Por outro lado, estava difícil funcionar.

A tenda grande já não existia, e se perdera todo ou quase todo o equipamento de numerosos números. A reputação do F-F fora gravemente abalada, e a única forma de restaurá-la outra vez era mostrar algo de bom ao público.

Cole cobrou todos os favores de peso que lhe deviam, fez promessas pessoais e, de pires na mão, conseguiu juntar equipamento bastante para seguir com a turnê. Não havia tempo para fabricar uma tenda nova e, mesmo que houvesse, não haveria meio de impermeabilizá-la adequadamente, portanto Cole organizou a agenda do F-F em ginásios e salões, com uma versão bem resumida do espetáculo. O importante era mantê-lo na estrada. O que Cole mais queria era supervisioná-lo. Encarregou Martin disso, instruindo-o para ficar de olho em Norris. Se os Cônjuges pudessem, usariam o drama como pretexto para assumir o controle do circo.

Os dois primeiros dias do julgamento transcorreram bem. Não havia provas concretas contra Cole, e ficou claro para os presentes que aquilo era uma tentativa de achar um bode expiatório. No terceiro dia, porém, as coisas complicaram-se.

Apresentado à última hora como testemunha da acusação, apareceu Norris Fisher-Fielding. Os repórteres garatujavam freneticamente, e cochichava-se o tempo todo. Confusos, os advogados de Cole se entreolharam.

Norris começou a falar com grande calma. Sua voz era suave e, durante a maior parte do seu depoimento, foi visto como uma pessoa que testemunhava a contragosto e nada apresentava que pudesse incriminar Cole, muito menos condená-lo.

Foi então que o promotor deixou claro por que o havia convocado.

– Sr. Fisher-Fielding, permita que lhe pergunte o seguinte. O senhor tem conhecimento de alguma indagação da Fisher-Fielding Circus Company junto a empresas privadas sobre a disponibilidade de materiais impermeabilizantes não inflamáveis?

Norris engoliu em seco, aparentando nervosismo. Murmurou:

– Tenho.

– O senhor pode falar mais alto?

– Tenho.

– Qual o resultado dessas indagações?

– Seria possível comprar esse impermeabilizante de uma firma privada.

– Isso foi feito?

– Não.

– Por que não foi?

– Concluiu-se que o custo seria excessivamente alto.

Os advogados de Cole precipitaram-se, exigindo que Norris provasse as suas afirmações. As provas não apareceram, mas o mal estava feito. Apresentadas as alegações finais, o júri retirou-se para deliberar. O julgamento chegava ao fim.

Libertado sob fiança, Cole voltou a seu hotel. Fazia um frio glacial, mas ele suava profusamente. Durante o dia inteiro sentira pontadas no braço. Estava subindo as escadas quando caiu de joelhos e agarrou o peito.

Foi levado às pressas para um hospital, numa das ambulâncias que tinham retirado feridos do local do incêndio. Os médicos trabalharam febrilmente e, embora duas vezes considerado morto, ele acabou sobrevivendo. Sofrera um maciço infarto, e ficaria algum tempo internado.

No dia seguinte, o júri o declarou culpado. Cole foi condenado a três anos de prisão. Devido a seu estado de saúde, a sentença foi comutada. Mesmo assim, porém, ele era agora oficialmente um criminoso. E sabia que seus dias como presidente do F-F tinham chegado ao fim: os Respeitáveis jamais votariam nele outra vez.

Tinha razão. Convocou-se uma reunião extraordinária da assembleia, e Norris foi eleito presidente interino da Fisher-Fielding Circus Company. Quando Martin lhe contou, Cole não tentou esconder as lágrimas. Morreu três semanas depois.

A Fisher-Fielding Extravaganza estava se apresentando em Sacramento quando chegou a notícia. Norris impediu que as bandeiras fossem hasteadas a meio pau e proibiu o chefe do picadeiro de anunciar a morte do tio. Mas não pôde calar os artistas. Os

Ursari trabalharam de preto e carregaram uma cadeira vazia pelo arame. A banda tocou as peças favoritas de Cole. O circo inteiro fez três minutos de silêncio, num tributo ao último dos fundadores da Fisher-Fielding e ao último grande empresário do circo dos Estados Unidos. E o espetáculo continuou.

TORNOU-SE CLARO PARA ANNA QUE, se Daniel tinha alguma lembrança de sua vida anterior ao incêndio, essa lembrança não voltaria tão cedo. Além do próprio nome, o menino parecia não estar ciente de quase nada. Tinha bom gênio e se dava bem com Elisabeth e Mika, que se afeiçoaram imediatamente a ele. Não é que Anna não gostasse do menino; só sentia que aquele não era o seu lugar.

– Ele não é nosso filho – vivia repetindo.

– É filho de quem?

– Não se trata disso. Talvez alguém esteja atrás dele.

– Não há ninguém atrás de Daniel. A foto dele saiu no jornal, e não apareceu ninguém.

– Não é nossa responsabilidade.

– Eu o recebi dos braços da mãe. Tenho responsabilidade.

– Não podemos ficar com ele.

Era assim que sempre terminava a discussão. Mas não entregaram o menino. Anna sabia que Salvo jamais concordaria, e Salvo sabia que ela nunca o faria sem a sua concordância. Anna proferia o seu parecer sabendo que não daria em nada. E dentro em breve Daniel era um membro da família como qualquer outro.

No circo, os órfãos nunca ficavam órfãos. As crianças corriam em bandos, como cães, e os menores eram tangidos, como carneiros. Assim foi com János; quando Margit se foi, não deixaram que ele sofresse com a perda da mãe. Etel assumiu a maioria dos deveres maternos, e enquanto ela se apresentava as crianças ficavam entregues a mãos competentes. A Fisher-Fielding Extravaganza podia ser um lugar solitário para adultos, mas nunca para as crianças.

Se Norris Fisher-Fielding pudesse encontrar um modo de manter em casa os filhos dos artistas, teria feito isso. Ele achava que no circo não havia lugar para crianças, opinião considerada absurda e tirânica por todo, ou quase todo o pessoal. Como se fosse pouco essa afronta, Norris começou a eliminar muitos números que eram marcas registradas de Cole, aparentemente numa tentativa de varrer do espetáculo o estilo de seu inimigo.

Uma das primeiras atrações a ser cortada foi o balé dos elefantes. Embora não gostasse do número, Salvo sentiu quando ele foi eliminado, pois sabia que era popular entre os espectadores e ele próprio mudara de atitude e já não sentia repulsa pelos elefantes. Testemunhara o sofrimento por que os bichos, da mesma forma que as pessoas, tinham passado durante o incêndio, e de algum modo o fato de se irmanar na dor os tornara menos ameaçadores. Ademais, sentia falta de seu amigo Emil Narwha, talvez o único que jamais tivera, e os elefantes também. Partilhavam a mesma dor. Até Salvo sabia.

Se Salvo pensasse mais em si mesmo e menos em elefantes, teria percebido que o número dos Ursari também estava na corda bamba. Era Cole que os havia descoberto, e Salvo tinha sido para ele um bom amigo. Além do mais, a problemática relação de Norris com Anna, que rejeitara seus avanços para casar-se com um reles artista de circo, acabara por lhe inspirar em relação a ela tudo, menos amor.

Anna já previra as consequências que poderiam desabar sobre eles e tentara advertir Salvo. Mas ele não ouvira. Acreditava que somente o próprio número contava e sabia que as pessoas ainda o adoravam, e assim não estava inclinado a avaliar plenamente a precariedade da situação.

E então, exatamente quando os espetáculos em recinto fechado estavam começando uma vez mais a atrair um público considerável, Norris deu um passo que surpreendeu todo o mundo e fez Cole se revirar no túmulo. Ainda com um mês e meio de temporada pela frente, Norris despachou a Fisher-Fielding Extravaganza para o alojamento de inverno na Flórida. O calendário de espetáculos estava encerrado. Era uma reação a uma recente sentença judicial determinando que a Fisher-Fielding Circus Company pagasse às vítimas do incêndio indenizações que totalizavam quase cinco milhões de dólares. Norris alegava que isso levaria a empresa à falência, coisa em que ninguém acreditava. No esforço para reforçar seu argumento, ele tirou o circo da estrada.

Salvo detestava a Flórida. Detestava o calor, detestava ficar semanas a fio à toa, sem atuar. Os outros viam com prazer as férias extras, mas para Salvo aquilo equivalia a uma prisão.

Num esforço para convencer Norris a desistir da prematura suspensão da temporada, Salvo foi vê-lo em seu vagão privativo. Norris o mandou entrar com expressão fria.

– Receio não ter alternativa – disse depois de ouvir o pedido de Salvo. – Mas é bom você ter vindo. Eu já ia mandar chamá-lo.

– Para quê? – Salvo não gostou do tom de Norris, nem de seu lento sorriso sardônico.

– Sr. Ursari, lamento, mas tenho o dever de informá-lo de que nossa empresa o está liberando de seu contrato.

Salvo estava atônito.

– Estamos demitidos?

– Se o senhor quer colocar as coisas nesses termos, sim, estão demitidos.

– E por quê?

– Seu número já não é o que era. Está passado.

– Isto não é verdade.

– Eu lhe garanto que é, Sr. Ursari. Além disso, minha polícia levantou suspeitas sobre o envolvimento de sua irmã no incêndio e...

– O quê? – Incapaz de acreditar no que ouvia, Salvo, chocado, recuou.

– Temos razões para crer que pode ter sido ela que provocou o incêndio.

– Isto é mentira.

– Será? Ela foi vista na área onde começou o fogo, momentos antes, é fumante e já foi tida como suspeita por outras pessoas.

– Nada disso prova coisa nenhuma.

– Não, não prova. É por isso que ainda não comuniquei essas informações aos investigadores federais nem pretendo comunicar, a menos que você não me deixe alternativa. Detestaria pensar no que tal acusação causaria a sua família, fosse ou não fundamentada. – Norris abriu uma caixa de madeira laqueada posta sobre a mesa a seu lado e retirou um charuto. Aparou a ponta, acendeu e experimentou uma baforada.

– Isso está errado – disse Salvo. Tinha a boca seca.

– Receio não ter alternativa. Deixe me dizer, para constar, que a razão por que o seu contrato não está sendo renovado é a baixa qualidade do número. O incêndio em nada influenciou esta decisão. Isso para constar. Informalmente, tenho a dizer o seguinte. Enquanto eu dirigir a Fisher-Fielding Circus Company, nenhum Ursari vai pôr os pés onde houver um espetáculo meu, e muito menos atuar. Meu primo cometeu uma tolice quando se envolveu com sua gente, e eu não vou permitir mais que isso prejudique os meus interesses.

Salvo não sabia mais o que dizer. Ficou ali, de pé, paralisado, mudo.

– Nosso assunto está encerrado. Faça o favor de sair do terreno dentro de no máximo vinte e quatro horas. Lembre-se de que você está sendo vigiado de perto. Bom-dia. – Norris levantou-se e apontou para a porta.

No caminho de volta a seu vagão, Salvo tentou entender o que acabara de passar-se. Sabia agora que Anna tinha razão: Norris estava em campanha para arruiná-los. Mas não entendia a acusação de que Etel iniciara o incêndio.

Mas suas lembranças o inquietaram. Etel se atrasara para a apresentação. E de fato estivera num banheiro feminino onde aparentemente começara o fogo. E quantas vezes já não vira Etel jogar no chão uma ponta de cigarro? O estômago de Salvo contraiu-se. Estava certo de que, se Etel iniciara o incêndio, ela o fizera deliberadamente. Fascinada como era pelo fogo, não deixava lugar para acidentes.

Ainda assim, Salvo não acreditava que ela chegasse ao ponto de atear fogo criminosamente a um circo. Ela não cometeu um ato a tal ponto revoltante, disse para si mesmo. Não tinha razão para isso. E no entanto, perdurava uma pontinha de dúvida. Uma pequenina parte sua admitia que talvez a sua própria irmã tivesse reduzido a Fisher-Fielding a cinzas.

Tinha de falar com Anna. Ela saberia o que fazer. Apertou o passo e saltou por sobre os três degraus que davam acesso ao vagão. Lá dentro, Etel e András estavam sentados bem junto de Anna, que agarrava um pedaço de papel. Tinha os olhos molhados e vermelhos.

– Que foi que houve? – perguntou. Será que já sabiam de tudo?

Anna correu para ele. Estava em prantos.

– O pai dela morreu – disse András em voz baixa.

Salvo a consolou como pôde, mas foi difícil concentrar-se nisso. Afinal a soltou, pegou András pelo braço e saiu.

– Só um minuto – disse. Anna assentiu com a cabeça. Lá fora, András observou:

– É curioso ela ficar tão abalada por causa de um homem que a renegou.

– Era o pai dela, e ela o amava – retrucou Salvo. Mentalmente, tentou formular a notícia que tinha que dar, achar um modo de contar o que fora dito no vagão de Norris. Mas não via como amortecer o golpe.

– Nós fomos demitidos – a palavra soava estranha, incompreensível.

András não respondeu. Parecia não ter registrado a informação.

– Você ouviu?

– Ouvi. Fomos demitidos. – András chutou o chão de leve.

– Disseram que o nosso número não é bom.

András balançou a cabeça.

– Como podem dizer uma coisa dessas?

– E tem mais.

– O número é bom, diga o que disser Norris Fisher-Fielding. – András lembrou as multidões, lembrou os aplausos. Sabia que não havia nada errado com o número. Achariam trabalho em outra parte.

Salvo suspirou.

– Estão dizendo que talvez Etel tenha começado o incêndio.

O queixo de András ficou rígido, seu rosto contraiu-se.

– Quem disse isso?

– Norris Fisher-Fielding. É verdade?

O tom de Salvo era cauteloso. Será que aguentaria a resposta?

András agarrou Salvo pela camisa, o rosto de um a centímetros do outro.

– Não me faça essa pergunta. Ela é nossa irmã. Não ia fazer uma coisa dessas. Como é que você se atreve a perguntar? – O sangue latejava-lhe nas têmporas.

– Desculpe. – O pedido era sincero. Mas tinha que perguntar. Não havia alternativa.

– Você não devia sequer pensar em tal coisa. Ela é nossa irmã. – András soltou a camisa de Salvo e recuou. Não podia fazer outra coisa para conter a ira.

– Norris diz que não vai levar a suspeita à polícia. Ele é um homem poderoso e, se acusar Etel, pouca diferença vai fazer se ela fez ou não fez isso.

– Não tem "se". Não fez. – Como por encanto, a raiva de András deu lugar a um soluço.

Salvo sabia que era preciso ser forte, ou os dois acabariam em prantos. Havia outras pessoas que dependiam deles para que as coisas não desmoronassem.

– Para onde é que nós vamos?

Salvo deu de ombros.

– Não sei.

APÓS MUITA DISCUSSÃO, decidiram ir para Nova York. András e Etel iriam na frente, Salvo e Anna se reuniriam a eles depois do funeral de Arthur Simpson em Ottawa. Muita gente que segundo Salvo não gostava deles veio trazer votos de sucesso e felicidade, e muitos disseram que era absurdo permitir que eles se fossem. Etel nada sabia sobre as alegações assacadas contra ela; András fizera Salvo prometer que não lhe contaria. E ele também não disse nada a Anna. Ela já estava bastante tensa sem isso.

O funeral de Arthur Simpson foi minuciosamente organizado. Mas Anna recusou-se a se sentar ao lado dos irmãos nos bancos da frente. Preferiu ficar sozinha no fundo da igreja.

– Por favor, venha comigo – ela pedira, quase suplicara a Salvo antes de entrar. E embora ele quisesse desesperadamente amparála, ficar ao lado dela nessa hora, não conseguiu passar da porta.

– Não posso. – Ele a puxou para si. – Eu não recebo Deus em minha casa, Ele não vai me receber na d'Ele. O nosso acordo é este.

– Não foi Deus que matou seus pais – protestou Anna. Salvo não contestou. Não era hora. Soltou-a de seu abraço e segurou-lhe a mão.

– Uma vez, Deus chegou a uma aldeia. Estava muito cansado, e um rom e sua mulher O convidaram para passar a noite. Deus dormiu bem e acordou refeito, grato ao rom e sua mulher pela hospitalidade. E disse à mulher: 'Você foi bondosa e me deixou ficar em sua casa. Quando morrer, virá para o céu ficar comigo.'

"Ao marido, Ele prometeu atender a três desejos. O rom pensou bem antes de escolher. 'Meu primeiro desejo é que qualquer ser que se sentar em minha cadeira fique sentado até que eu diga que ele pode levantar-se. Meu segundo desejo é que qualquer ser a quem eu diga para entrar em minha panela de ferro entre mesmo. E, finalmente, que ninguém possa me tirar do lugar onde eu ponha meu casaco.'

"Bem, Deus achou estranhos os desejos, mas tinha prometido, e concedeu os três. O rom viveu uma vida boa e longa, mas um dia o anjo da morte veio buscá-lo. 'Por favor, deixe eu me despedir de minha mulher', pediu. 'Fique na minha cadeira enquanto eu volto.' O anjo da morte sentou-se na cadeira e viu que não podia levantar-se.

"'Deixe que eu viva até minha mulher morrer, e eu deixo você sair', disse o rom. O anjo concordou, e o homem viveu mais vinte anos. Três dias depois de sua mulher morrer, satanás veio buscá-lo.

"'Ouvi dizer que você é astuto, rom. Mas agora tem que vir comigo.' O rom sorriu. 'Irei de bom grado. Mas primeiro você tem que entrar em minha panela de ferro.' E satanás teve de entrar. Quando o rom tampou a panela, satanás se assustou e gritou: 'Me deixe sair, e eu deixo você em paz eternamente!'

"O rom deixou satanás sair. Dentro de três dias o anjo da morte voltou. Levou o rom para o inferno, mas satanás não o deixou entrar. De modo que o anjo da morte teve de levá-lo para o céu. Mas Deus não o deixava entrar. 'Me deixe só dar uma espiada', pediu o rom. 'Minha boa esposa está lá dentro.' Deus abriu uma brecha nos portões do paraíso. O rom jogou lá dentro o casaco e, por causa de Sua promessa, Deus teve de deixar o rom entrar, e é lá que até hoje ele mora com a mulher."

Anna sorriu.

– Quer dizer que você vai entrar?

Salvo balançou a cabeça.

– Não. Mas não vou me afastar. Vou te esperar aqui.

Soltou-lhe a mão, e ela entrou na igreja. Ele ficou olhando enquanto a porta se fechava e o serviço funeral começava, e desejou ter conseguido entrar. Anna merecia.

Arthur Simpson fora fiel à palavra dada: Anna não foi mencionada em seu testamento. Mas seus meio-irmãos, embora incapazes de enfrentar o pai em vida, resolveram contestá-lo uma vez morto. Cada um cedeu a ela uma fração da própria herança, o que foi um gesto nobre, embora o total não alcançasse o quinhão que normalmente ela teria. Constituíram em seu favor um fundo bastante para garantir um modesto rendimento anual, além de dezesseis hectares de terra no vale Fraser da Colúmbia Britânica comprado durante a Lei Seca porque ficava perto da fronteira americana.

Além disso, deixaram para ela o sétimo do sétimo das ações da Fisher-Fielding Circus Company que herdariam, muito embora ela própria não tivesse nas veias sangue Fisher-Fielding. Essas ações pouco dinheiro valiam agora, pois o circo estava à beira da falência, mas tinham um valor simbólico. Ao contrário do pai, eles não desprezavam o marido de Anna nem o estilo de vida que ela escolhera. De certo modo, eles a admiravam. Foi por isso que Anna aceitou os seus presentes. Se pensasse por um segundo que era um gesto de piedade, ela os teria recusado.

Ao chegar a Nova York, Salvo começou imediatamente a procurar trabalho em outro circo. Não encontrou; o Fisher-Fielding fora o maior e melhor circo, o setor estava debilitado, e não era só por causa do incêndio. Desde o fim da guerra ninguém mais ia ao circo, e aparentemente estavam contados os dias das grandes tendas. Estava esgotada a fonte de trabalho que existia há dez anos.

Salvo desesperava-se. Detestava Nova York, detestava a agitação, todo o mundo apressado, todo o mundo de cara infeliz. Quando Anna sugeriu que fossem morar em sua terra canadense, porém, ele se recusou sem pensar.

– Eu sou rom – respondeu. – E nós não somos lavradores.

– Você é muitas coisas. E não tem que plantar, se não quiser.

– Nem András nem Etel virão conosco.

– Eles não têm que vir, podem ficar.

Salvo ficou calado. Anna pegou-lhe a mão.

– Esta cidade não serve para criar filhos. Nós sempre fizemos o que você queria. Mas o circo acabou. E agora eu quero isso para nós. Quero um começo novo.

Salvo não pôde mais negar-se. Não queria ir, mas iria. Devia isso a Anna. Quando contou a András e a Etel, eles não entenderam, e ele não conseguiu explicar. János chorou quando eles partiram, András e Etel disseram adeus acenando com expressão pétrea. E ele achou que nunca mais iam se ver.

Depois que entraram no trem, Salvo começou a sentir-se um pouco melhor. Com Daniel no colo, olhou pela janela. Quanto mais avançavam para o oeste, mais plana ficava a paisagem, mas depois o trem começou a subir montanhas. Lembrou-se de sua jornada da Transilvânia a Budapeste, 26 anos atrás. Estas montanhas eram muito mais altas.

Chegaram à noite. Fazia frio, e eles estavam cansados e famintos. Salvo fez o que pôde para acender o aquecedor a lenha e esquentar sua pequena casa. Daniel chorou a noite inteira, e Salvo e Anna renunciaram alternadamente ao conforto da cama para o reconfortar. Já quase dia claro, voltando para a cama, Salvo olhou pela janela e viu pela primeira vez a sua terra. Estendia-se em torno da casinha, com um grande celeiro a um lado; o resto era campo aberto. Os campos de feno lembravam os campos de sua infância e, embora mais tarde ele fosse incapaz de relembrar o que tornava semelhantes as duas paisagens, jamais esqueceria o que pensou então: era bem possível que ele finalmente estivesse em casa.

SEIS

Anna franziu a testa: tinha esquecido no fogo a papa de aveia, e agora ia dar uma trabalheira limpar aquela crosta negra no fundo do papeiro. Elisabeth e Daniel precipitaram-se escada abaixo com estrondo, ainda em pijama, e arrastaram as cadeiras para a mesa. Daniel esfregou os olhos vermelhos. Será que ele dormiu direito essa noite?, pensou Anna. Daniel sofria de insônia, como Salvo.

Depois do incêndio, Salvo tornara a perder o dom de dormir. A própria Anna dormia sem problemas, porém tinha um marido e um filho insones, e vivia com a sensação de que devia haver alguma coisa que pudesse fazer por eles. Mas o fato é que diante daquela dupla insônia ela era impotente – e nada a irritava mais do que a impotência para controlar uma situação.

– Onde está Mika? – perguntou, e a resposta foi a própria Mika aparecendo já toda vestida, pronta para a escola, e se sentando à mesa. – Você hoje está ansiosa.

Mika fez que sim.

– Hoje tem excursão.

Anna tinha esquecido que o professor de Mika ia levar a turma ao parque Stanley, na cidade. Nenhuma das crianças conhecia o parque, e havia semanas que Mika esperava ansiosamente essa aventura. E a reação dos irmãos era típica. Elisabeth não queria ir – a recusa tinha algo a ver com os esquilos – e Daniel estava com inveja porque a turma dele não ia. Por vezes Anna sonhava em compensar deficiências de um filho com sobras das qualidades de outro; combinando a energia de Mika e o orgulho de Daniel com a discrição de Elisabeth, poderia formar três crianças perfeitas. Instantaneamente.

– Aveia? – perguntou Daniel, espiando o fogão.

Anna apanhou três tigelas no armário e começou a servir a papa. Passou do ponto, pensou.

– Para ficar forte, como seu pai. – Daniel não gostava de aveia, mas fazia qualquer coisa para se parecer com Salvo. Salvo ainda estava no andar de cima, agora dormindo, e ia ficar lá durante horas.

– Eu já sou forte – contestou ele com firmeza, enquanto Anna punha os pratos na mesa.

– Pode pôr açúcar? – O tom de Mika era esperançoso. Normalmente não podia; só em ocasiões especiais.

Anna pegou na prateleira uma lata de mantimentos com açúcar mascavo e a colocou na mesa.

– Uma colher cada um. Só uma. – Ficou olhando os três pegarem o açúcar. Mika foi a primeira a enfiar a colher na lata, de onde saiu com um montão de açúcar, que despejou e misturou na papa. Daniel pegou um pouco menos e borrifou o açúcar na papa. Elisabeth parou para pensar, depois pegou uma colher rasa de açúcar, colocou-a ao lado do prato e foi pondo um pouco de açúcar em cada colherada que levava à boca. E Anna viu que, se lhe tivessem perguntado como agiria cada um, ela teria adivinhado exatamente o que cada um ia fazer. Eram perfeitamente, extremamente, maravilhosamente previsíveis. E era assim que os amava.

– Depressa – disse. – Ou vão perder o ônibus.

Durante os cinco primeiros anos, aquela casa no sítio dos Ursari mais parecia uma cabana. Construída na virada do século XIX para o XX, fora a seu tempo uma morada respeitável, que nunca havia sido confortável mas tampouco fazia vergonha a ninguém. Se dependesse de Salvo, teria permanecido tal qual era; pelos seus padrões, era mais do que satisfatória. Mas os padrões de Anna eram mais altos.

Primeiro foi preciso apoiar a casa inteira em macacos para construir um alicerce correto. Acrescentaram-se um sistema séptico e encanamento interno. O aquecedor a lenha foi substituído por uma fornalha a óleo. E finalmente, em 1950, a casa ganhou um segundo andar. Agora era uma boa residência para os padrões de qualquer pessoa e, para os de Salvo, um palácio.

Nenhuma dessas melhorias nas condições de vida teria ocorrido se dependesse das qualidades de Salvo como sitiante. Neste sentido, ele era uma nulidade, fato sabido por ele próprio e por todo o mundo num raio de oito quilômetros. Nas raras ocasiões em que entrava na cidade atrás de suprimentos, percebia que as pessoas riam dele; todo o mundo achava hilariante um homem equilibrar-se num arame nas alturas e ser incapaz de fazer germinar um milharal.

Os Ursari não tinham animais. Não havia por quê; Salvo tinha medo demais de bichos para tratar deles com regularidade, e, para ele, matar um animal era um ato simplesmente inconcebível. Anna não insistira com ele, mesmo porque partilhava este sentimento. Cultivavam um pequeno milharal e uma modesta horta, bastante para suprir a família, mas não para comercializar.

Surpreendentemente, Salvo não reclamava de viver no sítio. Não gostava de ser mau lavrador, e ficava frustrado com a própria incapacidade para cultivar a mais comum das plantas. Mas gostava da relativa tranquilidade e paz – ou pelo menos acreditava gostar, embora em certas horas ficasse sem saber se realmente gostava ou se fingia gostar por conveniência. O que sabia com certeza era que queria ser feliz, quanto mais não fosse para não perturbar a visível felicidade de Anna.

Na primavera de 1951 Salvo contratou um garoto do lugar, chamado Jacob Blacke, para ajudá-lo no sítio. Não era que houvesse trabalho demais. Salvo tinha simplesmente aceito o fato de que, como rom e ex-artista de circo, não entendia grande coisa de lavoura. Jacob Blake entendia muito; por isso foi contratado.

Jacob era um belo garoto de dezoito anos, com feições já marcadas pelo trabalho duro desde o alvorecer. Morava a um quilômetro e meio rua abaixo e andava numa caminhonete enferrujada cuja aproximação Salvo detectava pelo barulho. Na primavera eles plantaram quase três hectares de milho, e Salvo ficou seguro de que naquele ano, finalmente, veria resultados.

– Plantar não é um trabalho tão duro, Sr. Ursari – explicou Jacob. – A gente se acostuma.

Salvo fez que sim, mas sem convicção.

– Sua terrinha é muito boa. O senhor tem sorte, ela é fértil. A nossa não é assim.

– E isso faz diferença?

– Com certeza. Quanto melhor a terra, tanto melhor o milho. – Jacob abriu um sorriso largo, e Salvo teve que sorrir também.

Anna aprovou a contratação de Jacob. A ideia, na verdade, partira dela. Sutilmente a insinuou a Salvo, e depois ficou a cutucá-lo até ele absorver a proposta, achar que era boa e a expor a ela. Anna aceitou prontamente: sabia que era a melhor maneira de conseguir que o marido fizesse alguma coisa no sítio.

Mãe de três filhos, ela era perita em navegação organizacional. Daniel, que pelos cálculos dos pais adotivos estaria agora com onze anos, era dócil: raramente desobedecia aos pais, mostrava-se amistoso com as irmãs e nada tinha do estilo barulhento e truculento de outros garotos de sua idade. Por vezes parecia maduro demais para a idade. Outras vezes, porém, encarava Anna com olhos inexpressivos, como se buscasse entender o mundo e não soubesse onde estava. Às vezes ela suspeitava que o menino tivesse algum problema grave, mas já decidira havia muito tempo amá-lo como a um filho biológico, de modo que suas suspeitas eram devidamente temperadas pela afeição de mãe.

Foi Salvo que identificou no olhar de Daniel o que de fato havia: medo. Tentou fazer alguma coisa por ele, pois sabia muito bem o que é cruzar a vida com o medo nos calcanhares, mas, como ainda não descobrira um modo de amenizar os próprios temores, não pôde fazer grande coisa. No geral o garoto parecia bem, o que era satisfatório para Salvo, pois este sabia que uma infância imperfeita não impede necessariamente a felicidade na vida adulta. Considerando aquilo por que Daniel já passara, Salvo achava normal que ele não estivesse totalmente livre do medo.

As gêmeas eram o oposto de Daniel. Se tinham fantasmas a lhes rondar o sono, jamais demonstraram. Eram fisicamente parecidas a ponto de ser Anna a única pessoa capaz de distingui-las prontamente. O próprio Salvo as confundia, o que o deixava se sentindo mal e se acusando de ser mau pai.

Tal erro, porém, só ocorria quando olhava as filhas de relance, com pressa e sem atenção. Um segundo mais, e ele sabia com certeza quem era quem: Elisabeth e Mika tinham personalidades tão diversas que a expressão do rosto as identificava com se fosse uma etiqueta.

Elisabeth tinha muita coisa de Salvo, sobretudo aquilo de que ele gostava. De algum modo ela escapara de herdar suas neuroses, o que foi um grande alívio para ele e para Anna. Já Mika lembrava a Salvo sua mulher como ele a imaginava aos oito anos de idade, coisa que nunca lhe contou. Mika agia de modo cativante, divertido e generoso, mas tanto o pai quanto a mãe sabiam que morava uma artista dentro dela. Salvo achava isso uma boa coisa; Anna não.

As duas gêmeas eram lindas aos olhos de Salvo. Como pai, ele sabia que era um dever ter esta opinião, mas a maioria das pessoas concordava, observando que também Salvo e Anna eram atraentes, e que Salvo não parecia ter completado quarenta e um anos, enquanto Anna aparentava ter mais de trinta e cinco. A não ser a experiência de Salvo na Fisher-Fielding Extravaganza, os vizinhos pouco sabiam sobre os Ursari, que aliás pouco acrescentavam espontaneamente nas raras ocasiões em que o casal confraternizava com eles.

Pesados prós e contras, os Ursari eram felizes, ou pelo menos era o que Salvo acreditava. Assim, foi surpreso e amedrontado que viu que, para o fim da primavera de 1951, o medo e o pânico que o haviam devastado a maior parte da vida se intensificaram inesperadamente, tornando quase insuportáveis as horas que antecediam o sono.

– Era uma vez – principiou Salvo – uma família de roma que abandonou tudo que conhecia e se foi para uma terra ignota. Não falavam a língua nem conheciam ninguém. Mas eram valentes e altivos, e capazes de caminhar no ar bem alto, onde ninguém chegava, e por isso as pessoas vieram a amá-los.

As três crianças estavam sentadas a seus pés, arrebatadas. Anna tinha ido à cidade fazer compras de casa, e assim que ela saiu elas cercaram Salvo, primeiro pedindo, depois suplicando uma história. Salvo lhes contava histórias muitas vezes, mas elas sempre queriam muito mais. As histórias eram de longe o que mais amavam no pai. Ao narrá-las, ele quase virava outra pessoa, uma pessoa que elas chegavam a imaginar que talvez nem fosse o pai, e sim um ser de um estranho e fascinante mundo que nunca haviam vislumbrado.

– O povo chegava de toda parte para ver esses roma praticarem façanhas, sempre causando prazer e espanto. Eram vistos como uma família de heróis.

"Um dia aconteceu um incêndio terrível. A terra ficou mais quente que o próprio Sol. A família rom ficou presa em meio às chamas, porém eram fortes e valentes, e acharam um jeito de escapar. E a caminho da saída, ainda arrancaram um menino das garras de um leão, e o livraram do incêndio e o acolheram."

– Era eu! – murmurou Daniel incrédulo. Ele já ouvira essa história. Cada vez Salvo contava de uma forma um pouco diferente, mas Daniel sempre se espantava ao se reconhecer.

– A família dos roma tinha outros filhos? – quis saber Mika, cutucando a irmã. Elisabeth sorriu, e as duas olharam ansiosas para Salvo.

– Claro que tinham. Os roma sempre têm muitos filhos, estão sempre achando pouco. Mas os filhos não estavam no incêndio, porque os roma sempre botam os filhos num lugar seguro.

– Você vai botar a gente sempre num lugar seguro? – perguntou Elisabeth.

– Enquanto eu tiver fôlego, não vai acontecer nada ruim com vocês. Sua mãe e eu juramos.

– É um juramento secreto? – Os olhos de Daniel brilharam. Ele andava fascinado com os segredos, e gostava de fingir que tinha muitos.

– Rigorosamente secreto. Mas não posso contar mais nada. Já falei demais.

Mika não estava interessada em segredos.

– Que foi que aconteceu depois do incêndio?

Salvo ficou sério.

– Depois do incêndio, a família dos roma já não queria andar no céu. Sabiam que era preciso proteger as crianças e viver como os outros. De modo que foram para uma terra pacata e lá construíram seu lar.

– Eles eram felizes? – quis saber Elisabeth. – Tinham saudade da vida de antes?

– Eram, sim, eram muito felizes – contou Salvo. – E não tinham saudade da antiga vida.

Sua voz era convincente, e nos seus modos não havia sinal de estar faltando à verdade. Mesmo assim, as três crianças ficaram com a sensação de que o pai não estava contando tudo. Mas não disseram nada. Nem entre elas, nem para o pai.

Nova York não fora uma experiência prazerosa para András e Etel. Depois que Salvo e Anna partiram e tornou-se evidente que não haveria trabalho para eles em nenhum circo, András saiu em busca de outro emprego. Não sabia ler nem escrever, e, embora se comunicasse bem em inglês, tinha um sotaque que soava alemão pra muita gente, o que vinha a ser uma barreira intransponível à contratação, embora ninguém mencionasse abertamente esse fator. Acabou trabalhando para um homem que era dono de carrocinhas de cachorro-quente espalhadas pela cidade. A paga não era boa, mas, depois que Etel arranjou um trabalho como faxineira num hotel em decadência, eles ficaram em condições de sobreviver.

Ao deixar o F-F, Etel descobrira que não lhe haviam dito tudo sobre o rompimento do contrato. De início não cobrara explicações, dando por visto que os irmãos lhe contariam depois que partissem. Horas antes, porém, Martin Fisher-Fielding a abordara na fila do banheiro. Etel percebera que sua presença provocava um arrepio entre as colegas, e se sentiu constrangida. Quando Martin aproximou-se, várias abandonaram seu lugar na fila e se fingiram ocupadas com outra coisa; não queriam ser vistas em companhia de Etel, mas, ao mesmo tempo, queriam estar ao alcance da voz. Martin dificultou a escuta falando ao ouvido de Etel.

– Para constar – disse ele –, eu não acredito que você tenha provocado o incêndio.

Perplexa, Etel ficara sem resposta. Limitara-se a apertar a mão que Martin lhe estendia e a ficar olhando enquanto ele se afastava e desaparecia. A princípio devagar, depois em tropel, a verdade fora clareando o seu entendimento. Por que András e Salvo não lhe tinham dito nada? E afinal compreendera que se os dois tinham calado era porque, para eles, ela talvez fosse culpada. A raiva lhe brotara do coração.

Seis anos mais tarde, a raiva permanecia viva. Etel não comentara nada com ninguém sobre o incêndio, nem András suspeitava que ela estivesse a par de tudo. Ao longo do tempo a raiva cresceu, amainou e tornou a crescer, e várias vezes ela esteve a ponto de saltar sobre o irmão e agredi-lo a socos. Mas a raiva sempre cedia a tempo, embora só para depois subir a extremos de fúria, cair a zero e retomar uma vez mais seu firme crescimento.

Etel sabia que essa raiva se tornara um ônus para ela própria. Havia ocasiões em que surpreendia András lançando para ela um olhar interrogativo, e sabia que ele estava tentando adivinhar se ela de fato era culpada. Tinha ganas de berrar que era inocente, mas, se alguém devia explicar isso a András, não seria ela.

Sentia-se traída, e por isso detestava os irmãos. Mas sua família eram eles, portanto ela se calava; achava que nunca ia falar. O mundo não é perfeito, dizia a si mesma, e querer não é poder.

A maioria das noites András chegava tarde, quando Etel e János já dormiam. Tinham alugado um quarto e sala no Bronx. Etel e János dormiam no quarto e András no sofá da sala. János já estava com quase sete anos e ficando velho pra dormir com a tia. Recentemente, haviam falado em alugar um apartamento maior, coisa que, András bem sabia, não podiam pagar. Ele fazia um sanduíche na minúscula cozinha, abria a porta do quarto e ficava olhando para o filho e a irmã. Etel roncava forte, de costas para a porta, e János mal se via debaixo das cobertas. András, triste, sacudia a cabeça. Assim não dá.

Ele nem desconfiava que Etel estava ciente da acusação de Norris. Observara, porém, que ela não fumara um só cigarro desde o incêndio, e dera para banhar-se com rigorosa regularidade e estava sempre cheirando a sabonete, ela que antes era desleixada com a higiene pessoal e cheirava a cigarro. Em seus momentos de maior fraqueza, András tentava adivinhar se haveria algo de verdade nas acusações de Norris. Mas lutava muito para evitar esses momentos.

Etel tinha saudade do arame. "Antigamente", ela contava a János, "nós andávamos lá no alto em um arame tão estreito como seu mindinho. Todo o mundo nos adorava. Não há rom que tenha sido mais amado que seu pai, seu tio e eu." Muitas vezes, tarde da noite, ela perguntou a András se ele tinha saudade do arame, e sempre ficava meio decepcionada quando ele erguia os ombros e respondia que não tinha sentido ter saudade de coisas que não voltam mais.

János era extraordinariamente parecido com a mãe, o que tornava mais difícil para András não pensar nela. Quando isso acontecia, ele recordava o rosto de Margit a emergir da tenda em chamas, e como ele salvara a própria irmã e não a ela, e compreendia que fora então que fizera sua escolha. Irritava-o o fato de a vida ter-lhe imposto esse dilema; como pode um homem escolher entre a mulher que ama e a irmã que criou desde bebê? Ele sabia que era impossível, e desejava nunca ter sido obrigado a escolher, mas achava que não fizera nada censurável. Algo lhe dizia que Etel era para János uma mãe muito melhor do que teria sido Margit. Mesmo assim, havia noites em que mal continha o pranto; sentia-se sozinho a ponto de desmoronar.

Depois de ver tudo que podia suportar, András fechava a porta do quarto e caía no sofá da sala. Olhava o relógio e, vendo que tinha de voltar ao trabalho dentro de horas, tentava dormir. Lá fora a rua, fosse qual fosse a hora, estava sempre agitada pelo som de carros e pessoas, mas isso não o impedia de mergulhar num sono profundo que poderia durar semanas.

Do outro lado da cidade, travava-se uma luta pelo poder que afetaria o futuro do circo americano. Cole Fisher-Fielding legara seu quinhão da Fisher-Fielding Circus Company a seu leal e fiel sobrinho Martin, que assim ficou com três sétimos, o maior quinhão já controlado por uma única pessoa. Quinhão igual estava em mãos dos Cônjuges – Charlotte Fisher-Fielding e o ímpio casal formado por Rebecca Fisher-Fielding e Phillip Barnes. Mais uma vez, cabia aos Respeitáveis o voto de minerva. O cargo de Norris Fisher-Fielding ia depender de uma reeleição na primavera de 1952, e era voz corrente que Martin pretendia concorrer com o primo.

A situação de Norris era precária. Muita gente considerava irresponsável sua decisão de levar o F-F para o alojamento de inverno antes que acabasse a temporada de 1945, ou estava contrariada com a forma como ele tentara remover da Extravagança todos os vestígios de Cole Fisher-Fielding. Especificamente, as pessoas citavam a demissão dos Ursari – muito embora não fossem eles os únicos de que o circo abrira mão – como um ato vingativo e mesquinho, que nada tinha a ver com a liderança de que o circo necessitava.

Como se não bastasse, a fria linguagem dos números mostrava que a Fisher-Fielding Circus Company estava perdendo vendas, embora fosse discutível se a queda era consequência da administração de Norris: o público dos circos minguava no país inteiro. Muitos circos grandes haviam simplesmente acabado, e os sobreviventes atuavam agora em recintos fechados. Em 1950, o Fisher-Fielding Extravaganza era o único circo grande que ainda atuava debaixo de uma lona. Fora as apresentações no Madison Square Garden em Nova York e alguns compromissos em recinto fechado após o incêndio, o F-F sempre se apresentara debaixo da lona.

Até Norris Fisher-Fielding relutava em ordenar a mudança para o recinto fechado.

Contudo, foi exatamente esta a proposta de Martin Fisher-Fielding. Ele não estava tão inclinado a reverenciar a história quanto a celebrar a arte do picadeiro e sabia que, para sobreviver, o F-F teria de adaptar-se aos novos tempos. Acreditava que seu finado tio concordaria: a sobrevivência do F-F era mais importante que a sobrevivência da tenda grande. Sua convicção era reforçada por uma razão pessoal. Ele estava presente no dia em que a tenda grande queimou e, embora jamais contasse isso a ninguém, tornara-se incapaz de entrar numa tenda ou em qualquer abrigo semelhante. Ainda não entrara na tenda que o F-F comprara para a temporada de 1946, e duvidava que algum dia entrasse.

Embora ele não soubesse na época, Martin não fora o único a contrair essa fobia. Entre os sobreviventes do incêndio do F-F havia muita gente que não entrava mais num edifício sem antes localizar as saídas de incêndio, ou que já não entrava em nenhum tipo de tenda. Ficavam na chuva em casamentos e piqueniques, não iam a feiras nem a espetáculos ao ar livre e jamais punham os pés num circo.

A eleição foi apertada, e houve um momento em que a vitória parecia pender para Martin. No fim, porém, Norris conseguiu aplacar os Respeitáveis e foi eleito para um segundo mandato de cinco anos. Martin resolveu esperar pra ver. Cinco anos não era tanto tempo.

Num dia ensolarado de junho de 1953, Salvo colocou-se no meio da plantação, com o milho quase à altura da cabeça. Com ajuda de Jacob Blacke, tudo indicava que a colheita ia ser farta, e Salvo estava contente. Sentia-se também cansado e, a despeito de todo o café que bebera de manhã, não conseguia parar de bocejar. Nas semanas anteriores o sono se mostrara esquivo, e ele também não contava adormecer facilmente aquela noite. Voltara o medo do escuro, mas não deixava luz acesa, de medo que Anna descobrisse. Passava horas deitado de costas com o coração aos pulos, encharcando o pijama de suor, à espera de catástrofes que não aconteciam. Ficava esgotado, irritado e envergonhado. A razão por que ele, que já andara num arame alto, era tão covarde no chão era coisa que não podia entender.

Subitamente, foi dominado por um impulso que não conseguiu explicar. Antes que soubesse de onde vinha, ele se viu andando para o celeiro. No passado o celeiro abrigara gado e feno, mas Salvo não tinha um nem outro, de modo que o local estava vazio, exceto por umas ferramentas encostadas à parede do fundo. Só quando seus olhos deram com um cabo de três quartos de polegada com quinze metros de comprimento ele entendeu o que fazia ali. Subiu numa escada e cravou um pino na viga mestra vertical, a quase cinco metros de altura, e prendeu uma ponta do cabo ao pino. Depois subiu ao sótão no outro extremo do celeiro e enrolou o cabo firmemente em torno da viga de apoio. Se tivesse como, teria acrescentado um cabo de retenção.

Saltou para o arame. O telhado do celeiro, que era inclinado, mal lhe dava espaço para se pôr de pé. Sentia teias de aranha no cabelo e o cheiro úmido da madeira exposta. Poderia ter tocado o telhado, mas não fez isso. Os pés de Salvo avançavam constantemente, sem hesitação, e seu equilíbrio era autêntico. Ao alcançar o meio do arame ele parou e ficou perfeitamente imóvel. Era o primeiro exercício que aprendera no arame: a busca da imobilidade. Ficou sem se mexer, e pouco a pouco o celeiro começou a recuar e uma calma irradiou-se por seu corpo. Lá fora, os galhos de um salgueiro roçavam a parede.

Daniel entrou no celeiro horas mais tarde com um recado de Anna: o jantar está na mesa. A princípio ele não viu o pai, mas percebeu imediatamente que havia alguém lá. Já trêmulo, pronto para correr, viu Salvo lá em cima no arame, imóvel, com os olhos fechados. Daniel não sabia o que fazer. Não queria assustar Salvo, que podia até cair, mas precisava chamar sua atenção. Afinal resolveu simplesmente esperar para ver o que aconteceria e, sem fazer bulha, sentou-se.

Passou o tempo, e Daniel compreendeu que nem tão cedo Salvo ia dar por findo o exercício. Levantou-se e, numa voz que tentava soar bem mais calma do que soou, disse:

– Olá. – Foi falar e desejar ter tentado outra coisa.

Os olhos de Salvo se abriram vivamente. Para alívio de Daniel, ele não caiu. Salvo olhou para baixo e piscou.

– Daniel?

– O jantar está na mesa.

– Está bem. Eu já vou.

Daniel fez que sim e foi saindo.

– Daniel. – Quando se virou, o pai já não estava no arame. Passara para a beira do sótão.

– Pai?

– Não conte isso que viu a sua mãe. Você é um bom menino, me faça esse favor.

O coração de Daniel deu um salto. Nunca tivera um segredo pra guardar, e ser dono do primeiro era um privilégio.

– Não vou contar – a voz era aguda.

– Obrigado.

Salvo desceu a escada de madeira do sótão e passou o braço pelos ombros do filho. Juntos, os dois se encaminharam para a casa.

Mais tarde, à mesa do jantar, Anna, intrigada, viu Daniel radiante, ele que normalmente era tão melancólico. Pensou em perguntar a Salvo se sabia alguma coisa sobre essa mudança, mas ele caiu no sono mal acabou de comer. Seu ronco indicava um sono profundo, que ela não testemunhava há muito tempo. Na manhã seguinte, já tinha esquecido o que ia perguntar.

Salvo sabia que de fato não alcançara a imobilidade. Sabia porque sabia que isso era impossível, mas tinha a impressão de que nunca chegara mais perto, e era isso que bastava. Compreendia agora que os oito anos anteriores sem o arame haviam sido uma quimera da felicidade; apenas sua família – o amor dela por ele e o dele por ela – o impedira de compreender.

Durante sua quase imobilidade ele concebera a mais audaciosa, mais elaborada, mais fantástica cena de arame que o mundo jamais veria. Tinha-se armado diante de seus olhos, e, embora um lado seu questionasse a sua viabilidade técnica, Salvo acreditava que, se fosse viável, seria ele que a executaria.

Com este fim, começou a treinar seriamente. Anna raramente ia ao celeiro, portanto era baixo o risco de ser descoberto. Preferia manter as suas intenções em segredo por ora. Sabia que ela não pretendia voltar ao arame.

Salvo não perdera tanta perícia quanto temia. Estava enferrujado, claro, e era preciso recondicionar os músculos que no chão não trabalhavam. Mas estava a fazer bons progressos, e acreditava que seria capaz de voltar à forma antiga sem muita demora.

O treinamento era rigoroso, muito mais do que fora nas mãos de Tomas Skosa. Não tinha piedade de si mesmo, nem admitia erros. Para ter sucesso teria não só de aperfeiçoar-se, mas também de ser capaz de aperfeiçoar os outros.

Um dia, de tão concentrado não percebeu três pares de olhos que o espiavam por uma fenda na parede do fundo do celeiro. Daniel tinha deixado devidamente clara para Mika e Elisabeth a importância de manter silêncio absoluto, e quando elas viram o que o pai estava a fazer ficaram a tal ponto fascinadas que o risco de um ruído se tornou inexistente.

Para as crianças, Salvo estava a exibir constantemente o impossível. Assim que ele deixava o celeiro, elas se esgueiravam para o sótão e cravavam os olhos no arame, sonhando ter coragem para se aventurar em cima dele, desejando ser como o pai. Tinham concebido em relação a ele um respeito até então ignorado; ao brincar sempre tinham imitado Anna, admirando sem saber sua resistência e lucidez, e achando o pai fraco e indeciso.

Daniel acabou juntando coragem para pisar no arame.

– Eu não estou com medo.

– Então vá – disse Mika. Tanto ela quanto Elisabeth sabiam que ele estava mentindo.

– Eu vou, sim. – Daniel se colocou na beira e focou os olhos na ponta do arame; tinha visto Salvo proceder assim. Deu um passo; sentia o arame sob os pés pela primeira vez. E mantinha o equilíbrio.

Mika agarrou a mão da irmã; estava assustada demais para falar, excitada demais para calar.

– Ele está andando – sussurrou. Era fantástico.

O queixo de Elisabeth caiu, mas ela não disse nada. Ele é valente, pensou. Por que será que eu não sou assim? E se ele me ensinasse?

Daniel deu mais dois passos – devagar, com cuidado – e então, como se alguém lhe puxasse um tapete debaixo dos pés, ele estava caindo. Ao perceber que estava caindo já estava batendo no chão, primeiro os pés, depois as costas, finalmente a cabeça. Por um momento sua visão turvou-se, o vermelho a lhe inundar os olhos, e ele sentiu-se desorientado, como se o mundo girasse nos dois sentidos ao mesmo tempo; a cabeça doía. Tentou se levantar e achou que ia conseguir; então viu as irmãs diante dele, assustadas.

– Daniel! Você está bem? – Mika experimentou tocar-lhe o ombro com a mão.

– Vai ter encrenca – previu Elisabeth.

– Só se você contar.

– Eu não vou contar nada.

– Daniel, você está bem?

Daniel não respondeu logo. Tocou com a mão no local da cabeça que doía e olhou: não havia sangue. Movimentou-se, e viu que estava tudo bem.

– Daniel!

Ele sorriu.

– Eu estou bom. Vou tentar de novo.

Subiu a escada e foi para a ponta do arame, pronto para recomeçar. Mas uma dor aguda e ardente lhe passou pelas têmporas e ele recuou, sem saber bem onde estava.

– Melhor parar por hoje – aconselhou Elisabeth.

Daniel concordou.

– É, acho que é.

– Amanhã tentamos de novo – os olhos de Mika estavam cravados no arame.

– Claro. Amanhã.

Esgueiraram-se para fora do celeiro e para dentro de casa, com cuidado para não serem vistos, sobretudo pela mãe. Já tinham ouvido Anna falar do arame, e embora ela nunca o dissesse claramente, sua voz traía uma antipatia fácil de captar.

Naquela noite, a cabeça de Daniel doeu tanto que ele pensou que fosse morrer; vomitou duas vezes. No dia seguinte não vomitou, mas a cabeça continuava a latejar. Anna não o deixou ir à escola por três dias; atribuía os sintomas a uma gripe. Passou-se quase uma semana antes que ele se sentisse bem a ponto de pensar de novo no arame.

Na primavera de 1957, mais uma vez, a Assembleia da Fisher Fielding Circus Company ia decidir-se entre os dois primos. Martin Fisher-Fielding já sabia há muito tempo que não tinha o apoio de vários Respeitáveis. Eles o identificavam com Cole, e Martin nada fazia para minimizar essa identificação, mesmo porque para ele sua amizade com o finado tio era motivo de orgulho. Alguns dos Respeitáveis ainda culpavam Cole pelo incêndio e por suas consequências para a receita da empresa. Norris, naturalmente, fazia coro com essa crítica, pois sabia o quanto a posição dos Respeitáveis pesava em suas chances de manter-se no poder. Ele ficara preocupado ao saber que os irmãos de Anna tinham deixado para ela o quinhão de Arthur Simpson no F-F, mas contra isso não havia muito que fazer. Ficou menos alarmado ao ver que nenhum Ursari aparecera na eleição de 1952, e não via por que haveriam de aparecer no futuro. Já Martin enxergou ali a oportunidade que buscava: se conseguisse atrair Anna e Salvo pro seu lado, teria uma chance de ganhar o voto dos Respeitáveis.

O problema dessa tática era a dificuldade para entrar em contato com os Ursari. Eles não tinham telefone, e Martin sabia que, para conquistar o voto de Anna, teria de convencer primeiro Salvo, e não adiantava escrever para ele: pelo que lhe constava, Salvo não sabia ler.

Assim, Martin deparou-se com uma difícil decisão. Podia ficar em Nova York e tentar ganhar de alguma forma o apoio dos outros Respeitáveis, pois era mais fácil alcançá-los por meios convencionais, embora estivessem dispersos. Ou podia atravessar o continente para falar com os Ursari. Se não conseguisse o seu apoio, ou se o seu apoio não bastasse para inclinar a seu favor o voto dos Respeitáveis, não sobraria tempo para tentar mais nada. A parada era alta, mas Martin herdara algo do caráter do tio. Decidiu arriscar, e preparou a viagem à Colúmbia Britânica.

Salvo não reconheceu de imediato o cavalheiro que chegava a pé pela entrada de carros da sua casa. Parecia uma figura familiar, mas precisou de tempo para perceber que se tratava de Martin Fisher-Fielding. Não era bem uma pessoa que ele esperasse ver no sítio.

Martin avançou a passos firmes para Salvo, que estava trocando o cabo de uma pá. Estendeu a mão, que Salvo apertou.

– Seja bem-vindo. – Martin não tinha ideia do que Martin estaria fazendo ali, nem ousava perguntar.

– Obrigado. Linda região.

Salvo olhou a terra em torno, como se precisasse confirmar a opinião.

– É verdade.

– Eu vou direto ao assunto, Sr. Ursari.

– Salvo.

– Salvo. Estou precisando de sua ajuda. – E passou a explicar a situação. Embora não ignorasse a luta política dentro da Fisher-Fielding, Salvo não imaginava até que ponto era precário o equilíbrio do poder. Quando Martin acabou, falou Salvo.

– Eu vou ajudar. Não sei se Anna ficará comigo, mas vou tentar. Norris Fisher-Fielding não é uma pessoa que Cole quisesse à frente do circo.

– Muito obrigado, Salvo.

– Mas se isso funcionar, se o F-F ficar com você, sou eu que vou precisar de sua ajuda.

– Claro. Qualquer coisa que estiver ao meu alcance.

Salvo hesitou. Conhecia as implicações do que estava prestes a dizer.

– Eu quero voltar para o arame.

– A Fisher-Fielding Extravaganza nunca deveria ter perdido os Ursari. Se eu for eleito presidente, a primeira coisa que vou fazer é restabelecer o seu contrato.

– Conto com isso, Sr. Fisher-Fielding.

Martin assentiu. Salvo é sensato, pensou. E Norris fez desse homem um inimigo; foi uma estupidez.

– Minha mulher está lá dentro. Vamos ver o que ela diz.

Salvo apontou para a casa e ambos se encaminharam para lá. Antes de entrar, Salvo pôs a mão no braço de Martin.

– Melhor não mencionar o arame por enquanto.

– Certo.

Lá dentro Anna escutou o arrazoado de Martin sem que seu rosto exprimisse qualquer reação. Ela sabia que alguém ia acabar tentando derrubar Norris, mas não imaginava que fosse tão cedo. De qualquer forma, sua decisão já estava tomada mesmo antes de Martin aparecer.

– Eu não tenho nenhuma simpatia por Norris – ela falava devagar. – Espero que você consiga tirar o circo das mãos dele. Eu o ajudarei como puder, mas... – O rosto de Martin contraiu-se quando ela fez a pausa. Percebera que faltava ela dizer alguma coisa, e que não seria uma coisa boa. – Mas não vou a Nova York para votar, nem vou lidar com os outros. Não quero me envolver dessa forma na política da empresa.

Martin sentiu um aperto no coração. Estava derrotado. Num canto, calado, Salvo tentava pensar em algum argumento que mudasse a decisão de Anna.

– Deixe eu lhe perguntar uma coisa – recomeçou Anna. – Quanto você acha que valem minhas ações do F-F?

Martin levantou os ombros.

– Agora, não valem grande coisa. Talvez trinta ou quarenta mil dólares, no máximo.

Salvo ergueu as sobrancelhas. Para ele, era um bocado de dinheiro. Anna assentiu.

– Foi o que pensei. Há uma coisa que posso fazer. Posso lhe ceder minhas ações, Martin.

– Receio que não, Sra. Ursari. Isso não é permitido. Foi uma das condições impostas no contrato original. As ações dos Respeitáveis... – Martin parou, sem saber se Anna estava a par do apelido dado a seu grupo, mas ela não pareceu desconcertada. – ... essas ações não podem ser vendidas.

– Eu sei. Mas podem ser doadas. É o que eu estou fazendo.

Martin piscou.

– Está...?

– Estou. A Fisher-Fielding Extravaganza é algo de especial. Foi lá que eu conheci o meu marido, a quem amo acima de tudo. Não somos ricos, mas também não estamos necessitados. Nem precisamos possuir um pedaço de uma coisa que na verdade não é nossa.

Martin se pôs de pé. Estava radiante.

– Muito obrigado, Sra. Ursari. Muito obrigado.

Anna estendeu-lhe a mão com um sorriso. Salvo foi buscar a garrafa de uísque de centeio e todos ergueram os copos em honra de Cole Fisher-Fielding, e tornaram a erguê-los para selar o acordo. Depois que Martin se foi, correndo para o advogado mais próximo a fim de providenciar a sua legalização, Salvo perguntou a Anna por que fizera aquilo.

– Não foi Etel que provocou o incêndio, e Norris fez mal em dizer o que disse. Meu pai teria votado contra Norris, e ainda conseguiria outros votos para Martin. Além do mais – ela tocou no rosto de Salvo –, sem o F-F eu não teria encontrado você.

Salvo sorriu. Sentia-se culpado por ter escondido dela a barganha com Martin.

Naquela noite, deitada, Anna ficou refletindo sobre a própria decisão. Teria sido correta? Sabia que voltar para o arame acabaria com seu estilo de vida, e detestaria mudá-lo. Havia meses, no entanto, que compreendera que não haveria outra saída.

Era capaz até de precisar a data em que percebera ser quase impossível manter Salvo longe do arame indefinidamente. Fora na década de 1950, no aniversário de casamento, oito anos depois da precipitada cerimônia no picadeiro da Fisher-Fielding Extravaganza, todo o mundo de olho no relógio porque a matinê mal terminara e dentro de horas ia começar a apresentação da noite. Nessa época ela ainda não começara a detestar o circo, e se lhe perguntassem era capaz de jurar que nunca o detestaria.

Uma das primeiras coisas que Anna aprendeu ao entrar para o F-F foi que o circo tinha significados diferentes para diferentes pessoas. Alguns dos artistas estavam lá porque faziam bem alguma coisa que somente o circo lhes pagava pra fazer. Outros porque tinham nascido lá, eram filhos de artistas ou trabalhadores; não conheciam outra vida. Outros ainda estavam lá porque era tudo que lhes restava, porque o circo era o único lugar que lhes dava um prato quente e um emprego. Alguns, como era o seu caso, vinham fugidos de alguma coisa.

Ao conhecer Salvo Ursari, Anna entendeu perfeitamente que ele era o exato oposto do noivo que seu pai queria para ela. Seu pai a estava pressionando para casar-se com alguém, qualquer um que ela quisesse, desde que fosse do tipo que ele queria. Ela sabia que era questão de tempo encontrar alguém no meio daquela multidão, que aliás não detestava, e assunto resolvido. Para ela haveria uma vida de luxo e privilégio, e de infinito, rematado tédio. Para Anna, aos vinte e seis anos de idade, o tipo de vida a ela prometido era pouco melhor do que a morte.

Naquele dia, quando olhou para cima em meio à multidão e viu Salvo quase cair e em seguida olhar diretamente para ela, entendeu duas coisas: primeiro, que com esse homem a vida jamais seria entediante; e, segundo, que ele precisava dela como ninguém. Quando seus olhos se encontraram, os dele falaram: me salve.

Na época, porém, não intuiu que era exatamente isso que ia ocorrer, que ela ia sentir-se compelida a tirar Salvo do arame, salvar tanto seu corpo quanto seu espírito. Mas fora isso que fizera. E por isso o odiava: por fazer com que ela o amasse a ponto de sentir necessidade de afastá-lo do único lugar onde ele tinha vida.

Durante todo o tempo que se seguiu ao incêndio, e até nos meses que o precederam, Anna estava ciente de que devia afastar Salvo do arame. Acreditava que, se ele avistasse um outro lado da vida, não mais precisaria andar no arame e se acostumaria com outra vida.

Na noite de seu último aniversário de casamento, Salvo dera a Anna um porta-retrato com uma foto dela no arame. Ela sabia da existência da foto, mas não que ele tinha uma cópia. Fora tirada ao fim de sua primeira caminhada solo. Estava de pé na plataforma de sustentação do arame, com um sorriso ridículo afivelado ao rosto, os braços levantados em triunfo. Olhando para a foto, ela achou – e disse – que estava com uma cara de idiota.

– Nada disso – contestou Salvo. – Esta é a cara da mulher mais linda que eu já vi.

Anna olhou para Salvo e viu que ele estava sendo totalmente sincero. Foi terrível a pontada que sentiu dentro do peito. Lentamente, ao longo dos dias seguintes, ela começou a enxergar o que havia feito. Ressentida porque o arame dava a Salvo coisas que ela nunca poderia dar, entregara-se ao ciúme. Havia dentro dela um lado raciocinando que, se conseguisse tirar o arame da vida dele, a coisa mais importante passaria a ser ela, Anna. Ela afundou numa onda de culpa, e no entanto não conseguia falar com Salvo a esse respeito. Portanto, quando Martin Fisher-Fielding apareceu no sítio, ela entendeu de imediato o que fazer.

À noite, incapaz de pregar o olho, Anna pôs-se a tentar adivinhar o óbvio. Será que estava mais uma vez fantasiando o arame? Será que simplesmente esquecera a vida que levara no F-F? Nisso ficou até que a luz do dia começou a penetrar pela janela. Nisso ficou nas semanas seguintes.

* * *

NORRIS FICOU FURIOSO QUANDO soube do que se passara. Mas nada pôde fazer. Perdeu a presidência e, para o alívio de Martin, recusou um cargo inferior. A notícia da eleição de Martin despertou grande alegria entre os integrantes da Extravaganza. Martin era respeitado como administrador e como homem que entendia os valores que haviam feito a grandeza do F-F. No outono de 1957, quando a turnê do ano se encerrou, as pessoas voltaram olhos cheios de expectativa para a temporada do ano seguinte.

Para Salvo, era hora de dar o próximo passo para voltar ao arame. Ele já estava seguro de que seu autotreinamento lhe devolvera a perícia, e agora precisava formar uma nova trupe, capaz de executar a cena que imaginara. Primeiro, porém, queria o acordo de Anna. Uma noite, esperou que as crianças fossem dormir. Os dois estavam na sala diante da lareira, Anna ouvindo rádio.

– Tenho uma coisa para lhe dizer – começou. Tentava manter a calma, porém era audível a tensão em sua voz. Anna assentiu com a cabeça.

– Eu estava esperando que você dissesse.

– O quê? – A surpresa de Salvo foi igualmente audível.

– Eu não sou boba, e vez por outra entro no celeiro. – Cravou os olhos nele; sua expressão era fria.

Salvo não disse nada. Estava com vergonha.

– Você quer voltar para o arame.

– Quero.

– A vida que você tem não basta? Precisa de multidões, de aplauso? – Seu tom se elevava, a sua testa se enrugava.

– A nossa vida é mais do que satisfatória. Há dez anos que eu adoro nossa vida. Mas sem o arame eu não tenho prazer nem com uma vida boa. – Salvo ficou chocado ouvindo-se dizer tal coisa, que antes não havia percebido e só agora lhe surgia como um fato.

– Então ande no celeiro.

– Não é a mesma coisa.

– Agora você tem uma família, Salvo. E se cair?

– Eu não vou cair.

Anna olhou nos olhos dele.

– Se eu disser que não, você vai voltar do mesmo jeito?

– Se você disser que não, eu fico aqui e planto milho.

Anna levantou-se e caminhou para a janela.

– Pra gente fazer isso, vai ter condições.

Os ombros de Salvo se curvaram quase imperceptivelmente.

– Entendo. – Salvo tentava conter a excitação. Mal acreditava que Anna estivesse amolecendo.

– Estou falando sério. A coisa terá que ser feita de uma certa forma. – Ela tentava soar decidida, mas sabia que sua resolução estava seriamente abalada.

– Tudo bem. Será feita corretamente.

– Rezo a Deus pra não me arrepender.

– Você não vai se arrepender.

Lá fora começava a chover, uma chuva leve a princípio, depois forte. E as gotas que batiam nas calhas de metal do telhado soavam como sinos.

ETEL PASSOU O DIA ESPERANDO QUE JÁNOS, agora com treze anos recentemente feitos, voltasse da escola. Tinha chegado uma carta. Etel a abrira e, surpresa, vira dinheiro canadense derramar-se do envelope; muito dinheiro. Mas embora já falasse bem inglês não conseguira ler a carta toda. Reconheceu o nome do irmão, porém, e ficou numa inquietação descontrolada. Quando János chegasse leria tudo para ela. A carta, embora curta, podia dizer muito.

Na mesma noite, já tarde, a porta se abriu e András, cabisbaixo, arrastou os pés pra dentro de casa. Estava trabalhando à noite como leão de chácara num clube noturno e de dia continuava na carrocinha de cachorro-quente. Estava exausto. Espantou-se ao ver Etel de pé. Uma pilha de notas multicoloridas esparramava-se na mesa, e ela agarrava uma folha de papel.

– É de Salvo – disse, e enfiou na mão dele a carta que János tinha lido para ela.

– Que é que diz?

– Ele vai voltar para o arame. – Ela abriu um sorriso.

– Como? – András mal podia acreditar. Ela devia ter entendido mal.

– Norris Fishser-Fielding caiu, e o F-F convidou Salvo para voltar.

– Para que é esse dinheiro?

O sorriso de Etel tornou-se cauteloso.

– Ele quer que a gente vá ao Canadá.

– Para quê? – Com dificuldade, András alcançou uma cadeira.

– Ele quer que a gente volte ao arame com ele.

András parou para pensar. A ideia de voltar ao arame não lhe passara pela cabeça.

– Que é que você acha?

Os olhos verdes de Etel brilharam.

– Acho que devemos ir.

András olhou para o sofá onde dormia, para o miserável apartamento onde moravam. Lembrou-se que dentro de seis horas teria de voltar ao trabalho para poder pagar essa miséria. Pensou em János dormindo no quarto, no futuro que o menino teria se ficassem em Nova York – e sua decisão estava tomada.

– Então, vamos.

Partiram no dia seguinte.

O espetacular número que Salvo havia concebido exigia uma trupe de oito acrobatas. Com András e Etel retomando o treinamento e Anna também subindo ao arame, eram quatro. Treinaram o inverno inteiro, e na primavera de 1958 o desempenho de todos já era muito bom. Mas faltavam quatro acrobatas. Ninguém sabia disso além de Salvo, mas ele também sabia que, quando recomeçassem a atuar no F-F, em questão de semanas, não seria difícil encontrar quem se juntasse a eles.

A casa dos Ursari estava superlotada. János e Daniel dividiam um quarto, Mika e Elisabeth outro. No terceiro quarto dormiam

András e Etel, e o último era o de Salvo e Anna. Com quatro adolescentes em casa era constante a disputa pelo banheiro, e muitas vezes Salvo desistia de esperar sua vez e recorria ao velho banheiro externo atrás do celeiro.

Numa dessas manhãs Salvo acordou já ouvindo através da porta o barulho do chuveiro. Enfiou os sapatos e saiu. Ao passar pelo celeiro, notou que a porta estava aberta. Quando estendeu a mão para fechá-la, viu uma perna de relance, e entrou pra ver quem era.

János estava de costas para a porta, de pijama. Elisabeth e Mika, também de pijama, estavam na beira do sótão. Os três tinham os olhos no centro do arame, onde Daniel, de pé, não se mexia. A princípio ninguém percebeu a presença de Salvo. Mas afinal Mika o viu e cutucou a irmã, que ficou vermelha ao ver o pai. János virou-se e encolheu a cabeça: tinham sido apanhados. Só Daniel, de pé no arame, não tinha visto nada.

Em voz baixa para não sobressaltar o menino, Salvo ordenou:

– Desça daí, Daniel.

Daniel olhou para baixo e, girando com técnica surpreendente, caminhou para o sótão. Foi o primeiro a descer a escada, seguido por Mika e Elisabeth. Enfileiraram-se todos ao lado de János. János e Elisabeth pareciam assustados e quase envergonhados, porém Mika e Daniel estavam impassíveis, desafiadores.

– Vocês não deviam subir no arame – começou Salvo.

Ninguém disse nada.

– Arame não é brincadeira.

– A gente não estava brincando – protestou Mika bem alto.

– Vocês não têm treinamento.

– Nós vimos você no arame – explicou Daniel. – E já aprendemos um bando de coisa.

– Vocês são crianças.

– Não somos tão crianças.

Salvo pesou esse argumento. Daniel tinha quase treze anos e de fato já não era tão criança. Mika e Elisabeth iam fazer quinze dentro de semanas, e János só tinha um ano a menos.

– Se você ensinar, a gente pode fazer mais coisas. – Era Mika que falava, mas os olhos de todos os quatro brilharam.

Salvo balançou a cabeça.

– Sua mãe nunca vai deixar.

– Você podia convencer mamãe.

– Pelo menos tentar – reforçou Elisabeth.

Salvo tornou a balançar a cabeça. Deu as costas e saiu do celeiro, fechando a porta atrás de si. Não tinha pensado nessa possibilidade. Podia dar-lhe a trupe de oito de que precisava para sua cena. Mas estes eram seus filhos. E Anna jamais aprovaria.

Salvo levou uma semana para tomar coragem e contar a Anna o que tinha visto. Como previra, ela não gostou nada.

– No arame? Mas são crianças!

– Já são menos crianças do que nós queremos admitir.

– Você andou ensinando? – O tom era acusador.

– Não. Mas todos têm o nosso sangue.

– Daniel, não. – E imediatamente Anna se arrependeu do que dissera. Salvo não disse que tinha frequentemente a impressão de que Daniel era o que mais se parecia com ele.

– Mas os outros...

Anna passou a mão pelo cabelo e mordeu o lábio.

– Eles acham que o arame é uma aventura romântica. Não sabem a verdade.

– Você também já achou o arame romântico.

Anna se eriçou.

– Naquele tempo eu não sabia o que era o arame, como eles não sabem agora.

– O arame não é um mau lugar.

– Não, mas é um lugar duro, e arriscado. É isso que você quer para seus filhos?

– Não vejo como evitar. Podemos dizer não, mas eles vão subir de qualquer forma. E não vão ser crianças o resto da vida.

Anna pesou as palavras de Salvo.

– Se é assim, temos que explicar a eles o que realmente é a vida no arame.

Salvo desconfiava que ele e Anna iam apresentar versões diferentes. Mas concordou.

ANNA E SALVO ESTAVAM NO SOFAZINHO de dois lugares no canto da sala. Daniel, János e Mika no sofá em frente a eles, e Elisabeth sentada no chão, recostada nas pernas de Mika. András sentou-se numa cadeira ao lado. Etel preferiu ficar de pé, embora houvesse uma cadeira vaga.

– Aconteça o que acontecer – dizia Salvo –, quer eu treine vocês quer não, vocês nunca mais vão subir no arame sozinhos.

– Você vai treinar a gente? – perguntou Mika.

– Veremos – foi Anna que respondeu, contrariada com a excitação de Mika. – Primeiro vocês precisam ficar sabendo de umas tantas coisas.

– Estamos escutando – disse Daniel.

Salvo começou.

– O arame é diferente de qualquer outro lugar. Um erro, e o aramista morre. Ele morre, a trupe morre, e nós estamos todos perdidos. É uma responsabilidade muito grande. Não se pode lidar com isso com leviandade.

– Muita gente já morreu – acrescentou András em voz baixa.

– Tudo isso a gente sabe – interrompeu Mika.

– Vocês não têm como saber nada – a expressão de András era firme.

– Vocês já caíram? – era Elisabeth que queria saber.

– Não – respondeu Salvo. – Por isso é que estamos vivos. Mas sempre subimos no arame sabendo que podemos morrer.

– Então, por que sobem? – János, que falava pouco mas era o mais esperto, tinha feito exatamente a pergunta que todos os outros, no fundo, torciam para que ninguém fizesse. Mas não havia resposta que afastasse aquelas crianças do arame. – Por quê? – insistiu János, olhando Salvo nos olhos.

– Eu subo porque tenho que subir. – Salvo não gostou da própria resposta, mas não tinha outra.

– É pelo dinheiro? – perguntou Mika.

– Não. É que o arame é minha vida.

– Então você entende por que nós também queremos subir – argumentou Daniel. Mais do que nunca, agora ele parecia um adulto. E Salvo compreendeu que a discussão estava terminada. Como podia ele negar aos filhos acesso àquilo que tornava sua vida digna de ser vivida?

Anna, porém, resistia.

– Não é a vida que eu quero para vocês.

– Se a gente não gostar, pode largar, não é?

– Pouca gente larga.

Etel, que até então permanecera calada, falou em voz baixa.

– Eu tinha quase a sua idade quando aprendi a caminhar no arame. Se vocês começarem, nunca vão parar.

– E por que a gente ia parar? – perguntou Daniel.

Só Anna tinha resposta para isso; mas ela não disse nada. Por algum tempo ninguém disse nada. Então, András olhou diretamente para János.

– Eu não quero essa vida pra você. Mas, se resolver treinar, eu não vou impedir.

János olhou para Etel.

– A vida é sua – foi só o que ela disse.

Então ele olhou para os primos, depois para Salvo.

– Você me ensina?

– Ensino.

– E nós? – perguntou Daniel.

Salvo olhou para Anna.

– Eu não tenho nada contra. Depende de sua mãe.

Anna olhou para o chão. As suas mãos estavam cruzadas com força, os nós dos dedos brancos. Demorou muito a erguer os olhos para o rosto de Mika, Elisabeth e Daniel. Suspirou profundamente.

– Eu jamais quis essa vida pra vocês. Têm certeza que é mesmo isso que querem?

– Tenho – foi dizendo cada um por sua vez.

– Então, façam o que querem. Vocês têm muita coisa de seu pai para que eu consiga impedir.

A despeito da gravidade da resposta, as crianças saltaram de excitação. Salvo as refreou.

– A coisa não vai ser fácil, nem divertida. Vocês vão trabalhar até pensar que não aguentam mais, e mesmo aí o treinamento vai estar longe do fim. E vão fazer o que eu disser, porque não permitirei que ninguém se apresente até eu confiar totalmente em vocês, até eu ter certeza que ninguém vai cair. Se eu não tiver esta certeza, ou se a perder, ninguém vai subir no arame.

– Não se preocupe – disse Daniel. – Eu escapei da cova do leão. Não vou cair.

Salvo sorriu.

– Agora vocês precisam dormir. Vamos começar amanhã.

Naquela noite, nenhuma das crianças dormiu. Tampouco Anna, ou Salvo, ou András. Etel foi a única a adormecer, aliás profundamente; os outros passaram a noite ouvindo-a roncar.

SALVO CUMPRIU A PALAVRA, PALAVRA de severo instrutor que nada aceita exceto a perfeição. Passava a manhã treinando os novatos – Daniel, János, Elisabeth, Mika e também Jacob Blacke: este, ao saber que eles iam voltar ao arame, suplicara a Salvo que lhe ensinasse também. Considerando que podia mesmo vir a precisar de mais um, Salvo concordou. Um aramista de reserva podia vir a calhar numa turnê. Era János que tinha mais talento, mas Elisabeth e Mika também eram muito boas. Jacob Blacke não era mau. Daniel era o que tinha menos talento, mas em compensação se esforçava mais, de modo que também progredia, embora mais devagar.

No começo, Salvo concentrou-se em exercícios para treinar os músculos de que os treinandos precisariam no arame. Via que eles não gostavam: achavam os exercícios monótonos, chatos; mas não se queixavam, e um dia foram autorizados a subir no arame. O primeiro passo foi fazer com que esquecessem o que pensavam ter aprendido observando Salvo, o que não era um bom método de aprendizagem. Muita coisa que parecia simples não era – perdiam-se detalhes importantes. A técnica de Daniel, particularmente, era um horror, e Elisabeth e Mika tinham uma tendência para arquear as pernas. János, porém, não tinha maiores vícios, e Jacob, que nunca subira ao arame, dispensou retreinamento.

Uma vez convencido de que havia eliminado os vícios, Salvo começou realmente a ensinar. Aprenderam primeiro a imobilidade, com os cinco no arame ao mesmo tempo. Se alguém caía ou perdia a concentração, era obrigado a sair do arame e recomeçar o exercício. Só depois de aprender esta lição e ter a aprovação de Salvo eles passaram a caminhar.

Para isto Salvo baixou o arame até uma altura de aproximadamente um metro e vinte centímetros e depois fez com que eles andassem de uma ponta a outra, repetidamente. À medida que andavam num sentido, Salvo os corrigia, pressionava e incitava, explicava o que tinham feito de errado e o que tinham feito certo. E quando chegavam ao fim do arame tinham de voltar, e então Salvo os deixava, limitando-se a seguir de longe seus progressos.

Meses depois, todos já cruzavam o arame três vezes, ida e volta, sem ouvir correções. János fazia isso muitas vezes mais. Então, Salvo colocou os cinco no arame para andar juntos.

Salvo estalou os dedos, e eles deram um passo para a frente. Viu que Daniel estava uma fração de segundo atrás dos outros.

– Daniel, você está atrasado.

– Pai, desculpe.

– Não peça desculpas. Ande no mesmo passo dos outros. – Tornou a estalar os dedos, e desta vez foi Jacob que se atrasou. – Jacob, você saiu do passo.

Jacob assentiu com a cabeça. Já sabia que não adiantava pedir desculpas.

Salvo estalou os dedos novamente, e desta vez todos pisaram o arame em sintonia. Bateu palmas uma vez, e Mika e Elisabeth giraram 180 graus.

– Cuidado com essa perna pra fora, Mika. Está aberta demais. Não dobre tanto. Está vendo? – Empurrou-a de leve, e lá se foi o equilíbrio. Agarrou-lhe o braço para ela não cair. A última coisa que queria era que eles aprendessem a cair.

– Se eu não dobrar, não dá pra girar – protestou Mika.

– Dá, sim. É mais difícil, mas assim você não cai, e isso é o que importa. Tente de novo.

Mika girou, desta vez com a perna na posição correta.

– Muito bem. Outra vez.

Ela repetiu o giro uma, duas, três vezes. Os outros observavam sem se mexer.

Salvo bateu palmas duas vezes e Daniel, Jacob e János giraram 180 graus.

– Ótimo, János. Muito bem, Daniel. Jacob, mais firme! O movimento tem que ser mais firme! – Tinha suas dúvidas em relação a Jacob. Quase sempre era correto, mas nunca seria brilhante.

– Chega por hoje. – Salvo os observou caminhando até a ponta do arame e descendo, e depois saindo do celeiro em fila, sem uma palavra. Suspeitava que eles iam reclamar de seus métodos assim que ele já não pudesse ouvi-los. Mas não se incomodava. No fim, o duro treinamento ia compensar.

Salvo suspirou. Dentro de três semanas ia começar a turnê da edição 1958 da Fisher-Fielding Extravaganza, e as crianças ainda não estavam prontas para estrear. Se não se integrassem ao programa, Martin seria obrigado a contratar outro número e, teoricamente, eles podiam perder o lugar. Salvo não acreditava que Martin quebrasse a promessa de dar um contrato aos Ursari, mas conhecia o circo o bastante para saber que não se deixa passar uma oportunidade, de modo que decidiu continuar o treinamento em viagem.

O número seria muito parecido com o que tinham apresentado antes de 1945, com Anna em lugar de Margit em algumas cenas e Etel nas mais difíceis. Na noite da estreia, no Madison Square Garden, atuaram impecavelmente, mas em momentos que antes provocavam ovações só ganharam aplausos formais. Salvo ficou pasmo.

– Que foi que houve com o número? – perguntou ele uma vez no chão.

– Com o número, nada – respondeu András. – Foi uma atuação perfeita.

– Mas ninguém gritou.

– Já viram uma coisa muito parecida – lembrou Etel. – Talvez tenha sido por isso que não se entusiasmaram.

Salvo refletiu por um momento. Jamais lhe passara pela cabeça que tal coisa pudesse acontecer.

– Temos de achar uma maneira de atrair a atenção do público – disse, no rosto uma determinação que teria assustado Anna, se ela visse.

De um modo geral, o interesse no circo havia decrescido. A concorrência com o cinema, a televisão e o esporte profissional reduzira a assistência a uma fração do que um dia fora. Em consequência, o próprio espetáculo fora muito reduzido, e, embora os números ainda fossem magistrais, havia atrações faltando. O F-F fora o último circo a atuar em recintos fechados, o que marcava o fim de uma era. Mas isso, como Martin não se cansava de afirmar, era melhor que a falência.

Quando o F-F acabou sua turnê e recolheu-se ao alojamento de inverno, os Ursari regressaram ao sítio. Após uma semana de folga, Salvo levou a cabo no celeiro uma intensa sessão de treinamento de três dias com todos os nove artistas. Repassou todas as técnicas, movimentos, truques e manobras que sabiam, e observou atentamente os menores movimentos. E aprovou a todos, inclusive as crianças. Estavam prontos.

Quando revelou seu plano para o número em que ele confiava para transformar o arame, os outros ficavam atônitos.

– Isso é impraticável – protestou András. Salvo riu.

– Não é. Nós vamos levar à prática.

Os outros seguiram Salvo. Menos Anna, que não disse nada.

* * *

De tarde, Daniel sentiu aquilo outra vez. Sabia quando vinha pelo cheiro de girassol. Não sabia como sabia que o cheiro era de girassol, pois se lembrava dos girassóis como flores sem um cheiro especial – mas sabia. Discretamente, pediu licença, saiu e, depressa, contornou o celeiro e se internou no descampado atrás dele. De pé, esperou, esperou. E quando já pensava que era alarme falso, aconteceu. O corpo ficou hirto, os músculos rígidos, recusando-se a obedecer ao cérebro. Era como se estivesse emparedado. Não saberia quanto tempo ficou nesse estado. Talvez segundos, talvez minutos; não tinha como saber. Então começou a tremer, primeiro levemente, depois com violência cada vez maior, até se debater no chão como um peixe no fundo de um barco. O cérebro latejava, e ele tinha a sensação de estar sendo atingido repetidamente por um raio. Depois, sem transição, tudo passou. Ele era de novo ele mesmo. Estava cansado, úmido e enlameado, mas era novamente ele mesmo. Levantou-se, limpou a saliva do queixo, tocou a língua com a mão e viu sangue, e dirigiu-se para casa. Esgueirou-se para o quarto, mudou de roupa e voltou à sala, onde seu pai, tio, tia e primo estavam assistindo televisão, enquanto a mãe e as irmãs se afanavam na cozinha. Daniel sentou-se ao lado do pai e fechou os olhos. Não contou nada a ninguém. Fora pior do que da última vez; cada convulsão que sofrera desde a queda fora mais violenta que a anterior. Passavam-se meses sem acontecer nada, até ele quase acreditar que estava bom. Se não melhorasse mesmo, alguém ia acabar descobrindo, e então o tirariam do arame. E isto era coisa que Daniel não podia deixar que acontecesse.

Ensaiaram o novo número o inverno inteiro. Primeiro no chão, depois num arame amarrado a pouco mais de trinta centímetros do chão. Mas passava o tempo, e eles não conseguiam. Cada fracasso deixava contusões, arranhões e torções, e Anna e András torciam pra que os outros desistissem. Mas Salvo não vacilava, nem Daniel, e isso bastava para convencer os menores a continuar tentando. E um dia, apenas duas semanas antes do início da turnê de 1959, executaram tudo sem falhas uma, duas, três, quatro, cinco vezes seguidas. Depois disso, ninguém mais caiu. Tinham feito o impossível, e nem András e Anna conseguiram esconder o próprio orgulho, entusiasmo e excitação.

Como todo ano, o F-F ia estrear no Madison Square Garden. Os Ursari apresentariam sua nova criação, que, tinham certeza, ia fazer história. Mas no ensaio geral Martin viu o número e mandou eliminá-lo imediatamente do programa. Furioso, Salvo irrompeu no escritório dele.

– Por que você fez isso?

– É perigoso demais, Salvo. Não posso correr esse risco.

– Não é tão perigoso assim.

– Você está brincando? Eu nunca vi uma coisa como esta.

– Isto eu sei. E é por isso que as pessoas vão querer ver.

– Salvo, eu...

– Lembre-se que eu ajudei você. E você prometeu fazer qualquer coisa por mim.

Martin Fisher-Fielding coçou a nuca e começou a andar de um lado para o outro.

– Você pelo menos aceitaria uma rede?

– Não. Com rede ficaria perigoso mesmo.

Martin sacudiu a cabeça. Não podia acreditar.

– Tudo bem. Faça o número a seu modo. Mas lembre-se que eu expliquei por que estou preocupado.

– Obrigado. Depois desta noite você vai mudar de ideia.

Depois que Salvo saiu, Martin ficou pensando que este Ursari era um gênio, ou um louco, ou as duas coisas. Ainda pensava nisso quando se sentou para o espetáculo da noite. Nervosamente, aguardou que os Ursari entrassem em cena. A vez chegou, e, quando eles subiram ao arame, todos os olhos se voltaram para cima.

A primeira parte ele já conhecia. A multidão reagiu sem grande entusiasmo – por toda a arquibancada se ouviam conversas. Mas quando o ato final começou, o silêncio caiu sobre o recinto.

Os acrobatas avançavam pelo arame formando uma pirâmide de oito pessoas em três níveis: quatro embaixo, em dois pares ligados por uma espécie de canga que sustentava uma vara. À frente vinha Salvo, ligado a Etel. Atrás dele, András ligado a Daniel. De pé na vara, entre Salvo e Etel, seguia Anna, e János erguia-se na vara entre András e Daniel. Anna e János, ligados como os outros, avançavam com a vara onde se equilibravam Elisabeth e Mika, separadas por uns trinta centímetros. Quanto a Jacob Blacke, descera velozmente a escada da plataforma de onde haviam partido e subia a outra, para onde o grupo avançava.

Martin só ouvia a ofegante respiração de seu vizinho. A pirâmide movia-se como uma peça inteiriça: um passo para a frente, pausa; um passo para a frente. Moviam-se todos acompanhando Salvo, em movimentos sincronizados como se os outros fossem marionetes atadas a seu corpo. A meio caminho, pararam. No topo da pirâmide, Mika, que vinha atrás de Elisabeth, executou um giro e se colocou de frente para o ponto de partida, no sentido contrário ao de todos os outros. Então, ela e Elisabeth baixaram o tronco e, apoiando as mãos nas costas de Jacob e Anna, elevaram lentamente as pernas no ar até seus pés se tocarem – uma dupla bananeira num ângulo de 65 graus. A imagem formada era a de uma casa de três andares no arame. A multidão sufocou um grito.

As gêmeas sustentaram a bananeira dez segundos. Só então pousaram outra vez os pés na vara e a pirâmide voltou a caminhar. A essa altura, a multidão se pôs de pé. E quando os Ursari alcançaram a plataforma oposta, prorrompeu em aplausos a tal ponto entusiásticos que Martin temeu um tumulto. Foram quinze minutos de uma ovação que não esmoreceu nem quando Salvo retornou pela quarta vez ao arame para a reverência de agradecimento. A ovação seguiu, ignorando a banda que recomeçava a tocar e até o número seguinte, iniciado e interrompido duas vezes. A partir de então, A Casa ficou sendo o número de encerramento, e Martin agradeceu aos céus por permitir que Salvo o convencesse a deixá-lo encenar.

* * *

NO FIM DA TURNÊ DE 1959, por toda a América do Norte, o nome dos Ursari estava gravado indelevelmente na mente dos amantes do circo. Eles estavam em capas de revista e na primeira página de jornais, eram tema de documentários de televisão, e falava-se até em rodar um longa-metragem sobre a sua vida. Salvo protegia as crianças dessa publicidade o máximo possível, dando a maioria das entrevistas sozinho ou só com Anna. As meninas eram particularmente vulneráveis, imaginava ele, tentando conservar a vida delas dentro da maior normalidade.

Depois que a companhia recolheu-se ao alojamento de inverno, eles voltaram ao Canadá, enquanto o resto do pessoal buscava as águas ensolaradas da Flórida. As pessoas riam, incapazes de decifrar a razão que os levava a preferir o rigoroso inverno canadense ao ameno inverno tropical, e não havia quem acreditasse quando Salvo afirmava que o inverno no vale Fraser nada tinha de inclemente. Chovia muito, mas Salvo gostava da chuva. Ele próprio supunha que gostava por causa de suas lembranças da seca na Transilvânia, mas não era só isso. Gostava de ver a chuva lavar tudo, de entrar na chuva e tornar-se parte dela, e depois de entrar em casa e sentir-se em segurança enquanto lá fora reinava o dilúvio. Na Flórida jamais sentia isso, a não ser quando soprava um furacão – mas a isso preferia de longe a chuvinha caseira.

Na comunidade agrícola, ninguém dava muita atenção à Magnífica Trupe Ursari. Eles não eram tratados exatamente como pessoas comuns, nem como celebridades. Em geral, os vizinhos os deixavam em paz. Havia sempre alguém que os importunava, porém não era nada como o que acontecia em Nova York, Chicago ou Los Angeles.

Pela primeira vez desde que tinham deixado o F-F, os Ursari estavam realmente felizes. Salvo deleitava-se com o êxito do número, e não só dormia sem dificuldade mas passava a maior parte dos dias sem inquietações. Sua única preocupação era manter a trupe em perfeita forma, impedir que alguém relaxasse e comprometesse o número. Mas todos trabalhavam a sério e seguiam sua orientação, de modo que manter a forma não era um grande problema. Acima de tudo, eram profissionais.

András e Etel se mantinham reservados, mas ao pensar nos aplausos o rosto dos dois se iluminava. Em certas horas, os dois mal acreditavam que, depois de passar fome e sofrer desprezo, estavam sendo louvados e homenageados aonde quer que fossem. András via o sucesso com naturalidade, e Etel com desconfiança: aquilo não podia durar eternamente. Mais cedo ou mais tarde, alguém ia apontar o dedo para eles e dizer que eram simples mortais que faziam um número de circo bobo. Mas isto ainda não havia acontecido, e quanto mais tempo se passasse menos Etel pensaria no pior.

Daniel Ursari tinha de fato muita coisa de Salvo. Vivia para o momento da apresentação, para o burburinho da multidão lá embaixo, para o silêncio total da atenção concentrada e depois a total algazarra do entusiasmo. Jamais pensava em cair, nem jamais lhe passava pela cabeça que lá embaixo a multidão pensasse que A Casa podia desmoronar a qualquer momento. Não era isso que lhe interessava. Andava porque no arame ele não era o menino deslocado, o órfão de um incêndio no circo, de pele ruim e cabelo espetado; era Daniel Ursari, o acrobata, o senhor da gravidade. Era um super-herói de carne e osso. Jamais sentira na vida sensação igual.

János, o melhor aramista entre as crianças – talvez melhor do que Anna –, provavelmente seria feliz onde quer que estivesse. Tinha o dom de sentir um tranquilo contentamento em qualquer parte. Estava tão à vontade no arame quanto num trem ou restaurante. Para ele, aparentemente, não fazia diferença onde estivesse, desde que estivesse com a família e desde que a família estivesse contente.

Elisabeth e Mika, tão parecidas fisicamente, amavam o arame por razões distintas. Mika amava ser olhada, ser alvo de atenções, ser capaz de fazer uma coisa que pouca gente fazia. E amava mais ainda a forma como certas pessoas olhavam para ela, geralmente os homens, particularmente Jacob Blacke. Já Elisabeth pouco se importava que as pessoas olhassem para ela, sequer se importava que gostassem ou deixassem de gostar do número. Gostava era da Fisher-Fielding Extravaganza, do clima do circo, de todos os outros números e das pessoas e paisagens que nunca tinha visto. Entrar no circo como espectadora lhe daria tanto prazer quanto atuar como acrobata.

A Anna não agradava andar no arame. Não gostava da notoriedade que o número atraíra, não gostava do circo. Contudo, ao ver quanta alegria o sucesso trouxera não só para Salvo, mas também para seus filhos, a alegria encheu também seu coração, e seu sorriso foi largo e sincero. Mas só fora do circo ela era plenamente feliz, e a folga do inverno veio a ser de longe seu momento predileto. Agora aguardava ansiosamente o Natal com a família, a árvore e os presentes, os dias longe do arame. Tinham uma árvore e, embora não fosse grande cozinheira, era capaz de dar conta de um peru e de seus acompanhamentos, e estava decidida a fazer isso.

No dia de Natal a casa madrugou, e as crianças (que aliás crianças já não eram) correram para a árvore. Salvo, András e Etel nunca haviam entendido bem os costumes natalinos do Ocidente, mas nem por isso ficavam menos excitados. Tagarelaram sem parar enquanto as crianças rasgavam o papel dos embrulhos, Elisabeth e Mika gritando de prazer ao abrir suas caixinhas. Continham pingentes de prata de lei com a forma de suas iniciais; era presente dos pais, que Salvo mandara vir de Montreal com meses de antecedência, o que o obrigou a lutar penosamente contra a tentação de entregar antes da hora. Era a primeira vez que dava às filhas um presente pessoalmente significativo, o que lhe dava uma sensação de arrependimento retrospectivo. Dentro de meses elas completariam 17 anos, e não tardariam a alcançar uma idade em que os filhos muitas vezes deixam os pais. A esperança de Salvo era que o número em que trabalhavam juntos as mantivesse com ele, mas o futuro era incerto. As meninas deram a Anna e depois a Salvo agradecimentos e abraços apertados, e Salvo apertou com força a mão de Anna. Anna sorriu. Ela jamais esqueceria aquela hora, e já sabia disso.

Há seis anos A Casa, agora A Casa Ursari, era a principal atração da Fisher Fielding Extravaganza, que voltara a ser incontestavelmente o peso-pesado do mundo do circo na América do Norte. Em 1964, porém, o público caiu para o nível mais baixo desde os anos pós-incêndio, e a receita da bilheteria acompanhou a queda. Nas cidades grandes o público ainda enchia a casa, mas nas de porte médio não era raro atuar para meia lotação. A cidades menores o F-F já não ia; desde o desaparecimento das tendas grandes, nenhum circo fazia isso.

A despeito deste revés, as coisas iam bem para Martin Fisher-Fielding. Desde sua vitória de 1957, ele não enfrentava uma ameaça grave contra o seu comando. Norris Fisher-Fielding praticamente abandonara a esperança de retomar o controle da empresa: com Martin detendo a maioria dos votos, Norris só poderia ganhar uma eleição se um dos Respeitáveis lhe doasse as suas ações, o que era improvável; os Respeitáveis não costumavam doar seus bens. Tentara comprar ações por intermédio de um terceiro, mas o negócio foi investigado, considerado como uma transgressão do contrato social, e anulado.

A temporada ia a meio, e o F-F acabara de encerrar uma apresentação em Columbus, capital de Ohio, e seguia para três dias de espetáculo em Cleveland. No trem, Mika Ursari pensava numa forma de contar aos pais que estava comprometida. Há três anos ela se encontrava com Jacob Blacke às escondidas, pois sabia muito bem que Salvo não aprovaria o casamento. Ele era dez anos mais velho, mas não era isso que incomodaria o pai. Salvo olhava para Jacob de cima para baixo porque ele era um lavrador. Todo o mundo, inclusive o próprio Salvo, sabia que essa atitude não tinha sentido. Mas existia. Na verdade, Mika pouco se importava com o que o pai diria. Estava com 21 anos, e podia fazer o que bem entendesse.

Pediu ajuda à mãe, e Anna organizou as coisas. Salvo nem percebeu que o vagão foi se esvaziando em meio a uma sucessão de desculpas variadas, até que só ficaram ele, Anna e Mika. Jacob, tímido como sempre, preferiu sair. Mika não entendia por que ele tinha tanto medo de Salvo, mas concordou em dar a notícia sozinha. Era o pai dela, e era ela que lidaria com ele.

O melhor, resolveu, é ir direto ao assunto, apresentar as coisas como são.

– Jacob e eu vamos casar – foi o que ela disse, com voz firme, senhora de si.

Tomado de surpresa, Salvo vacilou.

– O quê?

– Jacob e eu vamos casar – repetiu Mika.

– Jacob Blacke?

– É.

– Quando se decidiu isso?

– Faz algum tempo.

– Entendi. – Salvo apertou os olhos, como sempre fazia quando tinha raiva.

– Salvo – começou Anna –, Jacob tem grandes qualidades. Sempre te tratou bem.

Salvo assentiu.

– É um bom homem, e é bom ele estar na trupe. Mas não vou permitir que se case com minha filha.

– Você deve ter alguma razão para isso – disse Mika, elevando um pouco a voz.

Salvo não respondeu. Fitou Mika. Não era a primeira vez que notava a semelhança dela com a mãe, tanto fisicamente quanto de temperamento.

– Você pode ter noivo melhor – disse, afinal.

– Isso compete a mim decidir – respondeu Mika. Levantou-se e encaminhou-se para a porta. – Eu vou me casar com ele. Você pode concordar, ou eu posso desaparecer. Você decide. – Correu à porta e saiu.

– Você vai fazer o que eu disser! – gritou Salvo.

Estava irado. A porta se fechou. Salvo se pôs de pé num salto, mas Anna impediu que ele fosse atrás da filha.

– Que foi que eu fiz? Por que meus filhos me desafiam desse modo?

– Eles já são adultos – lembrou Anna. – Já não podemos dar ordens a eles.

– Eles vão me escutar.

– Não vão.

Salvo afundou na cadeira. De repente, parecia exausto. Anna sentou-se ao lado dele e segurou-lhe a mão.

– Por que você não aprova o Jacob?

– Ele não serve para ela.

– Foi o que meu pai disse de você.

Salvo olhou para ela, coçou a testa e deu um longo suspiro.

– Ela vai se casar, quer você queira quer não, então é melhor fazer as pazes.

Salvo concordou. Ela estava com a razão; tinha aprendido sua lição a duras penas.

– Vou falar com ela.

Anna apertou com força a mão dele.

– Não é fácil ficar velho.

– Nós não estamos velhos.

– Eu, não. Mas você já foi mais jovem.

Salvo riu. Se alguém lhe tivesse dito em Budapeste que um dia ele teria 54 anos de idade, não teria acreditado. Agora, sua impressão era que ia viver mais cinquenta anos e continuar criança.

Chegaram a Cleveland no começo da tarde; tinham algumas horas para descansar antes da apresentação da noite. Salvo jamais conseguia cochilar antes do arame, portanto saiu para verificar o cabeamento. Teve a surpresa de encontrar András e János sentados lado a lado debaixo do arame. Os dois tinham uma expressão grave, e o olharam com evidente apreensão.

– Que é que há com vocês? – O tom de Salvo era de gracejo. Nenhum dos dois respondeu, e Salvo repetiu a pergunta, agora sério.

András olhou para János, depois para Salvo.

– Ele perdeu a fibra.

– Quem? János?

– É.

– Que é que você quer dizer?

– Não posso mais subir no arame, tio. – O rosto de János era o retrato da vergonha.

– Claro que pode. Você é um grande aramista.

János sacudiu a cabeça.

– Não posso.

– Eu não entendo.

– Não sei explicar. Alguma coisa mudou dentro de mim.

– Se ele for, vai cair – preveniu András. – Está com medo. Não deve atuar com medo.

– Todo o mundo tem medo – argumentou Salvo. – E um pouco de medo é até bom.

– Não é só um pouco de medo. – András rodeou com o braço os ombros do rapaz. – Ele treme só de pensar em subir no arame. É melhor parar. Melhor para todo o mundo.

Salvo olhou para János. As lágrimas lhe escorriam pelo rosto, e Salvo entendeu que András tinha razão. Mas o rapaz era um dos aramistas mais talentosos que já vira, e não gostaria nada de vê-lo partir.

– Tudo bem. Que tal tirar uma folga, parar uns dias e depois ver como se sente?

János assentiu.

– Tudo bem. Mas acho que não vou melhorar.

Salvo sorriu.

– Vamos esperar pra ver. Talvez você tenha uma surpresa.

András e Salvo se afastaram e baixaram a voz.

– Ele perdeu completamente a fibra – disse András.

– Então deve se afastar. Mas nada de decisões precipitadas. Por ora, ele pode ajudar na plataforma.

András olhou de longe para János.

– Acho que ele não vai mudar de ideia.

– Talvez não. Mas nunca se sabe. Jacob pode entrar no lugar dele, e se ele quiser voltar, terá o seu lugar.

András concordou. Mas tinha certeza de que não haveria volta.

Elisabeth e Mika estavam num banco na área dos artistas. Mika se encolheu no assento, deixou pender os braços e os estendeu. Elisabeth girou lentamente um pulso machucado e ficou observando a irmã pelo canto do olho. Queria que Mika tivesse esperado o fim do recesso de inverno para contar a história do noivado ao pai. Andar no arame já era duro sem aramistas furiosos um com o outro lá em cima, e era estressante para todo o mundo ver desentendimentos quando viviam em tamanha intimidade. Se todo o mundo se entendesse, as coisas correriam bem e com facilidade. Seríamos todos tão mais felizes, pensou Elisabeth.

Estava entediada. Entediada com toda a sua vida, com ela mesma. Elisabeth não sabia o que fazer, e não contara a ninguém o que sentia, nem a Mika. Sabia que a maioria das pessoas riria dela; como sua vida podia ser entediante? Vivia viajando pelo continente com o circo, desafiava a morte com proezas no arame, e era famosa. Onde é que estava o tédio? E, no entanto, o tédio era sua realidade.

Nunca tivera um amigo de verdade, pensava. Mika era sua amiga, mas também sua irmã gêmea, o que era diferente, e, fora Mika, só havia Daniel e János, que eram bons para ela, eram queridos, mas também parentes, não amigos. O fato de ser Ursari a isolara de outras pessoas da sua idade, o que a deixava abatida. Elisabeth estava sempre cansada, mesmo depois de dormir horas e horas; estava sempre bocejando o dia inteiro. Tinha impressão de que nunca ia acordar completamente.

– Não sei por que ele tem de ser assim – disse Mika, arrancando Elisabeth de seus pensamentos.

– É o jeito dele.

– Isso não é desculpa.

Elisabeth deu de ombros.

– Que é que nós vamos fazer?

– Bonito – censurou Mika. – Isso afeta você também, sabia? Ou vai afetar, algum dia. A não ser que você fique noiva do presidente, ou de Deus, ninguém vai servir para você.

– Que eu saiba, isso não está para acontecer comigo. Eu nem conheço homens. A não ser que me case com Daniel ou János.

– Não sei se papai ia deixar.

– Óbvio.

As duas riram. Mas de repente a expressão de Mika mudou, e ela rilhou os dentes.

– Não tem graça. Às vezes eu tenho ódio de papai.

Elisabeth não disse nada. Não odiava o pai, mas pensou que seria capaz de odiá-lo se estivesse no lugar de Mika. Elisabeth jamais sentira uma emoção forte como o ódio, e ficou pensando como seria. Quase sentiu inveja da irmã. E, por si mesma, um misto de desprezo e piedade.

Etel foi a penúltima a subir à plataforma. Fora Salvo o primeiro, como sempre, seguido por Anna, depois as gêmeas, Daniel e Jacob, András e Etel, e finalmente János. Normalmente János subia antes de András, e o último era Jacob; esta noite János era o último porque ia ajudar com os acessórios d'A Casa, mas não iria para o arame. Etel tinha dó do sobrinho; não entendia como ele perdera a fibra assim tão de repente. Era uma coisa que estava além de sua compreensão.

Já na plataforma, os pensamentos de Salvo voltaram a sua conversa com Jacob quinze minutos antes. Primeiro explicara que János queria se afastar do arame por um tempo e que ele, Jacob, ia fazer A Casa. Jacob não atuava normalmente, mas conhecia a cena, que tinha treinado, além de atuar como substituto quando alguém adoecia. Salvo confiava nele, não tanto quanto em János, mas confiava. Antes de se afastar, Salvo estendeu a mão para Jacob e disse que ele era bem-vindo à família Ursari, como seu genro. Jacob tomou-lhe a mão e prometeu tratar Mika bem, e Salvo acreditou.

Ao chegar à plataforma, Mika lançou a Salvo um olhar raivoso, e ele compreendeu que ela ainda não falara com Jacob. Sorriu, pensando que ela se sentiria envergonhada quando soubesse, e decidiu não divertir-se muito à custa dela. A noite seria feliz, ia abrir uma garrafa de uísque de centeio, talvez duas. Você é um homem de sorte, pensou. Olhou para baixo e viu que estava quase no fim o número dos malabaristas que precedia o seu. Mentalmente, começou a preparar-se.

Forçou-se a expulsar da mente essas ideias e imaginou-se atuando impecavelmente, e por algum tempo sentiu os próprios músculos fluindo pelo arame. Então ouviu a banda tocando a saída dos malabaristas; era a vez dos Ursari.

Salvo pisou no arame com a vara de equilíbrio firme na mão. Cruzou o arame sozinho, plantando uma bananeira a meio caminho e brindando o público com um ligeiro aceno. Voltou à plataforma, e András, Daniel e Mika partiram. András e Daniel levavam os dois uma vara e Mika, apoiada firmemente nela, girou uma, duas, três vezes. O púbico manifestava aprovação em altos brados. Depois os Ursari apresentaram a cena da bicicleta, seguida pela caminhada solo – Etel de olhos vendados. Salvo deitou-se de costas no meio do arame e Anna passou por ele, pisando no seu estômago. Ele piscou para ela, e ela sorriu.

Ao chegar à plataforma, Salvo notou que Daniel tinha no rosto uma expressão estranha – estava pálido como um lençol –, mas não lhe perguntou o que havia. Era hora de montar A Casa. Foi ter com Jacob, que trocara de lugar com Etel, a qual normalmente caminhava logo atrás de Salvo. Uma vez ligados pela canga, János alcançou-lhes a vara de equilíbrio e eles avançaram mais de um metro pelo arame. Atrás deles, András ligou-se a Daniel, último da fileira de baixo. Em seguida Anna saltou para a vara entre Salvo e Jacob, e Etel para a outra, entre András e Daniel. János estendeu para Etel e Anna a canga que elas passaram nos ombros: era uma peça de metal em forma de U; a vara era presa a uma peça no peito ou nas costas, a depender da posição do acrobata. Anna e Etel tomaram suas varas de equilíbrio e Mika e Elisabeth montaram a vara entre elas. János deu o sinal de que estava tudo pronto a Salvo, que, por sua vez, com uma leve inclinação de cabeça, acionou todos os outros.

Imediatamente János começou a descer pela escada. No chão ia correr pro outro lado e subir à plataforma oposta para ajudar a desmontar A Casa. Normalmente isso era tarefa de Jacob, que era bom nisso, embora mal chegasse a tempo. E Salvo não estava seguro de que János fosse tão rápido quanto Jacob para descer e subir a escada.

Mas não pensou nisso enquanto cruzava o arame. Estava concentrado na sincronização de seus movimentos com os outros; eram eles que o seguiam, mas Salvo também procurava prever o seu avanço. No meio do arame ele parou, e, ascultando a multidão, percebeu que Elisabeth e Mika estavam de cabeça para baixo. Assim se demoraram mais que de costume, e Salvo imaginou que estivessem a dar mais tempo a János. Mas viu que o garoto já estava no meio da escada, compreendeu que ele chegaria a tempo e concluiu que Mika provavelmente estava tentando marcar sua presença. Ouviu o suspiro que a multidão soltou quando as gêmeas se desviraram e, para marcar sua própria presença, tardou segundos a retomar a marcha.

Salvo sentiu em sua canga um leve puxão, sinal de que não estava sendo seguido. Parou, mas era tarde. O arame deu um solavanco, e A Casa desmoronou.

Estavam caindo. Mãos largavam varas de equilíbrio e se estendiam, algumas encontrando apoio, outras não. Salvo caiu bem em cima do arame e nele enrolou as pernas, ignorando a dor na direita, dobrada além de sua flexibilidade normal. Já sabendo o que havia acontecido, ele, cegamente, esticou a mão e agarrou Anna em plena queda, precária pegada a princípio, mais firme ao conseguir se acomodar. A seu lado estava Etel, pendurada no arame pela cintura, a mão esquerda agarrando o arame e a direita estendida numa tentativa de estabilizar-se. Atrás, pendurado pelos dedos, András forcejava para não cair. Ao lado dele, quase sentado, Jacob deslocava-se para ajudar András a melhorar sua pegada. Lá embaixo as pessoas, histéricas, berravam, e Salvo desejou ardentemente que elas se calassem. Só então olhou pra baixo e viu Daniel caído de costas no chão, o corpo a retorcer-se como se estivesse na cadeira elétrica. Não longe dele, caídas, Elisabeth e Mika não se mexiam. Entre elas, crescia uma poça que, o pai sabia, só podia ser de sangue. Anna tentava em vão olhar pra baixo; mas na posição em que estava era impossível avistá-las, e os esforços dela punham em risco a pegada de Salvo no seu braço.

Lá embaixo, o pessoal do circo atropelava-se tentando estender uma rede improvisada para os que ainda estavam no arame. Quando Salvo e Anna caíram na rede, a equipe médica já havia atado Daniel a uma maca e o carregado. Fizeram o mesmo com Elisabeth e Mika – no caso delas, porém, já não havia urgência. Com Anna e András em segurança, Jacob subiu sozinho à plataforma. Salvo e Etel o seguiram depois. János estava lá, esperando, nem uma pinta de sangue no rosto, as mãos trêmulas. Desceram a escada precipitadamente, Jacob correndo na direção em que tinham levado Mika, e Etel e János seguindo Salvo para a rede.

Salvo tomou Anna nos braços e a apertou com força antes de deixar que os paramédicos levassem a todos para o hospital. Anna chorava desesperadamente; sabia que Elisabeth e Mika estavam mortas, e que Daniel corria risco de vida, se é que já não tinha morrido também. Era seu mundo que tinha caído.

Foi Salvo o único a escapar ileso. Anna deslocara o ombro quando Salvo a agarrara, além de torcer um joelho seriamente. Jacob sofrera um estiramento nos tendões do jarrete, e András fora atingido na cabeça pela vara de equilíbrio de Daniel, contundindo-se e sofrendo uma concussão. Etel, projetada violentamente contra o arame, tivera uma hemorragia interna. Até János estava machucado: torcera um tornozelo ao descer a escada.

Os ferimentos de Daniel eram os mais graves. Tinha quebrado a coluna em três lugares, embora, por milagre, não estivesse paralítico. Entrara em coma, e não se podia prever quando, nem se recuperaria a consciência. Tinha também lesões internas, cuja gravidade os médicos ainda ignoravam.

Mika e Elisabeth seriam sepultadas dentro de três dias.

* * *

Um dia depois do acidente, Salvo foi ver Martin Fisher-Fielding. Martin estava sombrio, evidentemente abalado com o que acontecera. Sentia-se em parte responsável: mesmo sabendo o quanto o número era arriscado, ele o havia permitido, porque era um grande número e ajudava a vender ingressos.

Salvo tentou tranquilizá-lo.

– A culpa não é sua. Se você dissesse não, nós iríamos fazer a mesma coisa em outro circo.

Martin mordeu o lábio. Sabia que Salvo faria exatamente aquilo.

– Que foi que houve lá em cima?

– Não sei. Alguém deve ter cometido um erro. Não sei quem foi.

– Eu sinto profundamente, Salvo.

– Eu sei.

– Se algum dia você quiser, sempre haverá um lugar para você no F-F.

– Obrigado. Nós precisamos de um tempo para nos recuperar. Mas esta noite eu vou para o arame.

Martin sobressaltou-se.

– O quê?

– Eu sei que um solo não é a mesma coisa, mas eu quero andar esta noite.

– Salvo, acho que você não...

– Eu peço isso como um favor.

Martin olhou para Salvo e viu a sua determinação. Sabia que não era uma boa ideia, mas não podia negar.

– Tudo bem. Mas tenha cuidado.

– Obrigado. – Salvo se virou e saiu, sem fechar a porta. Tinha a mente preocupada e o coração acabrunhado.

Aquela noite Salvo andou e, pela primeira vez na vida, o mundo não retrocedeu quando ele pisou no arame. Sabia que esta era uma travessia diferente. Não andava para si, nem para o arame. Andava pelas filhas; era a única maneira de honrar sua memória.

Foi sem vara de equilíbrio que ele andou, e a banda emudeceu. O público olhou em silêncio; sabia o que acontecera na noite anterior, sabia o que devia custar a esse homem subir de novo àquele arame. Ao chegar ao ponto de onde haviam caído, Salvo Ursari ajoelhou-se e tocou com a mão o arame. Ninguém mais sabia que mentalmente ele estava tocando as pálpebras das filhas, fechando-as docemente, tarefa que na véspera alguém tinha cumprido antes que ele chegasse perto delas. Ajoelhado ele ficou por longo tempo, e lá embaixo ninguém tampouco se mexeu. Afinal, ele se ergueu e prosseguiu, as lágrimas caindo silenciosas do arame lá em cima à serragem lá embaixo. Quando ele terminou a travessia e se deixou cair na plataforma, a assistência fez soar discretos aplausos; tinha a consciência de haver presenciado algo de grave, mas que não entendia por inteiro. Anos depois, a dor e o cansaço acabariam toldando a memória que Salvo conservara dessa noite; mas dentre os que estavam lá embaixo ninguém jamais esqueceria.

SETE

O segundo semestre da temporada de circo de 1964 foi marcado pelo menor público registrado na história da Fisher-Fielding Extravaganza. Podia-se especular se essa perda era consequência da queda dos Ursari ou se ocorreria de qualquer maneira, mas, fosse como fosse, era evidente que chegavam ao fim os dias gloriosos do F-F. Martin não conseguia pensar em nada que os fizesse renascer; no fim, tudo esbarrava no simples fato de que as pessoas já não estavam tão interessadas na magia que fizera a grandeza do circo. Aparentemente, não havia como reverter essa tendência. Martin duvidava que o próprio Cole pudesse melhorar a situação, e mesmo assim vivia desejando que o velho estivesse vivo, para tentarem juntos.

Naquele ano a Fisher-Fielding Circus Company mal conseguiu equilibrar as contas, e era altamente provável que daria prejuízo no ano seguinte. Assim, não faltava quem quisesse vender a empresa, mesmo porque, embora insistir em mantê-la operando parecesse um esforço vão, haviam chegado ofertas tentadoras de outras organizações. Mas era Martin que controlava a empresa, e, enquanto ele não se decidisse neste sentido, pouco se podia fazer.

Longamente, com o maior empenho, Martin pesou as suas opções. Se o F-F não fosse um empreendimento familiar, a vida de seu pai, de suas tias e tios, teria vendido há muito tempo. Em vez disso, resolveu tocar a empresa para a frente. Quando Charlotte Fisher-Fielding morreu, ele comprou imediatamente o seu sétimo das ações. Nem Norris nem sua mãe e padrasto tinham dinheiro para isso, e o próprio Martin teve de contrair pesado empréstimo para fechar a compra. Um dispositivo do contrato social original lhe permitira anular a cláusula que proibia a venda de ações dos Respeitáveis: os fundadores haviam estipulado que o contrato poderia ser alterado se alguém assumisse o controle de mais de quatro sétimos do capital. A essa altura, quase todos os Respeitáveis estavam dispostos a vender suas ações: para eles, e para todo o mundo, era evidente que o circo jamais voltaria a ser lucrativo como nos velhos tempos. A decisão de Martin enfureceu ainda mais os Cônjuges remanescentes, mas eles não tinham como revertê-la. Quando a poeira baixou, Martin já controlava quase cinco sétimos da Fisher-Fielding Circus Company. Fora ele, só havia Rebecca Fisher-Fielding-Barnes e Phillip Barnes, que detinham um sétimo cada um, além de um obstinado Respeitável que não cedia por nada sua fração, só pelo gosto de ser dono de parte de um circo. Muita gente ficava imaginando por que Martin lutaria tanto para controlar um empreendimento que, isto saltava aos olhos, estava fadado ao fracasso. Em alguns círculos até a sua sanidade foi posta em dúvida.

DANIEL URSARI PERMANECEU EM COMA OITO SEMANAS. De repente, quando os médicos já duvidavam que viesse a recobrar a consciência, ele abriu os olhos e reingressou no mundo. Mais um ano passaria antes que as fraturas se consolidassem, mas ia sobreviver. Segundo os médicos, ele nunca mais andaria no arame. Os calcanhares haviam-se danificado de tal forma que o simples esforço de suportar o peso do corpo já seria doloroso, e de qualquer forma Daniel não teria como enfrentar os requisitos físicos do arame. Quando lhe explicaram tudo isso, ele não disse nada. Aliás, embora nenhum problema físico o impedisse de falar, não dera uma palavra desde que recuperara a consciência.

Anna ia vê-lo no hospital todos os dias. Até que finalmente, quando seu estado permitiu, levaram-no para o sítio e o instalaram no quarto de cima que um dia dividira com János. Da cama onde se recuperava, Daniel via a porta do quarto das irmãs. Forcejava para não olhar, mas seus olhos sempre achavam um modo de alcançar o espaço vazio da entrada.

A queda era assunto em que não se tocava. Nem a queda, nem o arame. E quando Salvo vinha ver Daniel, tampouco falava. Sentava-se ao lado da cama do filho, tão calado quanto ele, e as horas se passavam sem que nenhum dos dois se mexesse. Ao sair, Salvo lhe apertava docemente o braço.

Mentalmente, porém, Salvo repassava a queda todo dia. Ele estava de costas para os outros, portanto tinha visto muito pouco e não podia imaginar o que saíra errado. O fato de não ter ideia da causa do acidente o perturbava; sem identificar a causa, não havia como prevenir outro acidente igual. A despeito do que acontecera, Salvo pretendia remontar A Casa, embora já não fosse a mesma coisa sem Mika e Elisabeth.

A lembrança das filhas sempre lhe despertaria dor, mas contra isso ele não tinha o que fazer. Era uma questão que vira com simplicidade a vida inteira. Umas pessoas morrem e são enterradas, outras ficam vivas e prosseguem. Não é que visse com frieza a morte de ninguém. Sentia o fim das filhas tão profundamente como qualquer outra pessoa, com a possível exceção de Anna, mas não podia deixar que a morte delas o matasse também. Sua vida era o arame. Ia andar de novo.

Anna jurou que jamais tornaria a pôr o pé no arame, e ninguém duvidou desta resolução. Passou a recusar-se a sequer falar sobre o assunto, e tirou das paredes as fotos da família atuando, guardou-as numa caixa, levou a caixa para o sótão e nunca mais olhou pra elas. Sentia raiva – uma raiva lenta e surda, que se filtrava devagar pra cada pensamento e ato seu –, e dentro de algum tempo até se esqueceu de como *não* ter raiva. Acima de tudo, estava com raiva de Salvo. Era ele que tinha posto a todos no arame, era ele que tinha concebido aquela cena desnecessariamente arriscada, ele que tinha convencido todos a atuar. Tinham gozado no sítio uma boa vida, que poderiam ainda estar gozando se não fosse pelo inflexível egocentrismo de Salvo. Agora as filhas estavam mortas e ela reduzida a esse órfão aleijado que nem filho dela era de fato. Jamais pensara que fosse possível tal coisa, mas agora ela chegava a imaginar se o que sentia pelo marido não seria ódio.

* * *

Com o dinheiro ganho no F-F, András e Etel compraram uma pequena casa a alguns quilômetros de Salvo e Anna, na mesma estradinha. András estava com 56 anos e as durezas da vida começavam a afetá-lo. Passava a noite tossindo e de dia ficava numa cadeira da sala ouvindo discos, qualquer música romani que encontrasse. Sabia que tinha dado as costas pra suas origens, tornara-se praticamente um gadjé, e isto lhe causava uma dor que nada parecia aplacar. Sabia também que fizera o possível, criando Etel e depois János, e sabia igualmente que, se tivesse ficado na Europa, teria provavelmente acabado nos campos de concentração de Hitler, como tantos roma. Mas tudo isso era consolo fraco. Ao se dar conta de que ele e Etel já não falavam romani nem entre si e de que János só falava inglês, compreendeu que com ele e seus irmãos iam morrer mil anos de roma Ursari. Nome e sangue estariam vivos em seu filho, mas o menino era canadense, não rom, o que para ele, aliás, seria uma vantagem. János conhecia histórias roma, mas nunca as contava para os outros, e András duvidava que chegasse a conhecer os próprios netos e contar a eles suas histórias. András sabia que isso faria seu pai se revolver no túmulo, e tinha vergonha.

Etel, que não tinha lembrança alguma dos pais e só os conhecia por relatos, não passou por nenhuma dessas aflições. De fato, não sentiu nada. Etel Ursari era totalmente destituída de emoção, sabia disso e não se incomodava. Acreditava ser um espírito, ou uma máquina, e, embora toda noite visse a queda em sonhos, mantinha-se de todo alheia, como se assistisse a um filme sem interesse. Tinha sido desconectada e não queria conectar-se novamente. Passava o dia limpando uma casa que não necessitava de limpeza.

Por algum motivo, nem András nem Etel perceberam logo que János estava agindo de uma forma estranha. Talvez porque a mudança tivesse sido gradual, talvez porque faltasse um elemento que marcasse a transformação. Fosse como fosse, toda a atitude de János diante da vida foi mudando. Ficava facilmente perturbado ou excitado, e tornou-se cada vez mais temerário. Comprou um carro, que dirigia sem respeito pela própria segurança, e no primeiro mês caiu várias vezes com as rodas na sarjeta. Não se feriu em nenhum desses acidentes, o que teve uma consequência lamentável; ele passou a acreditar-se invulnerável.

János estava só. Das quatro crianças que tinham crescido juntas no sítio dos Ursari, era ele a única que não tinha morrido nem se ferido gravemente na queda. O fato de sobreviver em grande parte graças à intuição que o fez deixar o arame na hora certa não entrava em suas cogitações. Após a queda, nada podia feri-lo. Evidentemente, a morte não estava interessada em carregá-lo. Tocara em todos os outros. Era visível como estavam seu pai e suas tias e tio, e Daniel não melhorava. Somente János, a seu próprio ver, saíra ileso da queda. Se a queda o havia afetado, fora fortalecendo-o.

Na primavera, Salvo decidiu plantar mais algum milho. Desde que tinham começado a trabalhar n'A Casa ele deixara de plantar, mas agora sentia que era bom fazer alguma coisa, e cuidar do sítio era uma coisa tão boa quanto qualquer outra. Telefonou para a casa dos pais de Jacob, na esperança de que ele o ajudasse a semear, mas ninguém atendeu. Após dias tentando lhe falar por telefone, Salvo pegou a caminhonete e foi ao sítio Blacke.

Quando saiu da caminhonete, a porta da frente abriu-se e a Sra. Blacke apareceu. Era uma mulher baixa, mais velha que Salvo, de fino cabelo branco. Desceu os degraus da entrada e parou a três metros dele.

– Vá embora.

– Preciso falar com Jacob – explicou Salvo conciliador, achando que talvez a velha senhora estivesse algo senil.

– Você não é amigo dele.

– Sou, sim. Sou Salvo Ursari.

– Eu sei o que você fez. – A mulher cuspiu no chão e encarou Salvo desafiadoramente.

Salvo foi tomado de surpresa. Não sabia o que fizera para enfurecer a tal ponto essa mulher. Ainda estava tentando definir uma atitude quando a porta se abriu de novo e Jacob passou por ela.

– Jacob – chamou Salvo, mas, para sua surpresa, não houve resposta. A aparência de Jacob era péssima. Parecia ter envelhecido dez anos nos três meses passados desde que o vira pela última vez. Abaixo dos olhos, que estavam vermelhos e piscaram quando ele saiu da casa, havia olheiras negras. – Jacob – repetiu.

– Que é que você quer aqui? – A voz de Jacob era áspera.

– Preciso que você me ajude com o milho.

– O quê?

– Milho. Vou plantar mais milho.

– E acha que eu vou ajudar? – Jacob parecia incrédulo.

Salvo fez uma pausa.

– Eu espero que...

– Está tudo bem, mãe. Por favor, me espere lá dentro. – A Sra. Blacke hesitou, mas retirou-se, pondo a mão no ombro de Jacob ao passar por ele. Ele fechou a porta e avançou.

– Ajudar você? Mais fácil eu cuspir na sua cara.

Salvo mal acreditava nos próprios ouvidos.

– Que foi que eu lhe fiz?

Jacob riu sarcasticamente.

– O fato de não saber já diz tudo.

– Não entendo.

– Claro. Não é capaz de entender.

– Eu não causei a queda.

– Escute bem, que eu não vou repetir. Saia da minha frente e não volte aqui. Nunca mais quero ver a sua cara. Entendeu?

– Jacob...

– Vá embora. Agora. – E Jacob entrou em casa e fechou a porta.

Perplexo, Salvo ainda ficou ali alguns momentos antes de entrar na caminhonete e voltar pra casa.

Etel passou o dia sentindo que ia acontecer uma coisa ruim

A sensação penetrara nos seus ossos como um arrepio, e ela não conseguia se livrar. Quando o telefone tocou, sentiu-se quase aliviada.

Ao lado de András, correu para o hospital. O estado de János era grave, mas estável. Às duas horas da tarde, embriagado, ele jogara o carro contra um poste telefônico, destruindo os dois e ferindo-se gravemente. Apesar da embriaguez, a polícia não conseguia explicar o acidente: as testemunhas diziam que ele não ia em velocidade muito alta, mas sequer tentara evitar o poste. A hipótese é que ele teria desmaiado e perdido o controle do carro, coisa em que nem Etel nem András acreditavam.

Da emergência do hospital, Etel ligou para Salvo e Anna, e os quatro ficaram esperando enquanto János passava por uma cirurgia para reparar uma laceração num rim e uma perfuração no pulmão. Era a primeira vez que os quatro se reuniam sem pressa desde a volta ao Canadá. A princípio, ninguém falou muito. O silêncio se estendeu por três horas, até que Anna não pôde mais suportá-lo, e levantou-se.

– Por que será que acontece tanta desgraça nesta família?

– Nós somos Ursari – explicou András. – Sempre foi assim.

– Eu não sou Ursari!

– Então deve ter seu próprio fado.

– Nós é que fizemos nosso fado – interveio Etel. – E nem tudo foi ruim. Já fomos os melhores aramistas do mundo.

– E veja no que deu – disse Anna.

– Podemos tornar a ser os melhores do mundo – interveio Salvo.

Etel olhou para ele incrédula.

– Você não acredita nisso, acredita?

– Não tenho certeza.

– Eu jamais pisarei de novo no arame, enquanto viver – disse Anna. – Resolutamente, enfiou as mãos no bolso do casaco e partiu na direção da lanchonete.

– Nem eu – reforçou András depois que ela se foi.

Salvo começou a falar, mas András o interrompeu.

– Essa decisão não é sua, Salvo. Passei trinta anos andando no arame com você e deixando você chefiar. A maioria das vezes você estava certo, mas outras vezes errou, e aconteceram coisas ruins. Não estou dizendo que você teve culpa. Provavelmente não teve. Mas é tempo de eu decidir o que vou fazer, e estou dizendo que não voltarei ao arame. Já não tenho amor por essa vida. O preço foi alto demais.

Salvo voltou-se para Etel.

– E você?

– Eu seria capaz de andar de novo. Sempre gostei do arame, e não me arrependo do que fiz. Naquele tempo aconteceram coisas ruins, mas também aconteceram coisas ruins antes do arame e vão acontecer outras depois. Mas, pensando bem, acho que não vou voltar. Eu já não sou tão jovem, e nós nunca seremos outra vez o que fomos. Vou sentir falta, mas acabou.

– Mas e...

– Você precisa entender – tornou András – que para nós o arame nunca foi o que é pra você. Qualquer um pode ver que no arame você é outra pessoa. É lá que você ganha vida. Mas nós não somos assim. Podemos viver no chão. Não precisamos do arame da forma que você precisa.

Salvo recostou-se na cadeira e tentou entender as palavras de András.

– Por que você andou no arame todo esse tempo?

– Porque era melhor que não andar. Havia um entusiasmo. Éramos famosos, as pessoas nos adoravam, e nós ganhamos dinheiro. Nada mau para um rom órfão.

– Já você teria andado de graça – observou Etel.

Salvo sabia que era verdade. Nunca tinha se importado muito com o que o F-F pagava.

– Sinto muito.

Etel sorriu.

– Não se desculpe. Não estamos reclamando. Estamos só parando.

Carregando quatro xícaras de café numa bandeja, Anna voltou, quase ao mesmo tempo que chegava um médico, examinando com ar sério um prontuário.

– András Ursari?

András se adiantou. O temor se estampava no seu rosto.

– Sou eu.

– A cirurgia do seu filho já acabou. Transcorreu bem, e ele deve acordar dentro de algumas horas. Então o senhor poderá vê-lo.

– Ele vai sobreviver?

– Ainda é cedo para garantir, mas eu diria que ele tem chances de recuperar-se.

– Muito obrigado.

O médico sorriu discretamente e se foi, atravessando as portas de vai-e-vem. Etel sacudiu a cabeça.

– O garoto tem sorte.

– Ele não vai se achar sortudo quando eu o apanhar de jeito – ameaçou András. – Vou acabar com essa loucura.

Salvo e Anna saíram pouco depois; Daniel não podia ficar só em casa muito tempo. A caminho de casa, Salvo contou a Anna que A Casa estava liquidada, que os outros não subiriam mais no arame.

– Não vou fingir que lamento por você – foi o que ela disse.

– Eles não estão com raiva. Só resolveram encerrar a carreira.

– Eu também não estou com raiva – respondeu Anna. Nenhum dos dois acreditou. Pelo resto do caminho, os dois ficaram em silêncio dentro do carro.

UMA MANHÃ, ANNA VOLTOU DO ARMAZÉM e começou a guardar as compras. À mesa da cozinha, Salvo, imóvel, olhava para ela. Ela ficou chocada quando ele, de repente, enterrou o rosto nas mãos e prorrompeu em pranto.

– Que foi que houve?

– Daniel me odeia – Salvo tentava se recompor. – É por isso que ele não fala.

– Ele não odeia você – disse Anna simplesmente.

– Odeia, sim. E você também.

– Não – respondeu, surpresa com a falta de convicção na própria voz.

– Me odeia. É fácil perceber. Só falta você reconhecer.

Anna pensou nessa hipótese, e compreendeu que era verdade.

– Elas morreram – disse.

– Por minha causa.

Ela bem quis dizer que ele estava errado, mas não conseguiu. Fez que sim com a cabeça e engoliu em seco.

– E por minha causa também. Fomos nós dois. E talvez no fundo eu sinta ódio por você. Mas também odeio a mim. Fizemos uma coisa horrível.

Salvo estava de novo à beira das lágrimas.

– Que é que nós vamos fazer?

– Não sei – respondeu Anna. Não se aproximou dele. Ao contrário, pegou sua xícara de chá e foi para o quarto. Salvo a seguiu.

– Eu lamento tanto isso tudo!

– Claro que lamenta. Mas não adianta. Lamentar não muda nada.

Salvo não respondeu.

– Talvez você estivesse vivendo para o arame. Seu problema é este. Eu nunca vivi para o arame. Vivia para você e para as crianças. Agora me diga: para mim, o que restou?

Salvo quis dizer que restava ele, mas não conseguiu. Ficaram os dois sentados, calados, até que Anna se levantou para dar comida e remédio a Daniel. Salvo ficou só. Afundou a cabeça nas mãos e pôs-se a pensar. Será que algum dia as coisas vão se endireitar? Será que existe uma forma de recuperar-se?

E então, subitamente, um momento de excepcional clareza o assaltou com um entendimento que jamais tivera. Quando seus pais foram mortos, quando o F-F queimara, quando A Casa desmoronara, os outros, os que estavam perto dele em todas essas ocasiões, se machucaram, ou até morreram, enquanto ele escapava sem lesões físicas. Tinha-se erguido no alto do campanário de uma igreja amaldiçoada e obrigado sua alma a deixá-lo. Tentara viver uma vida livre da dor. E, embora seu corpo ainda estivesse ileso, causara e recebera um quinhão excessivo de mágoa. Até a morte de Elisabeth e Mika, tentara não sentir nada. Mas isso, pensou ele, já não é possível.

Pela primeira vez desde 1919, Salvo ergueu os olhos para o céu. O que fez ainda não foi uma oração, ainda não; mas já era algo parecido.

Deus, já vivi muito. E tive que chegar até aqui para enxergar o que fiz. Subi ao arame e não caí, o que não tem importância. O homem que não vive não pode morrer. Nunca fui invencível. Somos todos soldados de vidro.

NUMA MANHÃ DE VERÃO, Anna deu com o quarto de Daniel vazio. Mais tarde, o que ela acharia estranho no episódio seria que seu primeiro pensamento fora que ele teria ascendido ao céu. Correu para fora do quarto e encontrou Daniel apoiado com todo o peso do corpo na parede e avançando para a escada. Caiu ao avistar a mãe. Ela o levou de volta para a cama, e ele se recusou a dar a menor pista do que estava tentando fazer.

Se tivesse falado, Daniel poderia ter dito que estava tentando fugir. Teria dito que era epiléptico e tinha escondido isso, no começo por vergonha e depois por saber que não o deixariam mais subir no arame, se soubessem. Teria contado que tivera uma crise no arame, primeiro ficara paralisado e depois, ao atingir o solo, em convulsão. Estava surpreso por não ter tido outra crise desde a queda d'A Casa; imaginava que de algum modo a crise estivesse sendo evitada pelos numerosos analgésicos que vinha tomando.

Depois de Salvo, era para Daniel que o arame tinha um significado maior. Para ele, o pai adotivo sempre fora um herói: só pensava em ser igual a ele. No arame, Daniel fingia invariavelmente que era Salvo, e fora isso que lhe dera coragem para andar.

Agora estava tudo arruinado. O fato de ninguém saber que ele causara a queda piorava as coisas, pois nunca ia poder contar e pelo resto da vida sofreria o medo de ter a sua culpa exposta. Além deste penoso segredo, havia a certeza de que jamais tornaria a subir no arame e a consciência de que matara as irmãs e infelicitara o pai e a mãe. Tinha sentido cheiro de girassol. Tivera tempo de recuar, de não entrar n'A Casa, mas fora em frente mesmo assim, para não entregar o seu segredo. Podia ter evitado o que acontecera, e saber disso lhe provocava uma dor pior do que qualquer fratura.

Assim que tivesse forças, iria para longe e nunca mais voltaria. E, exceto o suicídio, recorreria a qualquer método para fugir de si mesmo.

O MEDO COMEÇAVA SEMPRE COM PEQUENAS COISAS. Quando criança eram temores repetitivos. Agora, infiltravam-se em coisas em que nunca pensara duas vezes. Num domingo ensolarado, Salvo e Anna foram de carro a Vancouver e fizeram um piquenique numa praia da baía Inglesa, no Pacífico. Ele já vira o mar vezes sem conta. Tinha cruzado o Atlântico a fim de ir para a América do Norte e, embora enjoasse a viagem inteira, nunca tivera medo do mar. Mas ali, sentado na manta e olhando os cargueiros ancorados na baía, foi tomado pela irracional certeza de que a qualquer momento uma onda gigantesca ia varrê-los da praia e afogá-los. A própria ideia da vastidão do mar – que Anna havia lembrado momentos antes e para ele era atraente – lhe provocou, nas panturrilhas, uma contração tão forte que os tornozelos estalaram. Sentou-se, paralisado, o suor já escorrendo pelo rosto e invadindo-lhe os olhos e a boca. Seu gosto salgado lembrou de novo o mar e aguçou o medo.

Anna já presenciara suas crises de pânico e aprendera coisas sobre sua insônia, embora os dois jamais discutissem o assunto. Era coisa que ela havia rotulado como nervos e, portanto, descartado e, como chegara a desaparecer durante anos, já não pensava muito nisso. Desta vez, porém, ao ver o que estava acontecendo, percebeu as proporções do terror e viu que, por mais que tentasse acalmá-lo, convencê-lo de que estava tudo bem, ele não queria, ou não podia escutar. Diante de tais crises nada havia a fazer senão esperar que passassem, o que levava cada vez mais tempo. Por vezes Anna temia que Salvo perdesse a sanidade. No íntimo, ele próprio também temia enlouquecer. Ignorava se esse temor era parte de seu mal ou de sua parte ainda sã, de modo que ficava sem saber em que acreditar. Aliás, já não sabia quase nada sobre coisa alguma.

No outono de 1968, Martin Fisher-Fielding fechou um negócio que há quase dez anos ele sabia ser inevitável. Ao fazê-lo, selou seu fado nos anais da história do circo. Pela magnífica soma de 111 milhões de dólares, vendeu os setenta por cento que detinha na Fisher-Fielding Circus Company a um consórcio holandês, e o espetáculo que tinha revolucionado o setor e feito dos Ursari um símbolo da casa deixou para sempre as suas mãos. Assim ele atraiu a execração universal, exceto por parte dos poucos que sabiam da verdade: ele não tinha outra saída, pois a empresa já esperava de joelhos o golpe de misericórdia. As pessoas cuspiam nele na rua, e amigos de quarenta anos se recusavam a responder a seus telefonemas.

Além do dinheiro, o único consolo de Martin foi que os Cônjuges foram maltratados no acordo geral. Depois que ele próprio vendeu a sua parte, eles não tiveram remédio senão vender também, e foram obrigados a entregar seus 28 por cento a um preço vil – 14 milhões de dólares, uma bagatela em termos relativos. Os demais Respeitáveis, cuja participação se resumia a menos de dois por cento, ficaram fora das negociações e acabaram recebendo sete milhões, metade do que tocara aos Cônjuges. O consórcio holandês queria a propriedade integral da empresa e estava disposto a pagar bem pelo controle total do nome que se tornara um símbolo do circo.

Para Martin, foi penoso ver o F-F sair das mãos da família. Por mais que detestasse os Cônjuges, preferiria vê-los controlando a empresa a vendê-la. Mas não havia alternativa: se esperasse mais cinco anos, o fim seria a falência, e então a empresa já não valeria nada. Desta forma, pelo menos os ex-acionistas saíram com dinheiro. Martin só esperava que os outros vissem as coisas dessa forma. Mas não viram. Então, ele comprou um castelo na Escócia e, amargurado, abandonou os Estados Unidos.

NÃO TINHA SE PASSADO MUITO TEMPO desde a venda do F-F quando uma manhã, ao levantar-se, Anna descobriu que Daniel tinha partido. Não ficou surpresa. Há cerca de um ano ele já estava quase totalmente recuperado fisicamente e, nesse período, ela presenciara várias convulsões. Depois da primeira, ela entendeu claramente o que acontecera no arame. Não contou a Daniel que o tinha visto no campo atrás do celeiro e, embora o desejasse ardentemente, não correu a socorrê-lo das outras vezes em que o viu com convulsões. Tinha certeza de que ele iria embora se soubesse que o seu segredo fora descoberto.

Tampouco ela contara a Salvo. A culpa não a deixava dormir, a ponto de muitas vezes ainda estar acordada quando Salvo ingressava no sono, perseguido pelos seus terrores. Ela sabia que ele ainda se culpava pela queda, mas não queria contar que a culpa não era dele, porque se contasse ele voltaria ao arame. Lentamente, porém, a culpa de Anna a debilitou, e ela entendeu que em breve precisaria contar tudo. Cabia a ela suportar as consequências.

Daniel não deixou carta, e só levou a caderneta de banco e uma maleta. A maior parte da roupa ficou nas gavetas, e até a cama ele deixou feita. Anna deitou-se nela e olhou para o teto. Dentro de si ela sentiu algo partir-se, soltar-se do peito e, pairando, afastar-se do seu corpo. Quando se sentou, já não sentia raiva. A princípio não entendeu o que mudara; a raiva persistia havia tanto tempo que se transformara num costume que pesava como nenhum outro. Então ela compreendeu o que mudara. Desceu e saiu para o campo, atrás de Salvo.

Foi encontrá-lo sentado de pernas cruzadas no campo atrás da casa, olhando para o céu. Nos olhos se estampava o medo, e o corpo estava rígido como um cadáver. Anna o tirou do chão e o levou para dentro de casa, e o fez sentar-se à mesa da cozinha. Sentaram-se frente a frente, as mãos de Anna sobre as de Salvo. Depois que ele deixou pra trás o que quer que o havia amedrontado, ela contou que Daniel tinha ido embora e que provavelmente não voltaria. Salvo assentiu, como se também esperasse por isso.

Anna engoliu em seco. Seu coração havia disparado.

– Foi ele que provocou a queda.

Salvo olhou para ela sem expressão.

– Daniel?

– Ele mesmo. Teve uma convulsão no arame.

Salvo estava pasmo.

– Há quanto tempo você sabe disso?

– Há meses. Eu estava com medo de contar.

– Por quê?

– Porque eu sabia que ele iria embora se os pais soubessem.

– Ele foi embora, de qualquer modo.

Anna mordeu o lábio.

– E sabia também que se você soubesse ia voltar para o arame.

Salvo sacudiu a cabeça.

– Eu não vou voltar. E não importa de quem foi a culpa da queda.

Anna levantou-se e foi até um móvel. Abriu uma gaveta e tirou uma pilha de cartas, que pôs na mesa diante dele.

– Eu acho que você devia voltar. Não vou mais andar no arame com você, mas acho que você devia voltar.

– Que é isso? – Salvo mexeu nas cartas sem abri-las.

– Propostas de trabalho no arame. A maioria é para caminhadas entre prédios.

– Você escondeu isso de mim?

– Escondi. Desculpe.

Salvo levantou-se.

– Eu não posso voltar.

– Pode. É a única maneira de aplacar seu medo. Não entendo por que, mas é assim.

Salvo olhou Anna nos olhos e viu que ela estava com a razão. Mas não sabia se a volta era possível. Não sabia se o arame poderia ser de novo o lugar que um dia fora. Nem sabia se não ia cair.

– Vou pensar.

Naquela noite, nem Salvo nem Anna adormeceram mais cedo, mas pela primeira vez em muito tempo os dois acharam conforto nos braços um do outro, e não perderam o sono.

Daniel desceu do ônibus e piscou diante da luz mais intensa. Toronto. Tinha demorado a chegar até aqui, e logo que saiu do ônibus compreendeu que lá também não ficaria mais do que umas semanas. Sua reação nada tinha a ver com a própria Toronto: era simplesmente a sensação de que ainda não chegara ao fim de sua jornada.

Quando ele era pequeno seu pai lhe contara uma história, e desde o acidente essa história lhe voltava com frequência, intrometendo-se em seus pensamentos como um vizinho grosseiro.

– Uma vez, muito antes de você nascer, um grupo de roma encontrou um menino sozinho à beira da estrada. Procuraram seus pais por toda parte, mas ninguém os encontrou. Chegou a hora de os roma seguirem viagem e a essa altura todos já gostavam do menino, que era esperto e bom, de modo que revolveram levá-lo.

"Bem, passou o tempo e o menino cresceu, e a família adotiva tinha orgulho dele. Tinha aprendido a tocar música maravilhosamente e se tornado um ferreiro perito, e, quando preciso, era capaz até de fazer mágicas. Mas vivia curioso em relação ao mundo de seus antepassados e à vida gadjé, então fez um voto de deixar seus irmãos roma durante um ano. Ao voltar, contaria o que tivesse aprendido.

"O menino, que era agora um homem, partiu para a cidade e foi acolhido por gadjés, que também gostaram dele, pelas mesmas razões que os roma. Viveu com eles e foi tratado como um príncipe, mas nunca revelou o seu passado.

"Depois que se passou um ano, ele voltou aos roma, porém sua mente estava envenenada. 'Me contaram que vocês roma roubam bebês. Eu fui roubado?' Muita gente se ofendeu com a pergunta, mas sabiam que os gadjés diziam essas coisas, então responderam. 'Não. Encontramos você na estrada, sem ninguém e sem nada, e acolhemos você como se fosse um filho nosso.'

"Ele fez cara de pouca fé e perguntou: 'Os gadjés dizem que os roma mentem e trapaceiam. É verdade?' Bem, ficou ainda mais gente ofendida, mas não deixaram de responder. 'Não. Somos como todo o mundo. Nem melhores nem piores.'

"Ele não pareceu convencido. 'Não compreendo. Vivi com os gadjés um ano inteiro e não entendo por que eles iriam mentir. São muito mais espertos que os roma.'

"Aí os roma ficaram realmente ofendidos. Pensar que o menino que tinham criado, alimentado e vestido, e a quem tinham ensinado tudo que sabiam, dizia tais coisas sobre eles, acreditando na palavra dos gadjés e não na deles, era demais. Embora o amassem, eles o baniram e o proibiram de voltar até que mudasse de opinião.

"Ele adorou ir embora. 'Livrei-me de boa. Eu não sou mesmo rom.' E voltou para a cidade. Mas, quando encontrou uma família que tinha conhecido dias antes, não o reconheceram. 'Eu vou mostrar', disse ele, e pegou um violino para tocar uma música de que a família gostava. Mas, do violino, só saíram os sons mais horrorosos. Ele não entendia nada, mas persistiu. Viu uma panela furada, e disse. 'Vou consertar a panela. Vocês já me viram consertar muitas, e, pelo jeito de trabalhar, vão saber quem sou.' Por mais que tentasse, porém, não conseguia consertar a panela. 'Vá embora, e pare de atormentar nossos ouvidos e estragar nossas panelas.' A família o pôs pra fora de casa e trancou a porta.

"O homem ficou furioso e lançou uma praga. 'Amaldiçoados sejam esta casa e todos os seus moradores.' Mas nada aconteceu. Tinha perdido também os seus poderes mágicos.

"Virou mendigo. Dentro de poucos anos perdera a formosura e parecia um velho. Então, um dia, seus velhos amigos roma passaram pela cidade e o reconheceram imediatamente. 'Que tal viver como gadjé, irmão?' 'Eu não sei mais tocar. Não sei mais consertar nada. E perdi a magia.' 'Claro. Tudo isso é coisa rom.'

"Então o homem viu o erro que havia cometido e suplicou que o aceitassem de novo. Os roma riram. 'Claro, claro. É só querer. Está tudo perdoado.'"

Daniel sabia por que essa história se insinuava em sua mente com tanta frequência. Mas não acreditava no desfecho. Ele próprio jamais conseguiria voltar. Seria acolhido sem hesitação, bem sabia. Mas não podia apagar o que fizera, e sobretudo já não merecia amor. Nunca mais permitiria que ninguém o amasse, nunca mais assumiria semelhante risco. Os assassinos não merecem perdão.

Apanhou a maleta no bagageiro do ônibus e atravessou a rodoviária. Pretendia achar uma hospedaria onde pudesse mergulhar num longo sono. Tinha a esperança de que, no dia em que chegasse aonde quer que fosse que tinha de ir, entenderia que tinha chegado.

No verão de 1969 um homem chamado Jim Carter foi preso como suspeito de uma série de incêndios criminosos em San Francisco, Califórnia. Interrogado, o homem, que tinha 42 anos e era alcoólatra, confessou crimes que iam de pequenos furtos a incêndios. Entre eles, contou ter ateado fogo ao circo Fisher-Fielding.

A princípio, os investigadores ficaram céticos. Carter afirmava que fora empregado do F-F no verão de 1945 e tinha começado o incêndio encostando um fósforo aceso a uma parede lateral da tenda grande na área do banheiro feminino. No arquivo do circo, ele de fato constava como empregado naquela época, mas não se conseguira precisar onde estava aquele dia. O que acabou por convencer os investigadores de que Carter falava a verdade foi o fato de ele contar que, na verdade, acendera não apenas um, mas dois fósforos, o segundo a mais de um metro do primeiro. Até então, nem durante a investigação preliminar, nem durante o inquérito subsequente se tinha divulgado a informação de que o incêndio partira de dois pontos. Diante disso, a polícia acusou Carter formalmente pelo incêndio da Fisher-Fielding. Diagnosticado como doente mental, ele foi confinado a um asilo, onde morreu anos depois.

Quando a notícia da confissão alcançou os Ursari, Salvo ficou sem saber o que fazer. Embora nunca tivesse concluído que Etel realmente iniciara o fogo, o fato é que abrigava alguma dúvida. Por muito tempo não conseguira sequer olhar pra ela. Agora, sentia que não tinha escolha senão enfrentá-la. András, porém, percebeu que ele ia fazer isso, e o interceptou.

– Que é que você vai dizer a ela?

– Vou me desculpar. Vou dizer que nunca deveria ter duvidado dela.

– E de que isso vai servir? Ela não sabe nada sobre essas acusações. Contar agora só vai servir pra magoá-la.

– Acho que ela sabe – disse Salvo.

– Tem certeza?

Salvo ficou pensativo.

– Não.

– A menos que você tenha certeza, não devia dizer nada.

– Devo desculpas a ela. E você também.

– Não. Às vezes pedir desculpas é um ato de egoísmo, Salvo. Contando a ela vamos nos sentir melhor, mas ela vai se sentir pior. Devemos é guardar nossa vergonha.

Salvo assentiu. András tem razão, pensou. Não vou dizer nada. O tempo vai cuidar de nossos erros.

O TEMPO NÃO AJUDARA MUITO A ALIVIAR ETEL. Vinte e quatro anos depois, o dia do incêndio continuava vívido em sua memória, e ainda a perturbavam o cheiro da fumaça e a visão das chamas.

Jamais lhe ocorrera que isso podia ter tanto a ver com sua experiência de bebê quanto com o incêndio do F-F. Após a prisão de Carter, porém, o que a incomodava, ainda mais que o incêndio, era lembrar como se sentira bem vendo a culpa no rosto dos irmãos no dia em que eles perceberam que a tinham julgado de uma forma grosseiramente injusta. Pensava que perdoara havia muito tempo suas dúvidas, mas agora, ao sentir o próprio coração bater diante da perspectiva de seu remorso, compreendeu que não. Etel decidiu se esforçar mais para perdoá-los; mas ficara exasperada ao perceber que é preciso esforço para isso. Frequentemente pensava que nunca ia conseguir.

A DECISÃO DE SALVO DE VOLTAR AO ARAME não foi tão fácil quanto em outras ocasiões. Desta vez ia subir sozinho. Anna lhe prometera apoio, mas ele sabia que só o fizera porque não tinha mais remédio, e que seu apoio não vinha do coração. Se houvesse alternativa, teria ficado no chão.

Fez um acordo consigo mesmo. Em 1975, dentro de seis anos, completaria 65. Na América do Norte, é a idade em que as pessoas se aposentam, e com essa idade ele deixaria o arame para sempre. Até então sempre achara natural apresentar-se indefinidamente, mas agora pensava que talvez essa ideia o levasse a ver seu tempo no arame de uma forma rígida. Esperava que a percepção de que seu tempo de aramista era finito o levasse a um ponto onde pudesse parar, onde pudesse deixar o arame, saber qual era a última vez e sentir-se bem. Sua resolução era honrar este compromisso.

Entre as numerosas propostas recebidas, Salvo escolheu uma caminhada sobre o campo duplo do Montréal Expos. Nunca tinha assistido a um jogo de baseball, nem isso lhe passava pela cabeça, mas gostara de Montreal na única vez que lá estivera. E também lhe ocorreu que seria bom ouvir um povo falando uma língua que não fosse o inglês.

Estava nervoso quando começou o nono *inning*. Não sabia se fizera a escolha certa, nem se ainda queria andar no arame em público. Ao preparar-se para subir ele olhou para trás, para Anna, e pela primeira vez desde que o conhecera, ela viu que os olhos dele não brilhavam de expectativa; traíam medo, somente medo.

– Não se preocupe – disse ela.

Salvo controlou-se, pelo bem dela.

– Não estou preocupado. Não vou cair.

– Claro. Se você cair, o mundo cai com você. E eu tenho certeza que o mundo não vai cair.

Salvo sorriu diante dessa frase familiar e beijou Anna no rosto. Subiu à plataforma e, quando o terceiro *out* encerrou o nono *inning*, pisou no arame.

Imediatamente, tudo recuou. Todos os temores, todas as memórias, tudo que amava, tudo que odiava. Suas filhas não tinham caído; nunca haviam existido. Sua vida mal começava, e acabaria na outra ponta do arame, para recomeçar na próxima vez que subisse. Salvo sorriu, respirou fundo e deu um passo.

OITO

Seis milhões de anos atrás, o rio Colorado começou a escavar o desfiladeiro que acabaria conhecido como Grande Cânion. Muita gente esquece que não haveria cânion se o curso do rio não atravessasse o deserto: as íngremes encostas seriam levadas pela chuva, impedindo a formação dessa maravilha natural. Para Salvo, o aspecto favorito do cânion era este: a desolação como matéria-prima da maravilha.

O ano de 1975 chegara depressa. Após seis anos cruzando os ares num arame estendido acima de estádios, rios e entre edifícios – qualquer coisa onde se pudesse atar um arame –, tinha chegado a hora de aposentar-se: ia fazer 66 anos. Escolhera cuidadosamente a derradeira caminhada, que, embora implicasse coisas de que não gostava, era boa demais para perder. A não ser pela travessia sobre a fronteira entre o Canadá e os Estados Unidos nas cataratas de Niágara, era esta a caminhada mais sensacional que podia imaginar.

No ponto escolhido, o cânion tinha uns quatrocentos metros de largura e uma profundidade de uns trezentos metros. Foi difícil prender um cabo sem graxa com a extensão necessária para cruzar o desfiladeiro. Devido à distância, mais longa do que todas que Salvo tinha percorrido, foi necessário um arame particularmente forte para suportar o próprio peso. As turmas de montagem trabalharam uma semana para o instalar.

Salvo tinha sido contratado para a travessia por uma empresa de refrigerante. Ele teria de parar a meio caminho, beber uma garrafinha do refrigerante e autorizar o uso publicitário da respectiva foto. Não gostou, mas sem isso não podia cruzar o Grande Cânion, e acabou concordando. Esperou pelo dia marcado com crescente impaciência.

Anna aguardou o dia com mais apreensão que Salvo. Estava ansiosa para vê-lo aposentado, ia vê-lo finalmente abandonar o arame nos seus próprios termos, e desta vez a vida de ambos pousaria no chão de uma vez por todas. Mais do que tudo, porém, ela temia uma queda. Qualquer um podia ver que Salvo Ursari já não era jovem.

András Ursari morrera dois anos antes, após uma luta de 18 meses contra o câncer. Para a família, sua morte acabara sendo um alívio; em seus últimos dias, padecera mais do que em toda a vida até então. A organização do funeral foi objeto de muito debate. Decididamente ele não era cristão, mas por outro lado não se podia dizer que não acreditava num deus que lembrava o cristão em muitos aspectos. Acabaram organizando um serviço em sua memória e enterrando as cinzas. Etel não queria cremá-lo, mas lembrou-se de que era este o seu desejo, e cedeu. Para ela, era melancólico ele escapar de dois incêndios em vida e acabar queimado por vontade própria uma vez morto. Quando chegasse a sua vez, ela queria tudo menos o fogo. Por vezes sonhava acordada com funerais no mar.

Fora durante este serviço que Anna havia notado que nenhum deles era mais jovem. Pela primeira vez, notou as rugas no rosto de Salvo, o grisalho em seu cabelo, a pele flácida no pescoço. Olhou para Etel e viu a mesma coisa. Examinando a si própria, viu as mãos de uma mulher muito mais velha e entendeu que, de algum modo, sua vida se havia retirado sem que ela percebesse. Sem motivo aparente, teve uma sensação de frio.

Desde o acidente, a fantasia de onipotência de János havia-se evaporado. Ele vinha trabalhando no sítio dos Ursari com resultados muito melhores do que Salvo alcançara. Desde que voltara ao arame, Salvo tornara a abandonar o sítio, e mesmo depois de aposentar-se não pretendia retornar à plantação. Após a morte de András, Etel e János venderam a casa e voltaram ao sítio de Salvo e Anna. Estava claro para todos que um dia a propriedade passaria às mãos de János. Afinal, só ele plantaria alguma coisa ali.

Antes de Salvo sair para a travessia, Etel o havia abordado para falar sobre o incêndio.

– Eu te perdoo – disse, e ele não precisou perguntar sobre o que ela falava.

– Lamento muito – respondeu, agarrando Etel pelos ombros.

– Eu sei. Passou.

– Foi horrível pensar uma coisa daquelas.

– Foi. Mas o que passou passou. Ficou pra trás.

Salvo abraçou a irmã, e sentiu que estava tirando das costas trinta anos de vergonha e culpa.

Ninguém sabia disso, mas Daniel Ursari tinha visto Salvo no arame várias vezes desde que fugira dos pais adotivos. Agora ele estava morando em Detroit e trabalhava reparando parquímetros, coisa que fazia muito bem. Sempre que via anunciada uma travessia de Salvo, tentava arranjar uma folga no trabalho para viajar e ver a apresentação. Tinha sempre cuidado para não cruzar com gente que pudesse reconhecê-lo. Só entrava na hora de começar a travessia, e saía assim que Salvo punha o pé na plataforma oposta. Não via sentido em demorar-se mais do que o necessário; ainda estava sujeito a convulsões, embora raramente ocorressem mais de uma vez no mesmo ano.

Na travessia do Grande Cânion, Daniel estava lá. Embora jamais passasse pela cabeça de Salvo procurá-lo na assistência, ele poderia, se tentasse, ver o menino que salvara do incêndio sentado na última fila das arquibancadas montadas especialmente para a ocasião. Mas Salvo tinha a mente ocupada; essa travessia era difícil, e, para dar certo, ele precisava de concentração total.

Olhou o relógio e, vendo que teria de partir dentro de instantes, tirou-o do pulso e o entregou a Anna. Ela sorriu e o guardou no bolso.

– Esta é comprida – ele disse.

– Mas vai ser a última. Trate de aproveitar. – Ela falava sem maldade. O prazer da travessia era um fato que ambos conheciam, e ela desejava sinceramente que ele caminhasse com prazer, embora também temesse pela sua segurança. Essas travessias vinham se tornando cada vez mais arriscadas, e ela sabia que esta era de longe a mais perigosa de todas. O que não sabia era que, horas antes, tinham-lhe pedido para cruzar o espaço entre dois dos prédios mais altos do mundo – as torres gêmeas. Estava se aposentando, e não viu razão para contar a ela uma coisa que só ia preocupá-la mais. Quando voltasse para casa recusaria o convite.

– Acho que vou aproveitar bem – respondeu ele. – O dia está bonito. – De fato o dia estava merecendo um passeio, e era ideal para caminhar no arame. Ensolarado, mas bem fresco para a estação, e sem vento.

Hora de começar. Apanhou sua vara de equilíbrio e conferiu a garrafinha de refrigerante na bolsa pendurada no pescoço.

– Me deseje boa sorte.

– Você não precisa de sorte.

Salvo sorriu e se voltou para o arame.

– Eu nunca odiei você – disse ela.

Antes de responder, ele parou.

– Eu sei.

Pisou no arame, e tudo o mais sumiu. Agora só pensava nos próprios pés que avançavam, nas mãos na vara de equilíbrio. Ao longo dos trezentos passos seguintes ele avançou devagar, constantemente, implacavelmente. Não tinha consciência do povo que o observava em segurança em terra firme. Mas um pensamento começou a tomar forma em sua mente. A princípio não passava do embrião de um pensamento, era pouco mais que o sussurro de um sussurro, e, no entanto, foi crescendo em volume e força até reinar sozinho.

Esta é sua última travessia.

Era um pensamento simples, direto, e não ia embora. Salvo tentou eliminá-lo: sabia que no arame o pensamento mais simples é uma coisa ruim. Mas este não partia.

Seguiu em frente, a cabeça latejando, mal consciente da própria pessoa. Assim alcançou o meio do arame, marcado com uma fita vermelha de eletricista. Aqui tinha de sentar-se no arame e beber o refrigerante pendurado no pescoço. Suspirou, lembrando que esta não era uma boa coisa para fazer em cima do arame. Então, pelo canto do olho, viu alguma coisa entrar pairando no seu campo de visão, e seu coração parou.

A borboleta era azul, amarela e laranja, e bem grande. Passou por ele adejando; não tinha muita pressa. Hesitou um instante, depois veio pousar na ponta da vara de equilíbrio.

Salvo rilhou os dentes à espera do pânico, mas ocorreu uma coisa curiosa: nem o medo apareceu. A borboleta ficou pousada, imóvel, e Salvo não sentiu medo. A vara de equilíbrio estava imponderável. Tranquilo, ele observou longamente o inseto imóvel, até que alçou voo e desapareceu ao longe.

Nos lábios de Salvo foi se formando um sorriso. Ainda de pé, ele tirou a garrafinha do lugar, deixou-a cair e a observou até que, como a borboleta, tornou-se tão pequena que sumiu. Baixou a vara para o arame e elevou os pés no ar. Manteve a bananeira até o rosto ficar rubro do sangue acumulado. Então pousou os pés no arame e se pôs outra vez de pé.

Em volta ele via o deserto, um milhão de nuances do marrom com pontos de rubro e verde, e sentia o ar quente a subir, mas não sentia cheiro, exceto o do próprio corpo e do espaço aberto. Seus ossos eram rijos e ele tinha a boca úmida, e os olhos estavam claros como sempre.

Na sua mente, a aposentadoria recuou até se reduzir a uma ideia que nunca lhe havia ocorrido. Erguido no arame, compreendeu que, enquanto ficasse de pé, o seu destino era viver eternamente.

AGRADECIMENTOS

Embora esta seja uma obra de ficção, baseei-me em situações da história e da experiência de verdadeiros equilibristas do arame. A biografia de Karl Wallenda – *Wallenda* – por Ron Morris; a tradução de Paul Auster de *On the High Wire,* de Phillip Petit; *The Tightrope Walker,* de Hermine Demoraine; *The Circus Fire,* de Stewart O'Nan; *Budapest 1900,* de John Lukacs; e *Big Top Boss: John Ringling North and the Circus,* de D. L. Hammarstrom inspiraram muitas de minhas imagens de como as coisas "realmente" aconteceram. Algumas das lendas populares dos romani são fictícias e outras sabedoria verdadeira. As histórias que não inventei podem ser encontradas numa ampla variedade de versões, em livros tais como *Gypsy Folktales,* de Diane Tong; *The Orange of Love*, compilado por Lars Gjerde, e *A Book of Gypsy Folk-Tales,* organizado por Dora Yates. Para algumas descrições interessantes da vida romani, *Bury Me Standing: The Gypsies and Their Journey* de Isabel Fonseca e *The Gypsies,* de Jan Yoors, foram os meus favoritos. Porém, sendo ficção, *Acima de tudo* é, basicamente, mentiras.

Tenho uma dívida enorme com Marita Dachsel, Lee Henderson, Rick Maddocks, Sioux Browning, George McWhirter, Madeleine Thien, Heather Frechette, Karoly Sándor, Lynda Milham, Chad Hunt, Gary Tayler, Mark Abbott, Timothy Taylor e Jason Willows por terem lido e feito sugestões, críticas e comentários sobre o manuscrito. Sou grata também a Kevin Chong, Tammy Armstrong, Anne Fleming, Annabel Lyon, Nancy Lee, Laisha Rosnau, Jennica Harper e Jeff Morris; a Isabel, George, Steve, Dina e todos os demais no Helen's Grill pelas minhas refeições e lanches; às famílias Galloway, Tayler e Haslett e seus prolongamentos pelo apoio e encorajamento; e ao UBC Programa de Escrita Criativa.

Agradeço muito a minha agente, Carolyn Swayze, e a Diane Martin, Noelle Zitzer, Louise Dennys, Astrid Otto, Deirdre Molina, Jennifer Shepherd, Gloria Goodman, Samantha Haywood e a todos na Knopf/Random House do Canadá por cada uma das coisas maravilhosas que fizeram por mim e pelo meu livro.

Gostaria de agradecer também o apoio financeiro do Conselho de Artes do Canadá, sem o qual eu teria enfrentado grandes apuros.

Por fim, agradeço à minha mulher, Lara. Sem ela, nada disso existiria.

Este livro foi impresso na Editora JPA Ltda.,
Av. Brasil, 10.600 – Rio de Janeiro – RJ,
para a Editora Rocco Ltda.